Michael Wallner

SHALOM BERLIN – SÜNDENBOCK

D1926919

MICHAEL WALLNER

SHALOM BERLIN

SÜNDENBOCK

KRIMINALROMAN

PIPER

Mehr über unsere Autoren und Bücher:
www.piper.de

Wenn Ihnen dieser Kriminalroman gefallen hat, schreiben Sie uns unter Nennung des Titels »Shalom Berlin – Sündenbock« an *empfehlungen@piper.de*, und wir empfehlen Ihnen gerne vergleichbare Bücher.

Die Zitate aus »Der König auf Camelot«
auf den Seiten 266/267 stammen aus folgender Quelle:
T. H. White: *Der König auf Camelot*. Übersetzt von Rudolf Rocholl.
Klett-Cotta, Stuttgart, 2020

Von Michael Wallner liegen im Piper Verlag vor:
Alain-Liebermann-Reihe:
Band 1: Shalom Berlin
Band 2: Shalom Berlin – Sündenbock

Die Korff-Saga:
Band 1: In Zeiten der Liebe und des Krieges
Band 2: Als die Hoffnung uns gehörte

FSC
www.fsc.org
MIX
Papier aus verantwortungsvollen Quellen
FSC® C083411

ISBN 978-3-492-06192-6
© Piper Verlag GmbH, München 2020
Satz: Satz für Satz, Wangen im Allgäu
Gesetzt aus der Goudy Old Style
Druck und Bindung: CPI books GmbH, Leck
Printed in the EU

für Untertaler

1
Sarajewo

»Du willst eine Blondine mit drei Kindern heiraten? Was bist du, ein Astronaut?« Betrübt ließ Caspar den Smoothie-Mixer sinken. »Das waren ihre Worte.«

Alain stellte den Bücherkarton zu den übrigen Umzugskisten. »Großmutter hat es bestimmt nicht so gemeint.«

»Sie hat es genau so gemeint. Sie mag Isabel einfach nicht.«

»Das redest du dir ein.«

Nebeneinander kehrten die beiden Liebermanns ins Freie zurück und starrten erschöpft ins Innere des Pritschenwagens. Nur zwei Gegenstände warteten noch darauf, ins Haus getragen zu werden, eine Bastlampe und Caspars Heimorgel.

»Helene macht sich eben Sorgen, dass dir drei Kinder zu viel werden könnten.« Alain überließ dem Cousin die Bastlampe und hievte selbst die Heimorgel hoch. »Wo sind die Kids überhaupt? Wir haben noch ein paar Fragen an sie.«

»Isabel holt sie gerade ab. Die Mädchen haben Karate, der Älteste nimmt Steppunterricht.« Caspar griff zur Bastlampe. »Wird dir das nicht zu schwer?«, fragte er über die Schulter.

Wer spielte heutzutage noch Heimorgel? Jeder andere pluggte bloß seine Tastatur ins Handy und klimperte drauflos. Aber nicht Caspar. Caspar verfrachtete das Monstrum mit den sechsunddreißig Registern bei jedem Auftritt in seinen Lieferwagen. Wann hatte Caspar seinen letzten Auftritt gehabt?

Keuchend ließ Alain die Orgel im Wohnzimmer zu Boden sacken. »Ich wusste gar nicht, dass Babelsberg so schön ist. Der Park, das Schloss, die kleinen Gassen.«

»Für mich als Schauspieler hat es außerdem den Vorteil, dass die Filmstudios gleich um die Ecke liegen«, antwortete Caspar.

»Studio Babelsberg? Du glaubst, dass man dich im Film beschäftigen wird?«

»Du etwa nicht?«

Alain hätte sich in den Hintern beißen können. Er wusste doch um Caspars angeknackstes Selbstvertrauen. Vom Kleindarsteller an Kellerbühnen war er zum Animateur auf Kindergeburtstagen abgerutscht. Mittlerweile versuchte er sich als Bauchredner, aber die Kinder begannen jedes Mal zu weinen, wenn er auftrat.

Alain wollte seinen Fehler wieder ausbügeln. »Ich bin froh, dass es für dich gerade so gut läuft.«

Mit hängenden Schultern betrachtete Caspar seine mageren Habseligkeiten. »Gut läuft? Gar nichts läuft gut. Ein Versager bin ich durch und durch. Jeden, der sich bisher auf mich verlassen hat, habe ich enttäuscht. Mit Isabel wird es mir genauso gehen.«

Alain lag daran, das Thema rasch zu beenden. Seine Leute vom Mobilen Einsatzkommando Staatsschutz, kurz MES, waren im Haus und führten im ersten Stock den Sicherheitscheck durch. Sie sollten Caspar nicht in diesem weinerlichen Zustand sehen. »Du bist kein Versager.«

»All die Jahre hatte ich die allergrößten Hoffnungen, dass das Leben für mich mehr bereithält als Misserfolge, aber jedes Mal habe ich wieder eins in die Fresse gekriegt.«

Alain lief zur Treppe. Oben ging einer vom Team vorbei und signalisierte, dass sie bald fertig sein würden. Alain kehrte zu seinem Cousin zurück. »Du hast doch immer wieder mal eine Rolle bekommen.«

»Sicher, irgendwann im Mittelalter. Nichts, was ich anpacke, klappt«, lamentierte Caspar. »Zuletzt, aber das brauchst du Oma nicht zu erzählen, habe ich sogar gekellnert. Das war die Hölle für meine kaputte Bandscheibe. Wenn ich Isabel nicht getroffen hätte, wäre mein Leben leer und sinnlos.«

Alain griff den Hoffnungsschimmer auf. »Vielleicht hattest du ja wirklich nicht allzu viel Glück bisher, aber mit Isabel wird alles anders.«

»Glaubst du?«

»Bestimmt.«

»Ich bin nicht so ein cooler Superheld wie du«, erwiderte Caspar. »Bestimmt dauert es nicht lange, bis auch sie draufkommt, dass ich eine Null bin.«

»Den Superhelden kannst du gleich mal streichen.« Alain tat so, als checke er sein Handy, dabei sah er auf die Uhr. Er hätte längst wieder in der Stadt sein müssen. »In neun von zehn Fällen besteht mein Job in öder Observierung. Nächtelanges Herumsitzen und Warten, bis den bösen Jungs irgendein Fehler unterläuft. Was wir heute bei dir machen, Objekt- und Sicherheitsschutz, ist eine echte Abwechslung für das MES.«

»Das tust du ja nur mir zuliebe.«

»Natürlich auch dir zuliebe. Aber das Team ist froh, mal rauszukommen.« Er zeigte in den Garten. »Wie seid ihr nur an dieses schmucke Häuschen gekommen?«

»Isabel hat es ihrem zweiten Mann bei der Scheidung aus den Rippen geschnitten.«

»Sie hat nie selbst darin gewohnt?«

»Das ist das Pikante an der Geschichte.« Caspar raffte sich zu einem Lächeln auf. »Isabels Ex-Mann hat in diesem Haus seine Geliebte empfangen.«

»Und es macht Isabel nichts aus, mit drei kleinen Kindern hier einzuziehen? Ich meine, an dem Ort, wo die Geliebte ihres Mannes …?«

»Isabel ist eine pragmatische Frau. Nachdem die Scheidung durch war, hat sie als Erstes alle Betten aus dem Haus geschmissen und es vom Kammerjäger desinfizieren lassen. *Wegen so ein paar Spermaflecken lasse ich mir eine Immobilie in dieser Lage doch nicht entgehen.* Das waren ihre Worte.«

Alain sah die Truppe die Treppe herunterkommen.

»Das wär's«, sagte Nummer drei, der Riese im MES.

»Dann wollen wir mal.« Alain schloss seine Jacke und

warf einen Blick aus dem Fenster. »Pünktlich aufs Stichwort kommt ja auch die Hauptperson.«

»Wer?«, fragte Caspar.

»Die Dame, weswegen wir dich und Isabel und das Haus und sogar die Kinder überprüfen mussten.«

Auf der anderen Straßenseite ging eine Veränderung vor sich. Ein Konvoi aus zwei Motorrädern und einem SUV hielt vor dem Haus. Im Gegensatz zu dem gemütlichen Altbau aus der Vornazizeit, in den Caspar gerade einzog, besaß das Gebäude dort die Stromlinienform eines futuristischen Ökohauses. Der überwiegende Baustoff war Holz, Lehmputz im Außenbereich; eine Blumenwiese auf dem Dach vervollständigte das Ensemble. Man konnte sicher sein, dass auch die verwendeten Wandfarben das höchste Ökosiegel trugen.

Wer Boulevard-Magazine las und sich mit deutschen Celebrities auskannte, würde jetzt mutmaßen, dass in diesem Moment die Bundesministerin für Verteidigung ihren Wohnsitz verließ. Zu sehen war aber lediglich eine Gestalt in schwarzem Lederanzug, die einen Vollvisierhelm trug. Sie lief durch den Bonsai-Garten und bestieg ein Motorrad eines bekannten deutschen Herstellers. Zur gleichen Zeit nahmen zwei weitere Motorräder vor und hinter der Gestalt Aufstellung. Die Fahrer trugen ebenfalls Schwarz.

Alain beobachtete die Vorgänge mit Genuss. Auch er gehörte zur eingeschworenen Gemeinde der Motorradfreaks, fuhr eine Shadow Black Spirit und besaß einen ähnlichen Helm wie die drei Fahrer gegenüber. Svea Wieland, die Verteidigungsministerin, hatte Alain schon zu Zeiten imponiert, als sie noch auf der grünen Oppositionsbank saß. Seit die Grünen in die Regierung eingezogen waren, befehligte sie das deutsche Heer. In letzter Zeit schien es Mode geworden zu sein, Frauen mit diesem traditionellen Männerjob zu betrauen.

Der Mann auf der vorderen Maschine drehte sich um. Svea Wieland startete. Vor und hinter ihr gingen die Motoren an. Die Bundesministerin für Verteidigung rollte aus der Einfahrt und fuhr zur Arbeit. Ihr Ziel war der Bendlerblock in der Stauffenbergstraße, Berlin-Mitte. Hinter den Motorrädern reihte sich der SUV als Letzter ein.

***

Mit der linken Stiefelspitze tippte Svea auf die Gangschaltung und ließ die Maschine kommen. In moderatem Tempo fuhr sie den Heinz-Rühmann-Weg entlang. Vier Fahrzeuge waren erforderlich, damit sie ihr Büro erreichte. Die Umstände, die Kosten, die CO_2-Bilanz – mit ihrer Fahrt zur Arbeit trat sie grüne Prinzipien mit Füßen, das war klar. Hätte sie sich mit einem Dienstwagen einverstanden erklärt, wäre das Security-Brimborium kleiner gewesen. Andererseits hatte Svea sich geschworen, auch als Ministerin ein Mensch zu bleiben. Und als Mensch fuhr sie Motorrad. Sie brauchte das, bevor sie sich mit grauen Männern in grauen Uniformen an den Konferenztisch setzte. Einmal am Tag wollte sie ihr früheres Leben leben, an der Havel langbrausen, durch den Grunewald, manchmal einen Schlenker zum Wannsee und nach Schwanenwerder machen. Sie wollte draußen sein und die Stadt spüren. Sie hätte natürlich das Fahrrad nehmen können, aber anderthalb Stunden Fahrzeit ließen sich mit ihrem Terminplan nicht vereinbaren. Und für die S-Bahn war ihr Gesicht zu bekannt. Sie sah sich nicht gern als Celebrity und wusste zugleich, gerade *weil* sie eine Celebrity war, hatte sie diesen Job. Bekannt geworden war sie durch sportliche Höchstleistungen, zweimal Olympia, dreimal Weltmeisterschaft, sie hatte sogar Franziska van Almsicks Rekorde in den Schatten gestellt. Sie war so etwas wie der weibliche deutsche Arnold Schwarzenegger, falls es das überhaupt gab.

Man kannte Svea Wieland, ihre Stimme wurde gehört. Daher war die Partei seinerzeit auf sie zugekommen. Ohne ihr Zutun war sie das Aushängeschild der Grünen geworden. Man liebte es, ihr den Stempel *»die Jüngste«* aufzudrücken. Die jüngste Parteivizefrau, die jüngste Landwirtschaftsministerin, und nun vertraute man der Sechsunddreißigjährigen das deutsche Heer an. In früheren Zeiten hatte dieser Job *Kriegsminister* geheißen. Das war seit Jahrzehnten vorbei, doch die primäre Aufgabe der Streitmacht, des Militärs hatte sich nicht verändert. Wozu baute man Panzer? Bestimmt nicht, um festgefahrene Autos aus dem Dreck zu ziehen. Man baute Panzer, um einen Feind zu überrollen. Doch Panzer waren gut sichtbare, beinahe nostalgische Waffen. Svea hatte die zusätzliche Aufgabe, die heimtückischen, unsichtbaren Waffen zu verwalten. Die lasergestützten Systeme, die hinter anderen Waffen herzufliegen imstande waren. Die unterirdischen und unterseeischen Arsenale, die Drohnen mit ihrem fragwürdigen Vernichtungspotenzial, die Satelliten, die Aufklärer, die Zerstörer. Das alles kostete Geld. Dreiundvierzig Milliarden Euro waren es im Vorjahr gewesen, zwölf Prozent des Bundeshaushalts. Nächstes Jahr, so wollte es der große NATO-Verbündete, sollte es noch mehr werden.

Doch seit Svea diesen Job innehatte, war es weniger geworden. Sie missachtete die Wünsche des großen NATO-Verbündeten, missachtete auch die Wünsche der Rüstungsindustrie. Svea Wieland machte manches anders und einiges neu. Sie tat viel, um ihre Vision von einem *grünen Heer* Wirklichkeit werden zu lassen.

Auf ihr Motorrad zu verzichten, brachte sie allerdings nicht übers Herz. Und da eine Ministerin nicht ungeschützt auf dem Zweirad von Babelsberg nach Berlin-Mitte fahren durfte, war ihr ein Konvoi zugeteilt worden. Zwei Motorräder als Begleitschutz und der SUV, falls etwas passierte, oder einfach, falls es zu stark regnete.

Heute nahm Svea die Route entlang der Königstraße von Potsdam Richtung Wannsee. Hier war Tempo siebzig erlaubt. Sie hatte mit den motorisierten Personenschützern vereinbart, dass fünfundsiebzig auch noch okay sei. Im dritten Gang fuhr sie durch die schnurgerade Waldstraße. Rechter Hand erinnerten verwelkte Blumen und ein Holzkreuz daran, dass hier Menschen zu Tode gekommen waren.

Der erste Schuss traf Sveas Helm. Der zweite ging daneben. Der dritte Schuss traf den Personenschützer hinter ihr frontal, er stürzte. Eingeklemmt unter seiner Maschine rutschte er quer über die Fahrbahn. Svea sah es im Rückspiegel, bremste und hielt. PB 1, der Motorradfahrer vor ihr, machte kehrt. Svea fuhr an den Rand und nahm den Helm ab. Ein weiterer Schuss sirrte an ihr vorbei. Sie sprang vom Motorrad, doch statt sich hinzuwerfen, wollte sie dem Gestürzten zu Hilfe eilen.

PB 1 kreuzte ihren Weg. »Sind Sie verrückt?«, rief er ihr zu, riss die Ministerin zum Graben und ging mit ihr in Deckung. Fast gleichzeitig hielt der SUV am Straßenrand, wodurch Svea Wieland aus der Schusslinie geriet. Die Tür glitt auf, PB 4, ein Mann im schwarzen Anzug, sprang heraus und zerrte die Ministerin ins Innere. Ein, zwei, drei Schüsse schlugen ins Blech, bevor er die Tür wieder geschlossen hatte. Svea Wieland schrie erschrocken auf.

»Die Panzerung hält«, rief PB 4 und zog sie auf den Rücksitz.

Als er versuchte, sie anzuschnallen, schüttelte sie seine Hände ab. »Wir müssen uns um Gottfried kümmern!«

»Der Krankenwagen ist bereits unterwegs.«

»Wir können ihn nicht einfach liegen lassen.«

»Als Erstes müssen wir Sie aus der Schusslinie bringen«, entgegnete der Personenschützer, während ein dumpfer Schlag ins Blech den nächsten Schuss anzeigte. »PB 3 bleibt so lange bei Gottfried.« Er stieg auf den Beifahrersitz. PB 1 setzte sich zur Ministerin nach hinten. Der SUV fuhr los.

Svea Wieland hielt ihren Helm auf dem Schoß, den sie die ganze Zeit umklammert hatte. Mit dem Finger strich sie die Kerbe entlang, die die Kugel hinterlassen hatte. Ein Zentimeter tiefer, und sie hätte ein Loch in ihren Kopf gebohrt.

Neben Svea nahm PB 1 den Helm ab. Kadou Hauser hatte schwarzes Haar, dunkle Augen, bronzefarbene Haut. Er war Deutschafrikaner aus Somalia mit deutscher Mutter.

PB 4 drehte sich zu ihnen um. »In ein paar Minuten sind wir auf Schwanenwerder, Frau Minister.«

»Was soll ich denn da?«, fragte Svea Wieland.

»Es ist der nächstgelegene Punkt, wo ein Helikopter

landen kann. Hinter uns ist bloß Wald, vor uns die Bebauung zu dicht.«

Sie hielten an der Brückenampel, wo die Königstraße in den Kronprinzessinnenweg mündete. Linker Hand lagen der Wannsee und das Bismarck-Denkmal. Die Ampel sprang auf Grün. Sie fuhren an.

»Moment«, sagte Kadou Hauser.

»Was ist?«

Er warf sich nach vorne und packte den Fahrer bei der Schulter. »Zurück!«

»Wieso?«

»Setz zurück, sofort!« Mit der Faust schlug Kadou dem Fahrer auf den Arm. »Zurück! Zurück!«

Der Fahrer war BKA-Mann, Ende vierzig mit Familie. Er hielt sich zugute, noch nie in die Schusslinie geraten zu sein. Er fuhr die gepanzerten Wagen des Ministeriums, vertraute auf die kugelsicheren Scheiben und die dicken Bleiplatten. Er hatte keinen Grund, dem atemlosen Befehl eines jungen Afrikaners zu folgen, selbst wenn der schwarze Personenschützer der Liebling der Ministerin war. Zugleich war der Fahrer auf die eigene Sicherheit bedacht. Seine Frau hatte Diabetes, die Kinder wechselten gerade von der Grundschule ins Gymnasium. Der BKA-Mann legte also den Rückwärtsgang ein und setzte fünf Meter zurück. Neben ihm überholten zwei Autos und fuhren in die Kreuzung ein.

Die Bombe explodierte drei Meter vor dem Regierungsfahrzeug. Der blaue Kleinwagen vor ihnen wurde in die Höhe katapultiert, bevor ihn die Flammenwand verschluckte. Kadou warf sich über Svea Wieland. Die Flammenwand erreichte den SUV, durchschlug mühelos die

Vorderfront und tötete den Fahrer. Sie zerstörte den Motorblock, das Getriebe und den ganzen vorderen Bereich des Wagens. Auch PB 4, der Beifahrer, war sofort tot.

Der Rücken von Kadou Hauser fing Feuer. Das Leder seines Motorradanzugs schützte ihn nicht. Er brannte. Svea Wieland spürte, wie die Feuerwand über sie hinwegbrauste. Sie schloss die Augen. Die Hitze, der Lärm, die Stille danach. Als sie die Augen öffnete, brannte es rundum, lautlos. Der SUV stand in Flammen. Kadou tat etwas, was sie nicht sofort verstand. Mit beiden Beinen trat er gegen die verbeulte Seitentür. Rundum Feuer, Kadous brennender Rücken. Er schuf eine Öffnung, sprang aber nicht gleich hinaus, sondern riss Svea an beiden Armen hoch und stieß sie aus dem Wagen. Sie landete auf dem Asphalt. Jetzt erst rettete sich Kadou selbst aus dem brennenden Fahrzeug und fiel neben Svea zu Boden. Dicht an dicht lagen sie auf der Straße. Svea erwartete, Schreie zu hören, Sirenen, doch die Menschen liefen mit zum Schrei geöffneten Mündern und vor Panik verzerrten Gesichtern lautlos an ihr vorbei. Svea war umgeben von Stille. Hatte die Explosion ihr Trommelfell zerrissen? Nein, sie konnte Kadou hören, er war bei Bewusstsein, er stöhnte. Das Feuer auf seinem Rücken war erloschen.

Ein Motorrad näherte sich, ein Mann im dunklen Outfit stieg ab. Dahinter hielt ein Lieferwagen. Der Mann nahm seinen Helm ab.

»Frau Minister«, hörte Svea und versuchte, sich aufzurichten.

Er kniete neben ihr nieder. »Nicht bewegen.«

»Wer sind Sie?«

»Alain Liebermann, Staatsschutz.«

»Wieso ist der Staatsschutz noch vor dem Krankenwagen hier?«

»Wir waren in der Nähe. Bitte nicht sprechen.«

»Es waren zwei Anschläge«, sagte Svea.

»Ich weiß. Es kam per Funk durch.« Und dann sagte der dunkle Motorradfahrer etwas, das die Bundesministerin nicht verstand. »Sarajewo«, sagte er. »Sarajewo, nur umgekehrt.«

2
Bendler-block

»Die Explosion erfolgte am dritten September um acht Uhr dreiundfünfzig morgens«, sagte der Direktor. »Die Druckwelle war noch vier Straßenzüge weiter spürbar. Die Experten haben festgestellt, dass es sich um eine Rohrbombe gehandelt hat, bestehend aus Ammoniumnitrat und wasserfreiem Hydrazinnitrat, die in einem Leitungsrohr unter der Brücke versteckt und ferngezündet worden ist. Die Explosion tötete sechs Menschen, davon zwei Beamte des Bundeskriminalamtes. Der oder die Täter konnten unmittelbar danach nicht gefasst werden. Die Ministerin hat leichte Verbrennungen und einen Schock erlitten. Dass ihr Zustand, gemessen an der Zerstörungskraft der Bombe, zufriedenstellend ist, verdankt sie dem Personenschützer Kadou Hauser, der seit ihrem Amtsantritt zum inneren Kreis der Security gehört. Hauser selbst hat schwere Verbrennungen erlitten und wurde in ein künstliches Koma versetzt. Zu seiner Rettung müssen an ihm mehrere Hauttransplantationen durchgeführt werden.«

Der Direktor schloss die noch recht dünne Mappe und tippte mit dem Zeigefinger darauf, als ob er verhindern wollte, dass sie Flügel bekäme.

Alain wartete ab. Der Schutz bundesdeutscher Verfassungsorgane, also der Minister, unterstand dem Bundeskriminalamt. Beamte, die dafür zum Einsatz kamen, hatten eine spezielle Ausbildung, besaßen einen gefestigten Charakter, erbrachten sportliche Höchstleistungen, legten ein exzellentes Benehmen an den Tag und konnten sehr gut schießen. Der Personenschutzgruppe des BKA fiel die Aufgabe zu, ihre Schutzpersonen bis ins Privatleben hinein vor möglichen Anschlägen zu bewahren. Auch die sondergeschützten Fahrzeuge, wie die gepanzerten Dienstwagen hießen, unterstanden dem BKA.

Der Staatsschutz, besonders Alains Abteilung, war für die Verhinderung und Bekämpfung politisch motivierter Straftaten zuständig, unabhängig, ob sie von rechts, links oder aus dem Ausland kamen. Darüber hinaus arbeiteten Staatsschutz und Verfassungsschutz übergreifend in ihrer geheimdienstlichen Tätigkeit zusammen. Der Fall Svea Wieland war also zugleich ein Fall für das BKA, den BND, den Staats- und den Verfassungsschutz. Es oblag den Sektionschefs zu entscheiden, wem die Aufklärung der Anschläge übertragen werden sollte.

»Frau Minister Wieland hat sich persönlich an mich gewandt«, fuhr der Direktor fort.

»Aha?« Alain fühlte sich im Büro seines Vorgesetzten meistens unbehaglich. Er wusste nicht genau, woran es lag, zählte aber jedes Mal die Minuten, bis es vorbei war.

»Frau Wieland sagte, Sie wären nach dem Bombenanschlag als Erster vor Ort gewesen. Wieso, Liebermann?«

»Reiner Zufall, Herr Direktor. Mein Team hat heute Morgen das Haus gegenüber der Ministervilla gecheckt.«

Die rechte Braue des Direktors schnellte hoch, was er für ein eindrucksvolles mimisches Mittel hielt. »Objekt- und Sicherheitsschutz gehört nicht zu den Aufgaben des MES.«

»Mein Cousin ist in dieses Haus gezogen«, antwortete Alain offen. »Ich dachte, da mache ich den erforderlichen Sicherheitscheck gleich selbst. Außerdem habe ich ihm beim Umzug geholfen.« Alain erwartete eigentlich, jetzt eine Grundsatzerklärung zu den Aufgaben des MES zu bekommen.

Doch der Direktor antwortete anders als erwartet. »In diesem besonderen Fall war Ihre unorthodoxe Fleißaufgabe von Vorteil«, sagte er. »Sie scheinen der Ministerin ein interessantes Gedankenspiel aufgegeben zu haben.«

An alles Mögliche konnte sich Alain erinnern, nicht an Gedankenspiele mit einer Frau, die einen Bombenanschlag knapp überlebt hatte.

»Frau Wieland sagte am Telefon, Sie hätten das heutige Attentat mit Sarajewo verglichen. Was haben Sie damit gemeint?«

»Ach das«, meinte Alain. »Sarajewo 1914. Die Ermordung des österreichischen Thronfolgers.«

»Bitte briefen Sie mich«, erwiderte der Direktor nüchtern, als handelte es sich um ein brandaktuelles Attentat und nicht eines, das vor mehr als hundert Jahren stattgefunden hatte.

Alain schlug die Beine übereinander. Geschichte war sein Ding. Das Wissen über Vorfälle, die den Lauf der Welt verändert hatten, gab ihm das Gefühl, dass man sich über den detailverseuchten Stress von heute nicht mehr so aufzuregen brauchte, wenn man das große Ganze erkannte. Der Mensch war eingebettet in seine Geschichte. Die Geschichte hatte die Angewohnheit, in jedem Zeitalter unterschiedliche, im Kern aber immer die gleichen Storys zu erzählen. Diese Storys musste man eben kennen. Ein Baum fiel auf ein Auto, eine Kleinstadt wurde von der Umwelt abgeschnitten, ein Staatspräsident nahm Schmiergeld. Alain hatte es sich zur Angewohnheit gemacht, vom Schellenrasseln solcher Nachrichten zurückzutreten und Vogelperspektive einzunehmen.

»Als der Thronfolger Österreichs 1914 im offenen Wagen durch Sarajewo fuhr, haben ihn serbische Separatisten mit einer Bombe beworfen«, begann er. »Der Fahrer konnte ausweichen, doch mehrere Passanten wurden verletzt. Man riet Erzherzog Franz Ferdinand, die Fahrt abzubrechen. Er befahl aber, weiter durch die feindlich gestimmte Stadt zu fahren, da er nach dem vereitelten Anschlag überzeugt war, dass ihm nun nichts mehr passieren könnte. ›Umbringen können Sie mich nur einmal‹, soll er gesagt haben. Kurz darauf geriet er in die Falle auf der Lateinerbrücke, wo ihn die tödlichen Schüsse trafen, die schließlich zum Ersten Weltkrieg geführt haben. Der heutige Anschlag hat mich an Sarajewo erinnert, nur eben in umgekehrter Reihenfolge«, schloss Alain.

»Sie meinen, zuerst die Schüsse, dann die Bombe.«

»So ist es.« Alain beugte sich vor. »Was mich interessiert: Wieso ist der Wagen der Ministerin von einer Explosion dieses Ausmaßes nicht vollständig zerstört worden?«

Der Direktor blätterte in der Akte. »Das müsste ... Ich glaube, es steht hier irgendwo.«

»Wieso landet diese Akte überhaupt bei uns? Ist das nicht Sache des BKA?«

»Das soll Ihnen die Ministerin besser persönlich sagen.«

»Die Ministerin *mir?*«

Der Direktor nickte gönnerhaft. »Sie will Sie kennenlernen. Sie haben einen Termin um siebzehn Uhr im Bendlerblock.«

»Ich kann ihr aber keine Fakten liefern, bevor wir nicht ermittelt haben.«

»Dann ermitteln Sie, Liebermann.«

»Und das BKA?«

»Gibt uns grünes Licht.«

»Ich bin zurzeit an den beiden libanesischen Schläfern dran. Wir haben das Bekennerschreiben analysiert. Sie stehen offenbar in Verbindung zu einer Zelle ...«

»Um die Libanesen kümmert sich ab jetzt jemand anders«, winkte der Direktor ab. Stolz lächelnd, begleitete er Alain zur Tür, als ob Liebermann sein Wunderkind wäre, das der Verteidigungsministerin heute etwas auf dem Klavier vorspielen sollte.

***

Die rechte Hand der Ministerin war verbunden, sie trug den linken Arm in der Schlinge, ihre Schläfe zierte ein Pflaster. Alain bekam das Tom-Cruise-Gefühl, dieses sonderbare Staunen, wenn der Actionstar, von Kugeln durchsiebt, vom Helikopter zerfetzt und durch den Sturz aus zehntausend Metern Höhe zerschmettert sein müsste, aber in der darauffolgenden Szene lediglich ein Heftpflaster auf der Stirn trug. Frau Wieland war mittels einer Hundertfünfzig-Kilo-Bombe angegriffen worden, und doch saß sie hinter ihrem Schreibtisch aus garantiert recyceltem Tropenholz und legte ein Papier beiseite.

»Herr Liebermann.«

»Frau Minister.«

Svea Wieland stand auf. »Wollen wir rausgehen?«

Er war gerade im Begriff, sich zu setzen. »Raus?«

»Oder wollen Sie lieber ein normales Gespräch à la *Sie fragt. Er antwortet. Täterprofil. Stand der Ermittlungen* führen? In dem Fall nehmen Sie bitte Platz.«

»Ich würde lieber rausgehen.«

»Gut.«

»Sind Sie denn schon wieder ... Ich meine, wie geht es Ihnen, Frau Minister?«

Sie blieb dicht vor ihm stehen. »Noch einmal *Frau Minister*, und ich schnorre eine Kippe von Ihnen.«

»Woher wissen Sie, dass ich rauche?«

»Geraten.«

»Den Ausdruck ›schnorren‹ hört man in Berlin selten.«

»Sie sind Jude?«, fragte sie.

Er nickte.

»Ich habe in Wien studiert, da hört man ›schnorren‹ öfter.« Svea Wieland ging zur Tür, er folgte. »Wussten

Sie, dass die Schnorrer im orthodoxen Judentum eine besondere Bedeutung hatten? Sie ermöglichten es den strenggläubigen Juden, einer wichtigen religiösen Pflicht nachzukommen, der Barmherzigkeit.«

»Das wusste ich, Frau Min…« Lächelnd nahm Alain eine Packung Zigarillos aus der Brusttasche. »Erwischt.« Er bot ihr eine an.

»Sie rauchen also wirklich?«

»Ich habe wieder angefangen, eine Dummheit natürlich. Bei dem starken Kraut hier kann man wenigstens nicht inhalieren.«

»Also eine raffinierte Dummheit.« Sie zog den Zigarillo aus der Packung. »Ich bin im Himmel«, sagte sie zu einem Offizier in ihrem Vorzimmer. Er hatte den Rang eines Stabshauptmanns, trug den Bürstenschnitt amerikanisch, die Krawatte hochgeschlossen, die Brille akkurat. »Kein Telefon im Himmel«, befahl sie im Weitergehen.

»Verstanden.« Der Stabshauptmann wandte sich wieder seinem Laptop zu.

Alain sagte nichts, er fragte nichts, er hatte den Eindruck, dass Svea Wieland selbsterklärend war. Keine Höflichkeiten, keine Floskeln, keine Ministerattitüden. Ein Fahrstuhl brachte die beiden nach unten, eine Chipkarte in einen Korridor, eine Tür in den Innenhof. Dort war gar nichts.

»Hier ist gar nichts«, sagte die Ministerin. »Und niemand braucht gar nichts. Deshalb bin ich so gerne hier.«

»Verstehe.« Alain verstand es wirklich.

Keine Bank, auf die man sich setzen konnte, kein Baum, kein Strauch. Wenn man hinaufblickte, war dort, über den grauen Wänden, der Himmel über Berlin.

»Meine Leute behaupten, es sei eine afghanische Terroreinheit gewesen«, sagte Svea Wieland mit Blick zum Himmel.

Alain akzeptierte, dass sie ohne Überleitung von einem Thema zum anderen wechselte. »Ihre Leute? Welche Abteilung?«

»Militärischer Abschirmdienst.«

»Gibt es ein Bekennerschreiben der Afghanen?«

»Es wurde heute Mittag in unseren Briefkasten geworfen. Die Überwachungskamera zeigt eine verschleierte Frau.«

»Zwei Terrorgruppen aus der Kundusregion waren in letzter Zeit aktiv«, antwortete er nach kurzer Überlegung.

»Warum sollten die Afghanen mich umbringen wollen?«

»Wegen unserer Bundeswehreinheiten im Hindukusch?«

»Die sind seit siebzehn Jahren dort stationiert. Der ISAF-Kampfeinsatz war 2014 beendet. Seitdem sind die Truppen mehr oder weniger damit beschäftigt, die Post für die Soldaten auszuliefern. Bei dem Einsatz Resolute Support, den ich von meiner Vorgängerin geerbt habe, geht es vor allem um Nachhaltigkeit. Nicht alles, was die Truppe in zwei Jahrzehnten erreicht hat, soll umsonst gewesen sein.« Svea Wieland begann, im Kreis zu gehen.

Er schloss sich an. »Es heißt, Sie wollen das afghanische Kontingent auflösen und nach Hause holen.«

»In diesem Fall wären die Afghanen erst recht schlecht beraten, mich umzubringen.«

Sie hatten ihre Zigarillos noch nicht angezündet und holten es nach. Alain beobachtete den Rauch, der zum Himmel stieg.

»Was wäre, wenn jemand mit dem Anschlag einfach nur ein Zeichen setzen wollte?«, fragte er.

»Was für ein Zeichen?«

»Eine Ministerin umzubringen ist in jedem Fall ein Zeichen. Halten Sie das Bekennerschreiben für authentisch?«

»Das ist irrelevant.« Svea Wieland blieb stehen. »Den Anschlag haben nicht die Afghanen begangen. Es waren Deutsche.« Sie lächelte über Alains Verblüffung. »Wissen Sie, weshalb ich so gern im Himmel bin?« Sie zeigte auf die fugenlosen Wände. »Weil es hier keine Mikrofone gibt.«

»Wieso vertrauen Sie mir, Frau Wieland?« Alain blieb stehen. »Ich meine, wieso vertrauen Sie mir *das* an? Wir kennen uns doch gar nicht.«

»Ich habe mir Ihre Akte kommen lassen.«

»Welche?«

»Die Akte, *in der alles drinsteht*. All unsere Sicherheitsdienste haben Infos zusammengetragen. Ich fürchte, die mögen Sie nicht besonders.«

»Das kann ich mir vorstellen.«

»Sie haben immerhin den letzten Innenminister ausgehebelt, Liebermann. Sie haben den Verfassungsschutz alt aussehen lassen. Und um ein Haar wäre Ihr eigener Direktor über den Fall Hanna Golden gestolpert. Sie haben die oberste Regel im Männerclub der Geheimdienste missachtet: niemals einem Außenstehenden Einblick geben. Das wird man Ihnen nie verzeihen. Sie haben der Journalistin Hanna Golden die vollständige Akte über ihren Fall überlassen, und die hat damit ein Mediengewitter ausgelöst.«

Als Alain etwas entgegnen wollte, hob sie die Hand.

»Ich mag die Wahrheit, Liebermann. Wir brauchen die Wahrheit in unserem Job. In meinem Job ist das besonders schwierig, denn es gibt Leute in Deutschland, die sich gerne mit der Wahrheit schmücken, ohne sie zu beherzigen. Das sind Leute, die eine ›Wiedergeburt des Anstands in der Politik‹ beschwören und eine neue Moral einfordern. Aber Wahrheit und Moral sind nicht das Gleiche, manchmal sind sie das genaue Gegenteil. Die Moral geht immer vom Standpunkt des Moralisten aus. Die Wahrheit hat keinen Standpunkt, sie ist einfach wahr. Daher ist mir diese moralische Form von Anstand suspekt und jede Art, moralisch zu argumentieren, zuwider.«

Alain setzte seinen nächsten Satz vorsichtig, wie jemand, der auf losen Steinen einen Fluss überquerte. »Wenn Sie von gewissen Leuten in Deutschland sprechen und wenn ich Ihr Zitat richtig interpretiere, dann verdächtigen Sie Curt Oderberg. Kann das sein?«

Svea Wieland stieß den Rauch aus. »Sind Sie verrückt? In keiner Weise verdächtige ich den Präsidenten des BDSV. Ich habe nicht einmal seinen Namen ausgesprochen. Das haben Sie getan.« Sie sah ihn an, nur ihr Mund lächelte. »Was Sie mit Ihrem Verdacht im Weiteren tun, will ich nicht wissen. Ich darf es nicht wissen. Ich habe jede Woche Sitzungen mit dem Bundesverband der Deutschen Sicherheits- und Verteidigungsindustrie. Ich treffe den Mann, dessen Namen ich nicht ausspreche, also häufig.«

»*Der, dessen Namen man nicht ausspricht*«, lächelte Alain. »Das klingt ja wie …«

»Lassen Sie sich eins gesagt sein: Der Mann, von dem ich rede, ist um einiges gefährlicher als diese Romanfigur.«

Die Tür im Hintergrund ging auf. »Frau Minister.« Es war der Stabshauptmann.

»Was gibt es, Eggers?«

»Ihr siebzehn Uhr dreißig ist da.«

»Ich komme.« Sie schüttelte Alain die Hand. »Danke, Hauptkommissar. Halten Sie mich auf dem Laufenden.«

»Frau Minister.« Er machte eine knappe Verbeugung.

»Stabshauptmann Eggers wird Ihnen zeigen, wie Sie wieder aus dem Bendlerblock rauskommen. Rein kommt man bei uns leicht, raus ist es schwieriger.«

3
Auf Goebbels' Ruinen

»Ich habe Svea Wieland als faire Partnerin in den Verhandlungen mit dem BDSV kennengelernt.« Curt Oderberg strich das Haar aus der Stirn, eine überflüssige Geste, da die schütteren Locken seine Glatze kaum noch bedeckten. »Es ist für eine Frau besonders schwierig, dieses komplizierte Amt auszufüllen. Lassen Sie mich hinzufügen, wie sehr ich es bedaure, dass ausgerechnet eine Frau Ziel dieses schrecklichen Attentats geworden ist. Es ist und bleibt die nobelste Aufgabe unserer Gesellschaft, Frauen vor Gewalt zu schützen. In diesem Zusammenhang darf ich noch einmal erwähnen, dass der BDSV die derzeitige Besetzung des Amtes des Bundesministers für

Verteidigung problematisch findet. Der Anschlag heute zeigt, wie gefährlich es ist, eine Frau in die Schusslinie des Terrorismus zu bringen. So etwas hätte in der Bundesrepublik Deutschland nie passieren dürfen. Ich verurteile dieses heimtückische Verbrechen auf das Entschiedenste und möchte Frau Wieland mein tief empfundenes Beileid aussprechen.«

Alain legte die Füße hoch und drückte die *Mute*-Taste, das Interview wurde stumm fortgesetzt. »In einem einzigen Statement hat er sechsmal das Wort ›Frau‹ untergebracht. Oderberg charakterisiert Svea Wieland als Frau, die man beschützen muss. Er macht das sehr geschickt.«

Neben Alain wurden ein Paar nackter Füße und zwei nackte Waden auf den Couchtisch gelegt. »Geschickt, wie meinst du das?«

Die Chipstüte stand zu weit von Alain entfernt, als dass er hineinlangen konnte. »Was Svea Wielands Beliebtheitswerte betrifft, nützt der Anschlag ihr natürlich. Im Politbarometer ist sie um zwei Plätze hochgerutscht. Zugleich macht Oderberg klar, dass eine Frau in dieser Position ein Risiko darstellt.«

»Vor Wieland hat es doch schon zwei Verteidigungsministerinnen gegeben.« Neben Alain wurde in die Chipstüte gegriffen.

»Bloß haben beide die Linie ihrer männlichen Vorgänger fortgesetzt«, hielt Alain dagegen. »Verlängerung der Auslandseinsätze, Milliardenaufträge für die Rüstungsindustrie und mangelhafte Kontrolle, wenn es um Waffenlieferungen in Krisengebiete geht.«

»Die Waffenexporte werden nicht vom Verteidigungsministerium kontrolliert, sondern vom Bundessicherheitsrat.«

»Sei nicht so blauäugig«, konterte Alain. »Alle bisherigen Minister im Amt, ob weiblich oder männlich, haben die Rüstungsindustrie mit Glacéhandschuhen angefasst. Svea Wieland tut das nicht. Sie ist dabei, die Bundeswehr umzukrempeln.«

Worüber rege ich mich eigentlich so auf, dachte er. Es war nach zwanzig Uhr, Curt Oderberg gab in der *Tagesschau* ein Interview. Alles normal, wenn man davon absah, dass die Republik durch einen schweren Bombenanschlag erschüttert worden war. Die Geheimdienste hatten versagt, keiner hatte es kommen sehen.

Alain regte sich jedoch weniger über die Attentate auf als über die nackten Waden neben sich. Wäre er toleranter und einfühlsamer gewesen, säße jetzt eine bezaubernd schöne Frau neben ihm, deren glatte Waden ihn faszinierten. Er hätte Rotwein mit ihr getrunken und nicht befürchten müssen, dass sie das Art-déco-Sofa mit Rotweinflecken verunzieren würde. Später hätte er die Gläser gespült und wäre mit dieser zauberhaften Frau ins Bett gegangen. Stattdessen hockte er nun neben Velkan, dem Computer-Nerd des MES. Draußen regnete es. Pankow war bei Regen so trist, wie man Pankow bei Regen kannte.

Alain hatte Diana verärgert. Eine Verabredung zwischen ihnen war missverständlich ausgesprochen worden, weshalb sie eine Stunde auf ihn hatte warten müssen. Er hatte nicht darüber diskutieren, sondern einen schönen Abend mit ihr verbringen wollen. Es war nur eine Kleinigkeit gewesen. Aber als er nach Hause kam, wurde ihm schon beim Eintritt klar, dass in seiner Wohnung alles, die Freundin, die Luft, ja selbst die Einrichtung auf Konfrontation gebürstet war. Alain war müde vom Tag, nachdenklich, gestresst, er stellte seine Tasche ab und verstaute die gekauften Lebensmittel. Danach beging er den entscheidenden Fehler: Er beschwerte sich bei Diana, dass sie ihn nicht entsprechend begrüßen würde. Sie sah darin die Attitüde eines Fünfzigerjahre-Paschas, der erwartete, dass die Gattin ihm den Drink mixte und die Hausschuhe bereitstellte, sobald er die Schwelle überschritt. So etwas konnte er mit ihr nicht machen. Mit dem Satz »Ich bin nicht dein Cheerleader« sprang sie auf und mobilisierte die Streitkräfte. Alain war an diesem Abend zu abgespannt, um stilgerecht zu diskutieren, und setzte stattdessen eine verbale Massenvernichtungswaffe ein. Mit einem einzigen kurzen Fluch beendete er das Scharmützel, hinterließ verbrannte Erde und musste mit der Konsequenz leben, dass Diana neben dem Laptop und ihrer Unterwäsche auch die Kosmetika einpackte.

Diese Frau hatte einfach das Zeug, Kleinigkeiten in Grundsatzprobleme zu verwandeln. Ihr fehlte die Fähigkeit, Unbedeutendes an sich abperlen zu lassen. Alain besaß die Fähigkeit, alles an sich abperlen zu lassen. Er vermied es, über Fehler des Alltags zu diskutieren, weil sich Alltagskleinigkeiten durch Diskussionen zu schwerwiegenden Vorfällen aufplusterten, die Diana dann ihm zur Last legte, indem sie sein Fehlverhalten innerhalb seines Charakters verortete.

Alain hatte es nicht über sich gebracht, seinen inneren Trotzbengel zu besiegen und sich bei Diana zu entschuldigen. Er rechnete mit einer einwöchigen Funkstille, während der es keine verliebten Nachrichten geben würde, keine Emojis mit Herzchen und Küsschen, kein Dinner, keinen Sex.

Da der Abend öde wie die Lüneburger Heide vor ihm

lag, hatte er den Fehler begangen, Velkan anzurufen. Nun musste er mit dessen Schmatzen und dicht behaarten Waden leben.

»Glaubst du tatsächlich, der Chef des BDSV hat das Attentat auf Svea Wieland in Auftrag gegeben?«, fragte Velkan mit der Finesse eines Quizmasters.

»Spinnst du?« Alain starrte ihn an. »Sechsunddreißig Stunden nach dem Anschlag kann man das unmöglich sagen.«

»Die Ministerin scheint mit ihrem Verdacht nicht so zurückhaltend zu sein.« Velkan kaute knirschend.

»So einfach ist die Politik nicht gestrickt, mein Lieber. Nur, weil die Ministerin dem BDSV ein Dorn im Auge ist, befiehlt man noch keinen Bombenanschlag auf sie.«

Velkan nahm die Füße vom Tisch. »Dann lass es mich anders formulieren. Der Rheinmetall AG und den anderen Rüstungsherstellern sind durch Wielands Umstrukturierungen Aufträge in Milliardenhöhe durch die Lappen gegangen. Reicht das für dich, um einen Bombenanschlag zu rechtfertigen?«

»Die Rüstung kompensiert diese Kürzungen im Inland durch vermehrten Export.«

Velkan schüttelte den Kopf. »Die Ministerin blockiert den Waffenexport durch ihr Veto im Bundessicherheitsrat. Die Industrie verliert also Milliarden. Frau Wieland wurde auf dem Motorrad beschossen, danach hat man eine Hundertfünfzigkilobombe unter ihrem Hintern gezündet. Du gestattest mir als einfachem Staatsbürger, in diesem Fall zwei und zwei zusammenzuzählen.«

Alain nahm Velkan die Chipstüte weg. Zu einfach, dachte er, zu glatt, zu offensichtlich. Man löste die Probleme der Industrie nicht, indem man die Ministerin umbrachte. Außer Curt Oderberg hatte noch einen Trumpf im Ärmel. Einen neuen männlichen Kandidaten für das Verteidigungsministerium zum Beispiel.

***

»Gibt es keine Möglichkeit, ihn vorübergehend aus dem Koma zu holen?«

»Es gäbe diese Möglichkeit, sofern wir bereit wären, bleibende Zerebralschäden in Kauf zu nehmen«, antwortete der Leiter der Intensivstation. »Was wir natürlich nicht tun.«

»Möglicherweise ist Kadou Hauser der Einzige, der den Täter gesehen hat«, gab Alain zu bedenken. »Der Fahrer und der Beifahrer des Wagens sind tot.«

»Ich verstehe Ihr Dilemma, Herr Liebermann. Trotzdem ist es unmöglich.«

»Selbst dann, wenn wir durch Hausers Aussage einen weiteren Anschlag verhindern könnten?«

»Selbst dann«, bestätigte der Leiter der Intensivstation freundlich. »Vierzig Prozent der Haut des Patienten sind verbrannt. Es werden mehrere Operationen nötig sein, um ihm nach seiner Genesung ein normales Leben zu ermöglichen. Der neurologische Schaden, den er davongetragen hat, ist noch gar nicht abzusehen.«

»Verstehe … verstehe … verstehe«, murmelte Alain, während sein Gehirn nach einer Möglichkeit suchte, das Nein des Arztes zu umgehen. Den halben Tag lang hatte er an den Tatorten zugebracht. Der Scharfschütze in der Königstraße hatte sich eine gute Position im Wald ausgesucht. Er verwendete ein Stativ, dessen Abdrücke die Kriminaltechnik im Waldboden entdeckte. Patronenhülsen fand man nicht. Die Fußspuren besaßen keinen Aussagewert, da im Spätsommer zu viele Pilzesammler durch den Wald stiefelten. Die Waffe war vermutlich ein Scharfschützengewehr Marke Eigenbau, ein sowjetisches *Mosin-Nagant*, bei dem der Kammerstängel verlängert worden war, um das Zielfernrohr zu montieren. Um die große Reichweite zu erzielen, hatte der Täter Spezialmunition, Kaliber 300 Winchester Magnum, verwendet. Eine sowjetische Waffe, abgefeuert mit amerikanischer Munition. Man fand nur eine einzige Kugel, jene in der kugelsicheren Weste des dritten Begleitschützers, der mittlerweile außer Lebensgefahr war.

Alain hatte sich den Motorradhelm der Ministerin zeigen lassen. Möglicherweise wollte der Angreifer durch die ersten Kugeln erreichen, dass der Konvoi eine bestimmte Route nahm. In solchen Situationen war das gängige Prozedere, die Schutzperson schnellstens aus der Gefahrenzone zu bringen. Der beste Weg führte vorbei am Potsdamer Yachtclub über die Brücke jener Landzunge, von der aus man in wenigen Minuten die Insel Schwanenwerder erreichte. Der SUV hätte allerdings auch die Route nördlich in den Düppeler Forst nehmen können, überlegte Alain, oder auf direktem Weg auf die Autobahn 115. Die Insel als Zielpunkt zu wählen kam ihm sonderbar vor, selbst wenn die Wiesen dort sich als Landeplatz eigneten. Tatsächlich hatte der Bundeswehr-Helikopter sein dortiges Ziel bereits angeflogen, als der SUV auf der Brücke durch die Bombe gestoppt wurde.

Die Umgebung dieser Brücke war an und für sich ein hübscher Ort. Man konnte die Boote an den Anlegestegen sehen, dahinter das große Wasser und am nächstgelegenen Ufer die Liebermann-Villa. Als Junge hatte Alain mit seiner Großmutter das dortige Museum besucht. Es bestand keine Verwandtschaft zwischen dem berühmten deutschen Impressionisten und Alains Familie, aber wer konnte das bei den Verzweigungen des Liebermann-Clans schon mit Sicherheit sagen?

Die beiden Pkws an der Ampel waren von der Wucht der Bombe unmittelbar getroffen und zerstört worden. Die Insassen hatten nicht die geringste Chance gehabt. Weshalb war der SUV der Ministerin mehrere Meter von dem Ampelübergang entfernt in die Explosion geraten? Niemand, der in höchster Eile ein Regierungsfahrzeug lenkte, hätte sich freiwillig hinten angestellt, sondern wäre mit Blaulicht in die vorderste Position gefahren. Fahrer und Beifahrer konnten darüber keine Auskunft mehr geben. Daher hatte Alain die Ministerin angerufen. Zu seiner Überraschung brauchte er keine zehn Sekunden zu warten, bis man ihn durchstellte.

»Kadou hat kurz vorher irgendetwas gesehen«, antwortete Frau Wieland auf seine Frage.

»Was könnte das gewesen sein?«

»Er rief ›Zurück!‹. Er hat den Fahrer regelrecht angeschrien. Wir sind aber nicht einmal fünf Meter weit gekommen, bevor die Bombe hochging.«

»Könnte Kadou Hauser jemanden entdeckt haben, der die Fernzündung ausgelöst hat? Haben Sie selbst in der Nähe jemanden bemerkt?«

»Nein.« Sie schien zu überlegen. »Niemand wäre wohl so lebensmüde, eine Bombe vom Straßenrand aus zu zünden.«

»Herr Hauser könnte jemanden gesehen haben, der die Position Ihres Wagens per Handy durchgegeben hat.«

»Auch in diesem Fall wäre derjenige zu nahe an der Explosion dran gewesen. Wo sind Sie denn gerade?«, fragte Svea.

»Auf Schwanenwerder.«

»Was wollen Sie denn dort? Der SUV hat die Insel doch gar nicht erreicht.«

»Es ist nur so ein Gefühl.«

»Ein Gefühl, welcher Art?«, erwiderte sie nach einer winzigen Pause.

»Ich versuche zu erfassen, wo die Quelle der Tat zu finden ist, der Ursprung, wo alles begonnen hat.«

»Was meinen Sie mit der *Quelle*?«

»Bis jetzt sehen wir nur, was der oder die Täter uns sehen lassen wollen. Wir wissen nicht, ob vielleicht noch ein dritter Anschlag auf Sie geplant war.«

»Und den dritten Anschlag vermuten Sie auf Schwanenwerder?«

»Mir ist unklar, weshalb der Bundeswehrhubschrauber dorthin gelenkt wurde. Wer hat die Flugroute organisiert?«

»Ich glaube, das war PB 4.«

»Der Personenschützer im SUV?«

»Ja. Er war neu. Sein Name ist Kleist.«

»Verstehen Sie mich bitte nicht falsch, ich verdächtige niemanden aus Ihrer Truppe. Ich möchte nur einfach nichts übersehen.«

»Kleist ist tot.«

»Ich weiß.«

»Soll ich Ihnen seine Personalakte zukommen lassen?«

Alain räusperte sich. »Ich habe mir erlaubt, das bereits selbst in Auftrag zu geben. Bevor Herr Kleist zu Ihnen kam, war er beim BND. Keine Familie, keine Auffälligkeiten im Dienst.«

»Und, was haben Sie jetzt vor?«

Alain hörte Unruhe im Hintergrund. Jemand schien bei der Ministerin einzutreten. »Wissen Sie eigentlich, an welcher Stelle der Hubschrauber genau niedergegangen ist?«, fragte er.

»Woher sollte ich das wissen?«

»Auf dem Gelände, wo früher der private Filmsaal von Joseph Goebbels stand. Er hat das Grundstück 1935 von einem emigrierten Bankier erpresst.«

»Warum erzählen Sie mir das?«

»Auf Schwanenwerder begegnet man der Geschichte auf Schritt und Tritt.«

»Ja, und?«

»Ihr Urgroßvater, Frau Wieland«, antwortete Alain.

»Mein Urgroßvater war ein hoher Nazi-General. Das ist bekannt.«

»Berthold Wieland, Ihr Urgroßvater, besaß ein Grundstück auf Schwanenwerder.«

Ein Moment der Stille, dann ergänzte die Ministerin: »Ich glaube, die Villa steht sogar noch. Sie liegt neben der Niederlassung eines amerikanischen Instituts.«

»Das De'Lorion-Institut.«

»Was hat das denn um Himmels willen mit den Anschlägen zu tun?«

»Wahrscheinlich gar nichts«, versicherte Alain. »Aber in einem Fall wie diesem sind die Verästelungen häufig kompliziert. Die zerstörte Villa von Goebbels, Ihr Urgroßvater, der Teile der Wehrmacht befehligt hat. Achtzig Jahre später steht seine Urenkelin an der Spitze des deutschen Heeres. Ich weiß nicht, ob es hier Zusammenhänge gibt, aber es ist mein Job, einen Zusammenhang nicht auszuschließen.«

»Was haben Sie wegen Curt Oderberg unternommen?«, fragte die Ministerin ein wenig ungeduldig.

»Ich habe einen Termin mit ihm gemacht.«

»Mit Curt persönlich?«

Er stutzte. »Sie kennen ihn so gut, dass Sie ihn beim Vornamen nennen?«

»Es gab Zeiten, da mochten wir uns, Oderberg und ich. Auf Wiederhören, Herr Liebermann.«

Danach war Alain eine Weile auf der Wannseeinsel herumgelaufen. Auf den Klingelschildern gab es keine Namen, man war hier exklusiv. Vor 1945 hatte die Insel im Volksmund auch *Bonzenwerder* geheißen. Industrielle und Bankiers siedelten sich auf ihr an. Die jüdischen unter ihnen waren vertrieben worden. Goebbels, Albert Speer und andere traten ihre Nachfolge an. Nach dem Krieg wohnte der US-amerikanische Oberbefehlshaber Eisenhower hier, später Axel Springer. Es hatte Gerüchte gegeben, wonach Brad Pitt und Angelina Jolie sich ein Inselrefugium auf Schwanenwerder bauen lassen wollten. Eine Insel, die zu allen Zeiten Begehrlichkeiten geweckt und einflussreiche Persönlichkeiten angelockt hatte, dachte Alain, während er über die schmale Straße auf das Festland zurückfuhr.

»Wann planen Sie die Operationen, für die Sie Kadou Hauser aus dem Koma holen werden?«, fragte Alain den Leiter der Intensivstation.

»Innerhalb der nächsten Woche«, antwortete der Arzt.

»Könnten Sie mich benachrichtigen, wenn es so weit ist?«

»Nur, weil der Patient nicht mehr im Koma liegt, ist er noch lange nicht vernehmungsfähig.«

»Bitte, Herr Doktor. Benachrichtigen Sie mich einfach.«

Der Arzt sagte es zu. Alain verließ das Klinikum Havelhöhe, in das die Verwundeten des Bombenanschlags gebracht worden waren. Es war ein wundervoller, beschaulicher Ort. Die Gebäude mit den Krankenzimmern zogen sich am Ufer des Wannsees entlang.

Wenn ich einmal krank bin, möchte ich hier gesund gepflegt werden, dachte Alain, bestieg die Black Spirit und fuhr ins Zentrum zurück.

4
Anhörung

»Mein Bester, ich habe einen Untersuchungsausschuss zu leiten.« Curt Oderberg legte ein beachtliches Tempo an den Tag, wenn man bedachte, dass er seinem siebzigsten Geburtstag näher war, als die meisten wussten. Er rannte förmlich durch den Wandelgang, dessen Verkleidung an billigen Waschbeton erinnerte und nicht an die Grandezza grauen Marmors, mit dem er tatsächlich gefliest war. Der Präsident des BDSV hatte die Erscheinung eines kleinen Mannes, doch wer ihm nahekam, begriff, Oderberg war pure Energie. Sein dreiteiliger Brioni saß so slim, als ob Oderberg heute noch bei einem lateinamerikanischen Tanzwettbewerb antreten wollte.

»Wir hatten einen Termin, Herr Präsident«, gab Alain zu bedenken, während er sich anstrengte, Schritt zu halten.

»Sie sagen es, mein Junge. Wir *hatten* ihn. Ihre Zeit ist abgelaufen.«

»Die Verspätung tut mir leid.«

»Mir auch. *So long.*« Oderberg versuchte den Mann vom Staatsschutz abzuhängen.

Vorhin hatte sich Alain verlaufen. Da er nicht an jeder Kontrolle seine Dienstmarke vorzeigen wollte, hatte er sich kurzerhand einen Besucherausweis für das Reichstagsgebäude besorgt, der ihm um den Hals baumelte. So ausstaffiert, war er unterwegs in den dritten Stock, gelangte aber auf mysteriösen Wegen in das neu gebaute Zwischengeschoss, durch das man auf die Zuschauertribüne über dem Plenarsaal gelangte. Völlig unvorbereitet, fand sich Alain im Herzen der deutschen Demokratie wieder. Es fühlte sich sonderbar und zugleich erhebend an, einen Raum zu betreten, durch den man schon zahllose Male als Fernsehzuschauer gestreift war. Wie ein Gymnasiast aus Salzgitter, zu dessen Berlinexkursion der Besuch des Reichstages zählte, stand Alain da und staunte. Der Saal war leer, nur ein einsamer Abgeordneter hatte offenbar etwas verloren und suchte es unter den beweglichen blauen Stühlen des Plenums. Dabei wechselte er mehrmals zwischen den Reihen der AfD und den FDP-Bänken hin und her.

Im dritten Stock des Gebäudes lagen die Büros und Sitzungssäle der Fraktionen, dorthin hatte der Vorsitzende des BDSV Alain bestellt. Er verirrte sich noch zwei Mal, bis ein barmherziges SPD-Mitglied ihn zum richtigen Fahrstuhl brachte. Alain fand Oderberg nicht am vereinbarten Treffpunkt, sondern begegnete ihm, als er bereits zu seinem nächsten Termin unterwegs war. Alain entschuldigte sich und bat den Präsidenten, ihn dorthin begleiten zu dürfen.

»Ich weiß nicht, was ich zu den Bombenanschlägen noch sagen soll.« Oderbergs genagelte Absätze markierten den Stechschritt ihres Trägers, während Alain auf Gummisohlen lautlos nebenherlief. »Haben Sie mein Interview in der *Tagesschau* nicht gesehen?«

»Das habe ich, Herr Präsident.«

»Die Afghanen haben sich bereits zu dem Anschlag bekannt. Also, was wollen Sie noch mehr?«

»Das Bekennerschreiben, auf das Sie sich beziehen, ist schlampig gemacht, Herr Präsident.«

»Halten Sie es für eine Fälschung?« Oderberg wurde für einen Moment langsamer.

»Es ist in mangelhaftem Farsi abgefasst.«

»Terroristen sind meistens keine Literaturnobelpreisträger.«

»Das Schreiben legt die Vermutung nahe, dass es mit dem Google-Übersetzer hergestellt wurde. Auch die Muslima, die den Brief im Bundesministerium deponiert hat …«

Eine Kontrollschleuse unterbrach Alains Ausführungen. Er musste sich ausweisen, der Präsident wurde höflich durchgewunken.

»Ja, also, was ist mit dieser Frau?«

»Sie war verschleiert. Die Aufnahme der Überwachungskamera zeigt aber, dass sie das Bekennerschreiben aus einer Gucci-Tasche hervorzieht.«

»Warum soll eine Muslima keine Gucci-Tasche besitzen?« Oderberg nahm das alte Tempo wieder auf. »Also schön, Sie haben Zweifel an der Echtheit der Bekenner«, lenkte er ein. »Bloß, was hat das mit mir zu tun?«

Alain erkannte, dass Oderberg auf den Sitzungssaal des Ältestenrates zusteuerte. Wenn er noch irgendetwas erreichen wollte, musste er, angepasst an ihren Sprint, die innere Gangart verschärfen.

»In welchem Verhältnis stehen Sie zu Frau Wieland, Herr Präsident?«

»In einem respektvollen Verhältnis. Sie ist die Ministerin.«

»Svea Wieland war Ihre Studentin, nicht wahr?«

Oderberg machte so abrupt halt, als ob er gegen eine Glaswand geprallt wäre. »Das wissen Sie schon? Hat Svea es Ihnen erzählt?«

»Sie haben einige Semester International Humanitarian Law an der Uni in Wien gelehrt«, erwiderte Alain, ohne darauf einzugehen. »Dort haben Sie einander kennengelernt.«

Auf einmal schien Oderberg keine Eile mehr zu haben. Im Schlenderschritt lief er weiter, als ob er mit einem alten Freund schöne Zeiten von früher Revue passieren ließ. »Tja, die Kinder werden groß«, lächelte er. »Es kommt mir wie gestern vor, da trug Svea ihr Haar noch lang und warf es gerne wirkungsvoll in den Nacken. Damals war sie auf dem Campus eine begehrte junge Dame.«

»Begehrt? Wie meinen Sie das?«

Oderberg begriff, dass er ein heikles Thema anschnitt. »Um Ihrer nächsten Frage gleich zuvorzukommen, ich hatte nichts mit Svea Wieland. Sie und ich haben keinerlei Vorgeschichte.«

»Das wäre nicht meine nächste Frage gewesen, Herr Präsident«, antwortete Alain. »Sie duzen einander?«

»Früher haben wir das getan, ja. Die Zeiten waren entspannter damals. Man brauchte nicht gleich den Staatsanwalt zu fürchten, wenn man eine Studentin auf einen Kaffee eingeladen hat.«

Der Saal kam in Sicht. Damen und Herren standen davor, die Flügeltüren waren noch geschlossen.

»Was halten Sie heute von Ihrer früheren Studentin als Verteidigungsministerin?«

Oderberg musterte Alain wachsam. »Was hat meine persönliche Einschätzung mit Ihren Ermittlungen zu tun, Hauptkommissar?«

»Ich möchte mir ein Bild über die Wertschätzung machen, die diese junge Ministerin besitzt.«

»Und da kommen Sie ausgerechnet zu mir? Ich bin kein Mitglied des Bundestages.« Oderberg wies auf einen Pfeil hinter Glas, der die Aufschrift *Plenarsaal* trug. »Dort sollten Sie sich umhören, wie man die Kollegin einschätzt.«

»Sie und damit der BDSV profitieren von einem guten Verhältnis zur Verteidigungsministerin am meisten, Herr Präsident.«

Oderberg trat dicht vor den Hauptkommissar. »Sehen Sie mir in die Augen, Liebermann, und sagen Sie mir, dass Sie Svea Wieland für die beste Wahl als Bundesministerin für Verteidigung halten.«

Alain entdeckte kleine graue Einsprengungen in den Pupillen seines Gegenübers. »Ich halte Svea Wieland für die derzeit beste Wahl als deutsche Verteidigungsministerin.«

Ein langer Blickwechsel, Oderberg blinzelte als Erster. »So einen wie Sie hätte ich gern in meiner Pokerrunde. Sie verstehen zu bluffen.« Er klopfte Alain auf den Oberarm. »War nett, Sie kennenzulernen.« Oderberg wollte weiter.

»Unser Land braucht Gewissheit, dass die innere Sicherheit trotz der Anschläge gewährleistet ist«, rief Alain ihm nach.

»Unser Land braucht eine kompetente Person an der Spitze der Armee«, gab Oderberg so stimmhaft zurück, dass einige Abgeordnete auf dem Wandelgang sich umdrehten. »Frau Wieland ist angeschlagen. Sie ist traumatisiert. Sie braucht Ruhe, muss vielleicht in therapeutische Behandlung. Da wird es doch erlaubt sein, über eine Alternative für ihr Amt nachzudenken.«

»Hat der BDSV schon jemanden als Alternative im Auge?«

Oderberg ignorierte die Frage einfach. »Die gestrigen Anschläge waren natürlich tragisch, aber vergessen wir nicht, sie hätten für Frau Wieland weit schlimmer enden können.«

»Hätten Sie das begrüßt?« Am Gesichtsausdruck des anderen erkannte Alain, dass er zu weit gegangen war. »Entschuldigen Sie bitte, das war taktlos.«

Seltsamerweise ließ Oderberg den Fauxpas an sich abperlen. »Also gut, spielen wir für einen Augenblick mal Ihr Was-wäre-wenn-Spiel. Wenn der Posten des Verteidigungsministers seit gestern vakant wäre, wen würden Sie dann für am besten geeignet halten, um Frau Wieland zu ersetzen?«

»Obwohl Politik häufig in meine Arbeit hineinspielt, bemühe ich mich im politischen Sinn um Objektivität«, antwortete Alain.

Oderberg fuhr sich mit der Zunge über die Lippe. »Haben Sie ein Wörterbuch, Herr Liebermann?«

»Ich benütze meistens den Online-Duden.«

»Ich habe noch einen alten Duden aus Papier zu Hause. Vor Jahren habe ich einen dicken Filzstift genommen und das Wort *Objektivität* durchgestrichen. Wer sich für unseren Staat einsetzt, wer in unserem Staat etwas zum Besseren verändern will, ist gefordert, seine persönliche Meinung, seine Lebensphilosophie und seine Subjektivität einzubringen. Alles andere wäre verlogen und ineffizient. Natürlich gibt es einen Kandidaten, der als Verteidigungsminister bestens geeignet wäre.«

»Ein Kandidat der Grünen?«

»Einen Mann, der in seiner Karriere Lorbeeren für seine Arbeit eingeheimst hat und trotzdem bodenständig und grundehrlich geblieben ist.«

»Sie sehen also eher einen *Mann* in der Funktion?«

»Lassen Sie mich mit diesem Gewinsel nach Geschlechterparität zufrieden«, konterte Oderberg. »Fünfzig Prozent der Bevölkerung sind männlich, auf diesen Umstand muss man heutzutage fast schon wieder hinweisen. Ja, ich kenne einen Mann, der jede Qualifikation für das schwierige Amt mitbringt.«

Im Hintergrund gingen die Türen auf, die Parlamentarier betraten den großen Sitzungssaal.

»Es geht mich zwar nichts an, aber verraten Sie mir den Namen Ihres Favoriten?«

Der Vorsitzende lächelte. »Sie haben absolut recht, Herr Liebermann, es geht Sie nicht das Geringste an.«

Ohne Verabschiedung lief Oderberg in den Saal und zum Platz des Vorsitzenden. Er schüttelte mehrere Hände und erwiderte Begrüßungen. Er goss sich ein Glas Wasser ein und zog das Mikrofon heran.

»Herr Fraktionsvorsitzender, verehrte Mitglieder des

Bundestages, meine Damen und Herren. Mein Name ist Curt Oderberg, ich stamme aus Frankfurt am Main und fungiere derzeit als Vorsitzender des Bundesverbandes der Deutschen Sicherheits- und Verteidigungsindustrie. Es ist mein Privileg, der heutigen Anhörung vorsitzen zu dürfen. Dieser Ausschuss tritt zusammen, um die parlamentarische Anfrage mit der Ordnungsziffer P8 ZV 756 Strich 14 zu behandeln. Zur Diskussion stehen die Vorfälle vom …«

Mehr bekam Alain von der Anhörung nicht mit. Die Flügeltüren hatten sich geschlossen.

5
Mit Gottes Hilfe

»Mobiltelefone gehören mittlerweile zur Standardausrüstung jedes Bergsteigers, darum ist der Ruf um Hilfe heute einfacher geworden. Wenn es um Menschenleben geht, spart das wichtige Minuten.«

Peter von Barnuth war zwar nicht der Sologast bei Lanz, doch er hatte den wichtigen Platz zur Linken des Talkshow-Heilands inne. Wer sein Wasserglas direkt neben Lanz abstellen durfte, war Matador und Stimmungsstier der Sendung.

Peter von Barnuth stammte aus einem alten bajuwarischen Geschlecht, das 1221 mit *Wernhardus de Barnuthus* zum ersten Mal urkundlich erwähnt wurde. Ihr Familiensitz war Barnathsdorf in Oberbayern. Die von Barnuths kämpften an der Seite habsburgischer Kaiser ebenso wie in den Schlachten des Preußenkönigs Friedrich. Sie taten sich als bayerische Außenminister und sogar Regenten von Griechenland hervor, stellvertretend für den minderjährigen Wittelsbacher König.

»Ihr persönliches Erlebnis muss man allerdings als das Gegenteil von *einfach* bezeichnen«, erwiderte Lanz launig und ermunterte seinen Gast zu erzählen.

»Die Natur in den Alpen wird zunehmend unberechenbar«, erklärte von Barnuth. »Der Klimawandel bringt extreme Wetterlagen mit sich, führt zu Hangrutschen und Steinschlägen. Die Todesfälle nehmen zu. Dazu kommt, viele Menschen steigen heute in die Berge, frei nach dem Motto: Wenn mir was passiert, rufe ich einfach den Heli. Das Handy wird zu einem Fluch des Alpinismus. In meinem Heimatkreis rund um Garmisch kann man schon von einem unfreiwilligen Shuttleservice der Bergwacht sprechen. Verantwortungslose Touristen täuschen einen Bergunfall vor, weil sie keine Lust auf den anstrengenden Gipfelabstieg haben.«

Lanz schienen die Ausführungen des Gastes wohl zu analytisch, denn er fragte ihn: »Wie hat sich das denn nun abgespielt? Wenn ich Sie richtig verstehe, sind Sie mit Ihrem privaten Helikopter eingesprungen, da die Bergrettung überfordert war?«

»Die Bergwacht hat den Notruf vom Jubiläumsgrat zu einem Zeitpunkt empfangen, als beide Rettungshubschrauber im Einsatz waren. Da unser Wohnsitz unweit von Garmisch liegt, hat man mich angerufen.«

»Und Sie haben den Hubschrauber selbst gelenkt?«

»Nein. Ich wusste, dass die Touristin unterhalb der

Höllentalspitze verunglückt war. Dort lässt sich eine Rettung aus der Luft allein nicht bewerkstelligen. Also habe ich den Jörgl gebeten, den Heli zu fliegen.«

»Der Jörgl ist …?«

»Mein jüngerer Bruder Jörg. Wir sind Richtung Hochblassen aufgestiegen.«

Da das Eis gebrochen war, begab sich die Kamera auf Beobachtungstour unter die anderen Gäste. Da war die Mutter eines misshandelten Models, außerdem ein kahlköpfiger Autor, der seine Krebs-Biografie vorstellen sollte, und eine Kabarettistin, deren Stern im Sinken war. Sie alle hatten Wissenswertes zu erzählen, doch es reichte nicht an das »Wunder Barnuth« heran: Ein junger Mann aus bestem Haus, gut aussehend, bescheiden, warmherzig, rettete eine junge, unerfahrene, ebenfalls bildhübsche Niederländerin vor dem sicheren Tod. Von Barnuth ließ sich von seinem Bruder zum Verbindungsgrat der Zugspitze fliegen, dem Blassenkamm. Unweit der Höllentalspitze seilte er sich ab. Die Jahreszeit war nicht ideal für hochalpine Touren. Erst ab Mitte September beruhigte sich das Wetter, wodurch die Begehung der Grataufschwünge für trainierte Kletterer keine Gefahr mehr darstellte. Wegen der nassen Witterung und des rutschigen Geländes hatte sich die Niederländerin verstiegen und kam vom Hauptpfad ab. Als sie erkannte, dass der Schwierigkeitsgrad der Wand, in der sie sich befand, ihre Fähigkeiten überstieg, war es für die Umkehr schon zu spät. Sie kletterte weiter, hielt sich an einem Felskopf fest, der nachgab und herausbrach. Die junge Frau stürzte zwanzig Meter in die Tiefe. Sie überlebte mit ausgekugeltem Schultergelenk. Mit der gesunden Hand bediente sie ihr Handy.

»Und Sie sind einfach zu ihr hinuntergeklettert?«, fragte Lanz.

»Einfach war es leider nicht, da der Grat an einer Stelle überhängend ist«, antwortete von Barnuth.

Lanz nickte zufrieden, weil sein Gast endlich zugab, dass seine Leistung übermenschlich gewesen war. »Sobald Sie die Verunglückte erreicht hatten, wollten Sie die junge Frau vom Helikopter hochziehen lassen, stimmt das?«

»Unglücklicherweise war das nicht möglich. Durch die Überhanglage konnte der Jörgl die Unglücksstelle nicht direkt anfliegen.«

»Das heißt, Sie mussten diese junge Frau ...« Lanz warf einen Blick in die Kamera. »Sie heißt übrigens Annalena Vermeulen. Sie mussten Annalena über einen überhängenden Grat dreißig Meter nach oben *tragen?* Geht das überhaupt?«

»Eigentlich wären zwei Männer dafür erforderlich gewesen, einer, der von unten sichert, der andere zieht die Verunglückte hoch.«

»Sie waren aber allein.« Lanz fand die richtige Balance zwischen Anspannung und Anteilnahme, mit der er die schlichten Worte von Barnuths zum alpinen Reißer machte. »Konnte Annalena Ihnen Hilfestellung leisten?«

»Ihre Schulter war ja ausgekugelt. Deshalb konnte sie sich nicht an mir festhalten.«

»Was haben Sie getan?«

»Ich habe mir Annalena auf den Bauch gebunden.«

Spontan setzte Lachen ein. Das Publikum lachte voll Anteilnahme, weil sich der Held die gottlob zierliche Holländerin vor den Bauch geschnallt hatte.

»Das löste aber das Problem des Höhenunterschieds nicht«, gab Lanz der Erzählung Zunder. »Wie haben Sie den Grat überwunden?«

»Durch eine …« Von Barnuth versuchte, es mit den Händen zu demonstrieren. »Durch eine Kletterschlinge.«

»Wir haben eine solche Schlinge hier.« Der Talkmaster übergab von Barnuth eine Bandschlinge aus belastungsfähiger Kunstfaser.

»Ich befestige die Schlinge an meinem Seil, sehen Sie, so, setze den Fuß hinein, befestige die nächste Schlinge etwas höher, steige hinauf, löse die untere Schlinge, befestige sie weiter oben, und immer so fort«, erklärte von Barnuth, als ob er die Anleitung zum Basteln eines Papierschiffchens beschreiben würde.

»Und all das haben Sie getan, während sie eine fünfzig Kilo schwere Frau an sich hängen hatten?«

»Annalena wiegt etwas weniger, glaube ich.«

Wieder war das Gelächter herzlich und solidarisch.

»Die Schwierigkeit war nur, den Überhang zu überwinden.« Von Barnuth hob die Hände. »Aber mit Gottes Hilfe haben wir es geschafft.«

Die Mutter des gedemütigten Models, die zu Recht fürchtete, in der Sendung zu kurz zu kommen, stand auf und schüttelte von Barnuth stumm die Hand. Sie zögerte kurz, dann umarmte sie ihn. Kräftiger Applaus erhob sich, der zum Ausdruck brachte, dass jede Frau im Publikum in diesem Moment gern an der Stelle der Modelmutter gewesen wäre.

Peter von Barnuth lachte darauf schüchtern, und das war das Hübscheste, das Liebenswerteste, das Publikumswirksamste, was die heutige Sendung zu bieten hatte.

»Von Barnuth ist also Oderbergs Kandidat.« Alain warf die Fernbedienung auf den Couchtisch und glitt geschmeidig über die Person zu seiner Rechten. Heute war es nicht Velkan mit den behaarten Beinen, heute war sein Gast Diana Göring.

Alain Liebermann war Witwer. Durch den Tod seiner Frau Lea war etwas aus ihm herausgerissen worden, das nie mehr zu ersetzen war. Lange Zeit hatte er geglaubt, sich keiner anderen Frau öffnen zu können. Bei der ersten Begegnung mit Diana hatte Alain sie mit dem Motorrad angefahren. Bei ihrer zweiten Begegnung hatte sie ihn, den überzeugten Prenzlberg-Hasser, in ein Restaurant in Prenzlauer Berg eingeladen. Bei ihrer dritten Begegnung waren sie bei achtunddreißig Grad im Schatten über das Tempelhofer Flugfeld spaziert. Bei ihrer vierten Begegnung hatten sie an einem Nachmittag in Brüssel so leidenschaftlich miteinander geschlafen, dass Alain seinen Rückflug nach Berlin verpasste. Diana Göring war großzügig, klug, geduldig, ungeduldig, stolz, verletzlich. Sie würde niemals Lea sein, vielleicht war das ihr größter Vorzug. Alain traute sich, Diana zu lieben, und das kam einer inneren Revolution gleich.

Sie hatte keine Lust gehabt, wegen ihres letzten Streites länger als zwei Tage zu schmollen, auch deshalb, weil in der Straße vor ihrem Haus der Presslufthammer wütete. Bei Alain zu übernachten war wesentlich ruhiger.

»Das würde Oderberg rundheraus abstreiten«, antwortete Diana gepresst, da Alain ihr die Luft abschnitt. »Er darf nicht zugeben, dass von Barnuth sein Protegé ist.«

»Wieso?«

»Weil er seinen Schützling politisch nicht zu früh verschleißen kann.« Sie schob Alain von sich. »Du bist mir zu schwer.«

Er setzte sich auf, griff nach seinem Glas, trank einen Schluck, fand den Wein abgestanden und kippte den Rest in die Zimmerpalme. Er griff nach der Flasche im Kühler und goss sich nach. »Du glaubst also, die Tatsache, dass von Barnuth heute in der Sendung auftrat, war reiner Zufall?«

Diana warf ihm diesen Blick zu, der sagte: *Wie lange arbeitest du schon im politischen Berlin, und glaubst immer noch, dass hier irgendetwas dem Zufall überlassen wird?* »Oderberg ist stellvertretender Vorsitzender im ZDF-Fernsehrat«, antwortete sie. »Als solcher kann er die Gästeliste bei *Lanz* mitbestimmen.«

Alain trank. »Die Frage nach einem neuen Verteidigungsminister stellt sich derzeit aber gar nicht. Die Ministerin hat den Anschlag überlebt.«

Diana griff nach ihrem Glas. »Oderberg denkt weiter. Ihn interessiert nicht der Sprint, sondern die Langstrecke. Die meisten aus Barnuths Familie waren beim Militär. Vater, Großvater und sogar der Urgroßvater sind Offiziere gewesen. Darauf setzt Oderberg. Die Umfragen zeigen, dass die Wähler die Schnauze voll haben von Quereinsteigern in der Politik, vor allem in Ministerien, wo Sachverstand gefragt ist. Svea Wieland ist so eine Quereinsteigerin. Solange sie das süße Mädel war, das die Eisbären retten wollte und Plastiktüten aus der Ostsee fischte, mochte es angehen. Aber sobald jemand unsere Armee befehligt, sieht das anders aus. In der Rolle sieht die Bevölkerung lieber einen schneidigen Kerl.«

»Wo kommt plötzlich dein Zynismus her?«, lächelte

Alain. »Das Klischee vom ordengeschmückten Heerführer ist längst überholt.«

»Die Geschichte verläuft in Zyklen. Eine Zeit lang fanden die Leute es schick, wenn eine blonde Madame in Stöckelschuhen die deutschen Truppen in Afghanistan inspizierte. Bedauerlicherweise sind ihr und ihrer Nachfolgerin schwere Fehler unterlaufen. Das G 36 schießt krumm und schief und wird so heiß, dass die Soldaten es als Bierwärmer benützen. Unsere Helikopter kriegen den Hintern nicht vom Boden, und die Renovierung der *Gorch Fock* kostet hundert Millionen. Da kommt der Staatsbürger irgendwann ins Grübeln, ob die richtigen Leute am Ruder sitzen.« Diana knöpfte ihre Bluse zu. »Neulich habe ich den Arbeiter mit dem Presslufthammer vor meinem Haus sagen hören: ›Wenn ich so wenig von meinem Job verstehen würde wie die da oben, müsste ich Hartz IV beziehen.‹« Diana angelte sich ihren Rock. »Oderberg hat genau den richtigen Riecher. Die Zeit ist reif für einen sympathischen Technokraten mit militärischem Stammbaum, dem die Frauenherzen zufliegen.«

»Was machst du denn da?« Alain wurde durch ihre Aktivitäten abgelenkt. »Fährst du etwa heim?«

»Wie kommst du darauf?«

Er zeigte auf die vollständig angezogene Diana, während er in Boxershorts dasaß. »Na, weil du …«

»Wir machen einen Nachtspaziergang.«

»Wir?«

»Ich habe mich heute zu wenig bewegt.« Sie suchte ihre Schuhe.

»Aber wir hatten doch vorhin … *Bewegung*.« Er wollte sie umarmen.

»Das mag deine Art von Hometraining sein, aber ich muss noch mal an die Luft. Kommst du?«

Wie gerne hätte er Nein gesagt, wie gerne hätte er Diana beim Zähneputzen zugesehen, wäre mit ihr ins Bett geschlüpft und hätte einem Netflix-Festival zugestimmt. Diana war eine Frau von heute, heutiger ging es gar nicht, zugleich forderte sie von Männern jedoch eine chevalereske Höflichkeit, die aus dem 18. Jahrhundert stammen mochte. In allen Bereichen des Lebens war Gleichberechtigung für Diana selbstverständlich, aber wenn es um amouröse Rituale ging, zog sie das Leben einer Prinzessin vor.

Seufzend schlüpfte Alain in seine Running Shoes.

»Ziehst du keine Hose an?«, fragte sie mit Blick auf die blaugrün karierten Boxershorts.

»Es ist Mitternacht. Kein Mensch sieht mich da draußen um diese Zeit.«

»Aber nur, weil du so flotte Beine hast«, schmunzelte sie.

Auf flotten Beinen stakste Alain hinter ihr ins Treppenhaus.

»Kommst du denn mit deinen Bombenlegern voran?«, fragte sie. »Darfst du darüber sprechen?«

Das Licht im Erdgeschoss flackerte. »Ich dürfte nicht, aber ich darf, weil wir noch nichts Stichhaltiges haben. Die Waffen, die Munition, der Sprengstoff, alles könnte von überall stammen. Daraus lässt sich kein Hintergrund ableiten.« Sie liefen ins Freie.

Diana ruderte befreit mit den Armen. »Schöne Luft heute Nacht.«

»September.« Er beobachtete ihre Dehnungsübungen. »Ich habe allerdings einen Augenzeugen, der das Attentat aus nächster Nähe gesehen hat. Er möchte anonym bleiben.«

»Weshalb?«

»Das errätst du.«

»Ein Migrant?«

Alain nickte. »Kurz vor der Abschiebung. Der einzige Mensch, der vor dem Anschlag möglicherweise etwas beobachtet hat, soll außer Landes geflogen werden. Ich treffe ihn morgen. Er hat gesehen …«

Diana legte ihm die Hand auf den Mund. »Mehr solltest du mir nicht sagen.« Mit leichten, federnden Schritten begann sie die Florastraße hinunterzulaufen.

»Jogging, um Mitternacht?«, rief er ihr nach. »Nicht dein Ernst!«

6
Black Spirit

»Aber von Schwanenwerder aus hat man einen direkten Blick auf den Tatort, Euer Ehren.«

Alain nickte, als ob sein Gesprächspartner im Raum wäre.

»Sie haben recht, Euer Ehren, die Distanz beträgt fast zwei Kilometer, aber das sollte mit einem guten Fernrohr kein Problem sein. Mein Zeuge bestätigt, dass ihm vor der Explosion ein Boot aufgefallen ist, das nahe der Brücke manövrierte und sich dann plötzlich Richtung Schwanenwerder davongemacht hat.«

Alain verdrehte die Augen, er hob die Augenbrauen, er spulte sein komplettes mimisches Repertoire für einen

Richter ab, den er gerade irgendwo in Charlottenburg vom Abendbrot weggeholt hatte.

»Ach so, Euer Ehren segeln selbst?«, erwiderte er, in der Hoffnung, das Eis mit etwas Seglerlatein zu brechen. »Wo liegt denn Ihr Boot? … In Birkenwerder, so. … Nein, ich persönlich segle nicht.«

Der Richter erwiderte, dass der betreffende Abschnitt des Großen Wannsees schwierig zu befahren sei, da Fähren und Motorboote den Seglern in die Quere kämen. Niemand, der nur das Geringste vom Segeln verstand, würde aus einer derart unsicheren Position heraus ein Attentat durchführen.

Lass das Attentat mal meine Sorge sein, dachte Alain, tu deinen Job, und verzögere die Abschiebung meines Zeugen. »Mir ist bewusst, dass der Innenminister eine schärfere Gangart bei Abschiebungen in sichere Herkunftsländer befohlen hat«, parierte er das nächste Argument des Richters. »Aber dieser junge Iraker ist ein entscheidender Augenzeuge in den laufenden Ermittlungen, Euer Ehren. Sollte man da nicht eine Ausnahme machen?«

Das Gegenargument des Richters verführte Alain zu einer unangebrachten Polemik. »Wissen Sie, wie lange es dauert, bis man eine eidesstattliche Aussage aus dem Irak bekommt?« Der Richter ließ das nicht gelten und beharrte auf seinem Standpunkt.

»Ich kann mit einer eidesstattlichen Aussage aber nichts anfangen«, bellte Alain. »Ich brauche den Mann hier vor Ort!«

Er hatte die Beherrschung verloren! Auf dem langen und steinigen Pfad, den man den deutschen Amtsweg nannte, gab es keinen größeren Fehler.

»Bitte verzeihen Sie, Euer Ehren«, versuchte Alain, den Schaden zu reparieren. »Es tut mir auch leid, dass ich Sie so spät noch stören musste, aber morgen soll mein Zeuge in ein Flugzeug nach Bagdad gesetzt werden.«

Ungerührt verwies der Richter Alain auf das Bundesamt für Migration und Flüchtlinge und wünschte einen guten Abend.

Alains Abend war nicht mehr zu retten, doch das durfte er nicht zeigen. Er musste gute Miene zu einem merkwürdigen Spiel machen, das ihm höchst unangenehm war. Er öffnete die Schiebetür ins Esszimmer, wo eine Familie bei Tisch saß, von der er nur eine einzige Person kannte, seinen Cousin Caspar.

»Erledigt«, lächelte er angestrengt. »Entschuldigt, dass es etwas länger gedauert hat.«

»Wir haben dein Essen gestellt in Warm«, beruhigte ihn Isabel Różański.

Dankbarkeit war eine schöne menschliche Regung, doch heute Abend empfand Alain die Dankbarkeit von Caspars neuer Freundin als Fessel. Isabel Różański war nicht davon abzubringen gewesen, sich beim Chef des MES zu bedanken, weil er die Sicherheitsüberprüfung so problemlos durchgezogen hatte. »Für Polen ist schwer in Deutschland«, erklärte sie. »*Polen stehlen, Polen lügen*, so glaubt jeder, nicht? Deshalb war ich wegen Überprüfung nervös.«

»Dieses Klischee hat sich längst in Luft aufgelöst.« Alain hatte der Hausfrau Blumen überreicht. »Die Polen sind unsere gleichberechtigten Nachbarn.«

»Kommen Sie herein, Aleen.« Sie hatte es sich nicht nehmen lassen, dem Gast, der bereits jedes Zimmer inspiziert hatte, jedes einzelne Zimmer noch einmal zu zeigen.

Neugierig, dabei stumm begleiteten Isabels Gören den fremden Gast. Dichtes, braunes Haar, braune Augen und schwarze Fingernägel zeigten die geschwisterliche Nähe der drei an. Gleich darauf wurde schwere polnische Hausmannskost serviert.

»Wir hätten jedes Haus im Umkreis der Ministervilla auf die gleiche Weise überprüft.« Alain legte einen Knochen an den Tellerrand. »Das Prozedere hat mit Ihrer polnischen Herkunft nicht das Geringste zu tun.«

Caspar war während des Essens recht schweigsam. Das überraschte nicht, da Isabel die Konversation bestimmte. Zwischendrin war Alain nach nebenan gehuscht, um sein erfolgloses Telefonat mit dem Richter zu führen.

Nach zwei Stunden, er überlegte gerade, seinen Aufbruch einzuleiten, hörte man draußen die Tür gehen. Herein trat ein untersetzter Mann Mitte fünfzig. Seine Präsenz veränderte die Atmosphäre im Haus augenblicklich.

»Zbigniew! Bist du doch gekommen«, begrüßte ihn Isabel. »Das ist Zbigniew, mein erster Mann«, stellte sie ihn vor. »Und das ist Caspars Cousin Aleen.«

Der Mann schüttelte Alain die Hand. Er trug eine dieser Uhren, deren Preis Alain jedes Mal nicht glauben wollte. Sein Hemd sah so frisch gebügelt aus, als ob er es beim Eintreten erst angezogen hätte, und der Anzug dieses Mannes war vom Feinsten.

»Ich habe mich früher in diesem Haus sehr wohlgefühlt«, sagte er. Anders als bei Isabel konnte man bei Różański keine polnische Sprachfärbung feststellen.

Alain ließ sich nicht anmerken, dass er von der früheren erotischen Verwendung dieser Immobilie wusste. Eine bestimmte Frage musste er aber doch stellen. »Ich dachte, Sie beide wären geschieden.«

»Richtig«, nickte Różański. »Aber es ist wohl selbstverständlich, dass ich meine Kinder besuche.«

»Entschuldigen Sie meine Pingeligkeit.« Alain legte seine Serviette auf den Tisch. »Werden Sie sich in Zukunft öfter hier aufhalten?«

»Das kommt auf Isabel an. Natürlich kann ich die Kinder auch zu mir holen.«

Alain wandte sich zu Isabel. »Sie hätten mir sagen müssen, dass Herr Różański ein Besuchsrecht hat. Ich hätte es in meinen Bericht aufgenommen.«

»Oh, oh, hab ich vergessen?«, erwiderte sie schuldbewusst.

Da Różański dem Dialog nicht folgen konnte, klärte Alain ihn über seine berufliche Tätigkeit auf.

»Staatsschutz, ach, interessant.« Ohne weiter darauf einzugehen, begrüßte der Pole seine Mädchen und nahm den Jungen auf den Schoß.

»Ich fürchte, ich werde ein paar Daten von Ihnen brauchen, Herr Różański«, sagte Alain.

»Ja, natürlich. Kein Problem. Wie geht es übrigens der Ministerin? Ich finde diese ganze Sache schrecklich.«

»Sie ist den Umständen entsprechend wohlauf.«

»Wenn man bedenkt …« Różański strubbelte den Kopf seines Jungen. »Hier leben doch kleine Kinder.«

»Wie meinen Sie das?«

»Der Anschlag hätte auch direkt vor unserer Haustür stattfinden können.«

Alain fiel auf, dass Caspar seit dem Auftritt von Isabels Ex-Mann kaum ein Wort gesprochen hatte. Überhaupt hatte er den Eindruck, als ob dort, umringt von seinen Kindern, der Hausherr saß, während Caspar wie ein scheuer Untermieter wirkte.

Różański schien Alains Gedanken lesen zu können. »Ich freue mich, dass Isabel so einen netten neuen Partner gefunden hat.« Lächelnd wandte er sich zu ihr. »Du hast etwas Besseres verdient als mich, mein Kätzchen.«

Darüber wurde gelacht. Alain nahm die gelöste Stimmung zum Anlass, seinen Aufbruch anzukündigen. Das Essen lag ihm schwer im Magen, und obwohl er am Wodka nur genippt hatte, fühlte er sich benommen. Wenn er an die fast vierzig Kilometer dachte, die er von Babelsberg nach Pankow zurücklegen musste, verfluchte er, zugesagt zu haben. Er zog die schwarze Jacke an und nahm den Helm unter den Arm. Auch bei der Verabschiedung kam es ihm vor, als ob er mit Zbigniew Różański dem Herren des Hauses die Hand schüttelte.

Gerade, als Alain ins Freie trat, klingelte sein Telefon. Er kannte diese Nummer. »Frau Min…« Er unterbrach sich. »Guten Abend, Frau Wieland.«

»Wissen Sie, dass ich Sie sehen kann?«, kam es vom anderen Ende.

Alain hob den Kopf. Hinter einem Fenster der Ministervilla war eine Silhouette zu erkennen. »Woher wissen Sie, dass ich hier bin?«

»Erinnern Sie sich nicht mehr?«

»Woran?«

»Als Sie mit mir nach dem Anschlag im Krankenwagen gefahren sind, haben Sie erzählt, dass Sie das Haus gegenüber überprüft hätten.«

»Richtig.«

»Außerdem sehe ich eine Shadow Black Spirit in der Einfahrt stehen.«

»In Berlin gibt es bestimmt …«

»… nicht allzu viele davon«, unterbrach sie ihn. »Wollen Sie auf einen Sprung hereinkommen?«

Einen Moment lang war es still. »Zu Ihnen?«

»Gibt es irgendeine Dienstvorschrift, die das verbietet?«

»Es ist schon ziemlich spät. Es sieht nach Regen aus, und ich muss noch bis Pankow fahren.« Alain machte sich klar, dass er mit der Bundesministerin für Verteidigung sprach. »Entschuldigen Sie, ich nehme an, Sie wollen erfahren, was es Neues bei den Ermittlungen gibt. Leider habe ich die Unterlagen nicht dabei.«

»Sie brauchen keine Unterlagen. Aber wenn Sie lieber fahren wollen, möchte ich Sie nicht aufhalten.«

»Natürlich komme ich. Ich wollte nur nicht stören.«

»Hätte ich Sie sonst angerufen?«

»Und Ihre Familie?«

»Sie brauchen nicht zu klingeln«, überging Svea seine letzte Frage. »Die Security weiß Bescheid.«

Alain fuhr seine Maschine in eine Seitengasse und parkte. Caspar und die anderen brauchten nicht zu wissen, wohin er ging. Das Tor glitt sanft zur Seite. Alain betrat das Grundstück.

7
Cheek to cheek

»Weißwein?«

»Lieber nicht.«

Svea öffnete eine Flasche Pellegrino für ihn. Sie trug ein legeres Kleid, nichts Auffälliges, wenn man davon absah, dass es rot war. »Schenken Sie mir bitte Wein nach?« Als er ihr das Glas gab, sah sie ihn an. »Ich versuche heute, ein bisschen betrunken zu werden.« Ein trauriges Lächeln.

»Hat man Ihnen keine Medikamente verschrieben?«

Sie machte eine wegwerfende Geste. »Wozu sollen die gut sein?« Er bemerkte, dass sie den Arm nicht mehr in der Schlinge trug.

»Wollen wir essen?« Sie stand auf.

»Vielen Dank, ich habe schon, und zwar reichhaltig.«

»Khuyen hat drüben für mich gedeckt«, erwiderte sie beinahe entschuldigend.

Von der dunkelgrünen Hanfcouch ging es hinüber zum Esstisch aus Metall und Glas. Der nach allen Seiten offene Kamin befand sich in der Mitte des Raumes. Die Flammen züngelten zwischen weißen Steinen, wahrscheinlich wurde Biogas verbrannt. Die Tischkerzen waren in der geometrischen Form eines Fünfecks angeordnet. Eine ältere Asiatin servierte Suppe. Svea zog die Stoffserviette aus dem Silberring.

»Was gibt es Neues von unserem Freund Oderberg?«, fragte sie ohne Überleitung.

»Nichts, was den Fall betrifft.«

Alain befand sich in einer dieser Situationen, mit denen er sein Leben sonst nicht belastete. Kultivierte Manieren, erlesenes Innendesign, Personal, das im Hintergrund hantierte und alles mithörte. Er warf einen Blick zu der Asiatin, die gerade den Speisenaufzug öffnete. Das bedeutete, dass noch jemand im Haus war, der das Essen zubereitete.

»Khuyen spricht kein Wort Deutsch«, deutete Svea Alains Unruhe richtig. »Stört es Sie, wenn sie hier ist?«

»Ich weiß nicht so recht.«

Svea bat die Asiatin auf Englisch, sie allein zu lassen. »Wir sprachen über Oderberg.«

»Nein, Sie haben von Oderberg angefangen.« Er musste seiner Beklemmung irgendwie Luft machen. »Frau Wieland, dieser Mann hat einfach zu viel zu verlieren, um sich auf so etwas Riskantes wie ein Attentat einzulassen.« Er beobachtete, wie sie den Löffel lautlos in die Suppe tauchte und ebenso lautlos zum Mund führte. »Oderberg sitzt im Vorstand zahlloser Aufsichtsräte. Seine Person ist im Bundestag gern gesehen, er ist ein Mann mit Gravitas. Warum sollte er all das riskieren, indem er sich auf den Wahnsinn eines Mordversuchs einlässt? Jede Verbindung zu dem Terroranschlag würde ihn ruinieren. Weshalb glauben Sie trotzdem, dass er etwas damit zu tun hat?«

Schritte hinter Alain zeigten, dass sich Khuyen nicht so leicht vertreiben ließ. Sie musste mitbekommen haben, dass die Ministerin ihre Suppe beendet hatte. Khuyen war nicht bereit, den Hauptgang kalt werden zu lassen. Auf leisen Sohlen huschte sie hinter Svea und nahm ihr mit der fließenden Bewegung eines Zauberers den Suppenteller weg.

»Weil Oderberg gewinnen möchte.« Svea tupfte sich den Mund mit der Serviette ab. »Er ist einer, der gewinnen *muss*. Es ist eine Sucht, ein Drang.«

Alain fand es schwierig, ein Gespräch zu führen, solange jemand um den Tisch huschte, der so tat, als ob er unsichtbar wäre. »Das ist bloß eine Behauptung von Ihnen, Frau Minister. Daraus kann ich für den Fall nichts ableiten.«

Ihr Blick schweifte zu der Asiatin, die sich mit dem Teller näherte. »That would be all for tonight.«

Die Angestellte verließ den Raum.

»Wir sind allein, Herr Liebermann. Schluss mit der Ministerin.« Sie hob ihr Glas. »Ich heiße Svea. Und Sie heißen Alain, nicht wahr?«

»Sie sind eine Person des öffentlichen Lebens. Ich kann Sie nicht Svea nennen.«

»Wir sind nicht in der Öffentlichkeit, Sie sind in meinem Haus.« Sie goss ihm etwas Weißwein ein.

Er wollte ablehnen, ihr Blick war freundlich und ein wenig amüsiert.

»Na gut, aber nur zum Anstoßen.«

Die Gläser klangen.

»Wieso wohnen Sie in Pankow?«

»Es gefällt mir dort. Und wie kommen Sie nach Babelsberg?«

»Mein Mann arbeitet beim Film. Mein geschiedener Mann.« Sie schob die Kartoffeln beiseite und aß den Fisch nur mit der Gabel. »Er hat dieses wunderbare Haus gebaut. Dafür werde ich ihm immer dankbar sein. Gleichzeitig hat er mich mit so ziemlich jeder Serien-Blondine betrogen, die auf dem Studiogelände herumläuft. Inzwischen genießt er seine Blondinen, und ich genieße dieses Haus.«

Alain verstand nicht recht, wohin das Gespräch führen sollte, ließ sich aber auf den Small Talk ein. »Dieses Schicksal teilen Sie mit Ihrer Nachbarin, Frau Różański.«

Sie stand auf und ging zum Kamin. Die Flammen spiegelten sich in einer Batterie von Flaschen. »Mein Ex-Mann trank gerne Weißwein zum Essen. Ich bevorzuge eher einen richtigen Drink.« Sie wählte einen sehr alten Whisky. »Sie meinen die Nachbarin, in deren Haus Sie gerade waren?«, fragte sie dann.

»Sie hat das Häuschen bei der Scheidung zugesprochen bekommen.«

»Różański … Różański?« Svea betrachtete die bernsteinfarbene Flüssigkeit. »Ist Herr Różański so ein kleiner Kräftiger, elegant, mit Rolex?«

»Ich könnte ihn nicht besser beschreiben.«

Kaum angerührt, wurde der Fisch beiseitegeschoben. »Zurück zu Oderberg. Man wird diesem Mann eine direkte Verbindung zu dem Attentat nie nachweisen können. Trotzdem bin ich sicher, dass er mich aus dem Weg haben möchte.«

»Könnte er das auf anderem Weg nicht einfacher erreichen?«

»Meinen Sie Peter von Barnuth?«

»Sie haben die Sendung gesehen?«

»In der Mediathek.« Sie trank das Glas zügig leer. »Immer, wenn von Barnuth im Fernsehen lächelt, weiß ich, dass er lügt.«

Svea Wieland wirkte in diesem Moment nicht nur aggressiv, sondern regelrecht gehässig. Wie ein enttäuschtes Raubtier kam sie Alain vor, das nicht die Beute kriegte, der es nachgestellt hatte.

»Wenn Oderberg tatsächlich hinter dem TV-Auftritt steckt, war das ein legaler Schachzug, um seinen Favoriten in Stellung zu bringen«, argumentierte er. »Weshalb sollte er mit dieser Strategie nicht weitermachen?«

»Ich rede Ihnen nicht in Ihre Ermittlungen hinein, Alain. Aber wenn Sie nichts gegen Oderberg unternehmen, werde ich den Militärischen Abschirmdienst darauf ansetzen.«

»Falls Oderberg herauskriegt, dass Sie ihm den MAD auf den Hals hetzen, machen Sie sich noch angreifbarer, Frau Minister.«

»Die Lorbeeren, die man Peter von Barnuth windet, werden nicht von Dauer sein. Seine Heldentat ist schnell vergessen. Oderberg weiß, das reicht nicht, um gegen eine amtierende Ministerin anzutreten. Er wird schwerere Geschütze auffahren.«

»Aber warum?« Alain hatte Lust auf Whisky, goss sich aber Wasser nach. »Warum denn nur, Frau Wieland? Die deutsche Rüstungsindustrie ist mächtig, sie hat eine einflussreiche Lobby. Obwohl Sie rigoros eingegriffen haben, steht Deutschland in der Weltrangliste der Waffenexporteure immer noch auf Platz vier. Das Verteidigungsministerium kann es sich gar nicht leisten, die Rüstungswirtschaft zum Feind zu haben. Es ist unmöglich, diese goldene Kuh zu schlachten, weil Zehntausende Arbeitsplätze daran hängen.« Es hielt Alain nicht länger auf dem Schwingstuhl. Er stand auf. »Ich glaube, ehrlich gestanden, auch nicht, dass es nur an Ihrer Amtsführung liegt, weshalb Oderberg Ihnen diese Feindschaft entgegenbringt. Es muss noch etwas anderes geben. Wollen Sie mir nicht sagen, was das ist?«

»Es gibt tatsächlich noch etwas. Aber heute Abend werde ich es Ihnen nicht sagen, Alain.«

Er fand, dass es damit Zeit zum Aufbruch war, und suchte nach einem Thema für den Abschied. »Sie leben ganz allein in diesem riesigen Haus, nur Sie und Khuyen und die Kollegen vom Personenschutz?«

»Herrlich, nicht? Man kann gar nicht genug Platz für sich allein haben. Sind Sie verheiratet?«

»Nein«, antwortete Alain zurückhaltend.

»Ich habe trotzdem irgendwie den Eindruck, dass Sie ein *Cheek-to-cheek*-Typ sind.« Sie wollte trinken und bemerkte, dass ihr Glas leer war.

»*Cheek to cheek* würde ich es nicht nennen. Ich mag nur, wenn es jemanden gibt, den ich in jeder Lage anrufen kann.«

»Sind Sie ein Romantiker, Alain?«

»Ich bin ziemlich normal, glaube ich.«

»Mich dagegen halten Sie für einen traurigen Single, die bemitleidenswerte Galionsfigur des 21. Jahrhunderts, nicht wahr?«

Er lachte, obwohl er es nicht komisch fand.

»Gute Fahrt, Alain.«

8
Kerosin

Der Richter ließ Alain durch sein Büro mitteilen, dass er die Abschiebung von Yousef Najjar um drei Tage verschoben hätte. Drei Tage waren wenig, wenn es um eine entscheidende Zeugenaussage ging. Demzufolge musste der Staatsschutz alles, was der Iraker angeben würde, sorgfältig dokumentieren, sowohl protokollarisch als auch durch einen beglaubigten Videomitschnitt am Tatort. Teile des MES standen daher auf Schwanenwerder bereit, Alain und die Kollegen Zwei, Drei und Achtzehn. Sie platzierten ihr Equipment auf der zerstörten Brücke. Der Bereich war nach wie vor weiträumig abgesperrt. Seit dem Terroranschlag musste der Verkehr über die Kohlhasenbrücker Straße nahe dem Kleinen Wannsee umgeleitet werden. Die Behinderungen und Staus waren beträchtlich. Man hatte sämtliche Boote, Schiffe und Jachten, die vor Schwanenwerder ankerten, registriert und sich mit den Besitzern in Verbindung gesetzt. Sobald Yousef Najjar aus der Abschiebe-Unterbringung entlassen würde, sollten diese Wasserfahrzeuge vor Schwanenwerder bereitliegen, sechsundzwanzig Schiffe insgesamt. Dies galt auch für den Berliner Yacht-Club e.V., der südöstlich der Insel Liegeplätze bereitstellte. Man würde dem irakischen Zeugen also an die fünfzig Schiffe aller Größen vorführen.

Das Fahrzeug mit dem Zeugen hatte den Tempelhofer Damm bereits verlassen, Alain rechnete damit, dass der Wagen in fünfundzwanzig Minuten eintreffen würde. Während er wartete, schlenderte er an den vielen unterschiedlichen Schiffstypen vorbei. Da lagen Klipper, Prahms, Sportboote, Schiffe mit eingezogener Gaffeltakelage, Kutter und Jachten verschiedener Größen. Berlin war eine Wasserstadt. Nur wenige Metropolen, die nicht am Meer lagen, hatten eine so enge Verbindung zum Wasser. Havel und Spree mit ihren Seitenarmen bildeten die Quelle dieses Reichtums. Trotzdem hatte Alain nie einen rechten Zugang zur Schifffahrt gefunden. Segeln reizte ihn nicht, da es ihn nervös machte, vom Wind abhängig zu sein. Allerdings hatten Lea und er vor Jahren ein kleines Motorboot mit einer Schlüpfkabine gekauft. Der Motor war stark genug, um einen Wasserskifahrer zu ziehen. Enttäuscht hatte Alain jedoch bald feststellen müssen, dass es auf Berlins Seen nur wenige Abschnitte gab, wo Wasserskifahren erlaubt war. Eine solche Strecke befand sich auf dem Wannsee. Um dorthin zu gelangen, mussten die beiden von Pankow aus über eine Stunde fahren, vor Ort dann erst die Planen abdecken, den Proviant an Bord schaffen, das Boot klarmachen, die Fender einholen, das dauerte noch einmal eine halbe Stunde. Wenn sie endlich auf dem See waren, Alain ins Wasser sprang und die Skier anzog, wenn Lea am Steuer Vollgas gab und er schnittig aus den Fluten hochkam, war es fast schon wieder Zeit, umzukehren, das Boot zu vertäuen, regensicher zu machen und eine weitere Stunde nach Pankow heimzufahren. In der einzigen Nacht, die sie in der Schlüpfkabine verbracht hatten, fraßen die Schnaken sie fast bei lebendigem Leib. Sie verlegten das Boot in den Norden Berlins und damit näher an ihren Wohnort Pankow. Die Überführung, die Fahrt durch mehrere Schleusen, war ihre schönste Bootstour überhaupt gewesen. Statt Wasserskitouren auf dem Wannsee planten sie danach gemütliche Fahrten auf der Havel. Dort galt generell eine Geschwindigkeitsbegrenzung von fünfzehn Kilometern pro Stunde. Alain verstand den Umweltgedanken dahinter, dass die Sumpfhühner in Ruhe brüten, die Moorfrösche ungestört laichen und nicht durch dahinjagende Flitzer gestört werden sollten. Trotzdem war dieses geriatrische Tempo nichts für ihn. Nach nur einer Saison verkauften sie das Boot wieder.

Alain hatte die Inselstraße, die Schwanenwerder mit dem Festland verband, gerade erreicht, als sein Telefon klingelte. Die Kollegen der Verkehrspolizei gaben durch, dass der Transporter, der Yousef Najjar zum Tatort bringen sollte, in einen schweren Verkehrsunfall verwickelt worden sei. Ein Tankwagen habe den Personentransporter seitlich gerammt und sei in Flammen aufgegangen.

Wegen der großen Hitze habe man sich dem Unfallort zunächst nicht nähern können. Als die Feuerwehr eintraf, sei es bereits zu spät gewesen. Yousef Najjar war im Auto verbrannt. Vom Fahrer des Tankwagens fehlte jede Spur.

***

Alain schätzte Einsatzbesprechungen im Konferenzraum nicht besonders. Diese Meetings mussten standardmäßig mitgeschnitten werden. Wer etwas zu sagen hatte, wusste, sein Statement lagerte für Ewigkeiten im Archiv. Heute hatte es sich der Dircktor außerdem nicht nehmen lassen, der Einsatzbesprechung beizuwohnen. Er wollte Flagge zeigen, die Betroffenheitskarte spielen und langweilte das MES mit einem flammenden Appell, wonach die Schuldigen ihrer gerechten Strafe zugeführt werden müssten. Die Anteilnahme des Direktors entsprach der medialen Aufregung über die Tragödie. Neben Yousef Najjar war auch der Fahrer des Transporters ums Leben gekommen. Zum zweiten Mal innerhalb weniger Tage starb ein Polizist, ein Familienvater und Ehemann. Für Alain bewies das, dass sie einer extrem gefährlichen Terrorgruppe auf der Spur waren. Für den Direktor bedeutete es die Motivationsspritze, um sichtbar seines Amtes zu walten.

»Wir gehen davon aus, dass der Tankwagen als Mordwaffe gewählt wurde, damit sämtliche Spuren im Feuer vernichtet werden«, sagte Dreizehn vom technischen Team. »Das Nummernschild des Wagens ist als gestohlen gemeldet, Fahrzeugpapiere gab es entweder nicht, oder sie sind verbrannt. Der Wagen hatte Kerosin getankt, daher die besonders hohen Temperaturen.«

»Kerosin kriegt man aber nicht an der Tanke um die

Ecke«, hakte Alain nach. »Recherchiert auf den Flughäfen, besonders den kleinen rund um Berlin, ob irgendwo Kerosin abhandengekommen ist.« Er wandte sich an Nummer zwei. »Okay, Salma, du bist dran.«

»Woher kannte der Attentäter das Ziel und die Fahrtroute des Personentransporters?«, begann sie. Nummer zwei, die Analystin des Teams, war seit einer Schussverletzung nicht voll einsatzfähig. Sie würde es nie mehr werden. Man hatte ihr eine Niere entfernen müssen. Aufgrund von Salmas Diabeteserkrankung drohte nun auch die zweite Niere zu versagen. Wegen ihrer Invalidität sollte sie in Frührente gehen, hatte Alain aber gebeten, beratend beim Team bleiben zu dürfen, da ihr Gehirn ja nichts abbekommen hätte. Salma wurde häufig schwach und rasch müde, ein Rollstuhl stand immer in ihrer Nähe. Sie war eine hübsche Frau Anfang dreißig, nur an den Augen und ihrer blassen Haut erkannte man ihren Gesundheitszustand. Nachdem sie operiert worden war, hatte Velkan, der IT-Spezialist des Teams, sie häufig besucht. Es galt als unausgesprochenes Geheimnis, dass der Hacker und die Analystin seitdem ein Paar waren.

»Denkst du an einen Maulwurf?«, fragte Alain.

»Nicht unbedingt.« Salma schob die Ärmel ihres blauen Pullovers hoch. Im nächsten Moment zog sie den Stoff wieder über ihre Unterarme. Jeder in der Runde hatte die Einstichstellen schon gesehen. Einmal die Woche musste Salma zur Dialyse.

»Ich glaube eher, jemand hat den Polizeifunk abgehört. Wir haben aus der Route, über die Najjar an den Wannsee gebracht werden sollte, ja kein großes Geheimnis gemacht. Wir nehmen an, dass Najjar dem Täter mit seiner Beobachtung gefährlich werden konnte. Demnach gibt es ein Boot auf dem Wannsee, das in den Anschlag verwickelt ist. Möglicherweise wurde die Bombe vom Wasser aus ferngezündet. Ab sofort muss verhindert werden, dass Boote aus der Region abgezogen werden.«

»Schwierig«, meldete sich Nummer drei.

»Wieso?«

»Ich habe selbst ein Boot.«

»Du hast ein Boot?«, fragte Salma überrascht. »Das muss ein Zerstörer aus massivem Stahl sein, wenn es dich tragen kann.«

Nummer drei, der Riese des Teams, maß zwei Meter zehn. Es gab kein Kleidungsstück und kein Paar Schuhe in normalen Geschäften, die ihm passten.

»Mein Boot ist eine schlanke Jolle«, verteidigte er sich. »Es liegt oben auf der Müritz.«

»Herrschaften, zur Sache«, ging der Direktor dazwischen. »Weshalb ist es schwierig, die Schiffe auf dem Wannsee zu arretieren?«

»Weil der Herbst kommt«, antwortete Nummer drei. »Die Eigner holen ihre Boote allmählich aus dem Wasser. Außerdem ist der Wannsee durch die Havel mit dem Jungfernsee und dem Stölpchensee verbunden. Theoretisch kann man von dort aus bis zur Ostsee gelangen. Es wäre einfach, mit einem Boot nach dem Bombenanschlag zu entkommen. Wahrscheinlich hat der Täter den See längst verlassen.«

»Nein«, widersprach Alain. »Das Schiff ist noch dort.«

»Wieso nehmen Sie das an?«, fragte der Direktor.

»Wäre das Boot rechtzeitig verlegt worden, hätte man den Zeugen heute nicht umzubringen brauchen.«

Der Direktor machte sein problematisches Gesicht. »Richtig, ja, genau.«

»Die Wasserpolizei übernehme ich«, sagte Nummer sechs.

Alain fasste zusammen. »Wir konzentrieren uns zunächst auf die Schiffsbesitzer vor Schwanenwerder, und darum fahren wir beide nachher auf die Insel«, sagte er zu Salma.

Ein freudiger Glanz überzog ihre Wangen. »Du nimmst mich mit?«

»Warum denn nicht? Frische Luft tut dir gut.«

9
Glück, wie wandelbar bist du

»Ich habe Borselt besucht«, sagte Salma.

Alain hatte das Motorrad in Tempelhof gelassen. Mit dem Dienstwagen waren sie zum Wannsee unterwegs. Die Stadtautobahn präsentierte sich überraschend staufrei. »Wen?«

»Christian Borselt, den Mann, der …«

»… der dich angeschossen hat?« Ein Seitenblick. »Den hast du besucht?«

»Er sitzt in Moabit im Gefängnis. Hat sechs Jahre gekriegt.«

»Du hast ihn *besucht?*« Alain überholte einen Schleicher auf der rechten Spur.

»Wie oft soll ich es denn noch sagen? Ja, ich habe ihn besucht.«

»Wer bist du, der Papst, der mit seinem Attentäter in der Zelle betet? Wozu wolltest du dieses Arschloch sehen?« Irgendwo in diesem Abschnitt war ein Blitzer versteckt, Alain hielt sich streng an die Geschwindigkeitsbegrenzung.

»Der Grund war mir anfangs selbst nicht klar. Wahrscheinlich hat es mit Ursache und Wirkung zu tun. Borselt ist Nazi. Von Beruf Metzger. Er hat das Hakenkreuz in seinem Schlafzimmer hängen. Eines Tages klingelt es bei ihm an der Tür, er öffnet, sieht unsere Polizeimarken, zieht die Waffe und schießt wild um sich. Er trifft meine linke Niere, sie muss entfernt werden. Ich bin Diabetikerin. Die rechte Niere schafft den Job nicht mehr allein. Eine Spenderniere zu finden ist wegen meiner Vorerkrankung schwierig. So sieht es für mich aus. Borselt wird in zwei Jahren wieder entlassen und kehrt in sein altes Leben zurück. So sieht es für ihn aus. Ursache und Wirkung, verstehst du? Ich musste diesen Mann fragen, wie sich das anfühlt, ein Leben zerstört zu haben.«

Alain verstand es. Er hasste, dass er es verstand. »Und, hast du ihn gefragt?«

Salma hielt den Blick auf die löcherige Fahrbahn gerichtet, von Rissen durchzogen, notdürftig geflickt, wie überall in Berlin. »Letzten Endes habe ich es nicht geschafft, mich ihm gegenüber zu setzen. Ich habe ihn beobachtet, wie er auf mich gewartet hat, habe mir die Situation von damals vorgestellt, den Schuss, die OP, die Diagnose. Als die Viertelstunde vorbei war, hat der Wärter ihn wieder abgeholt. Ich dachte, Borselt sei wahrscheinlich erleichtert, seinem Opfer nicht begegnet zu sein, aber er sah eher sauer aus.« Salma seufzte. »Ich bin eben nicht Johannes Paul II.«

Vorbei am Strandbad Wannsee, erreichten sie die Insel. Alain öffnete den Kofferraum und klappte den Rollstuhl auf.

Salma wollte sich noch nicht in das Monstrum setzen und hakte ihren Chef unter. In der anderen Hand hielt sie den Lageplan von Schwanenwerder samt historischen Erläuterungen. »Es gibt nur eine einzige Straße hier.«

Alain schob den leeren Rollstuhl. »Ich weiß, sie bildet eine Schleife. Die Grundstücke sind drum herum angeordnet.«

»Im Norden gibt es ein paar Landungsstege, aber nur die Grundstücksparzellen Nummer sechs, acht und vierzehn verfügen über Liegeplätze, an denen größere Boote ankern können.«

Am Inseleingang zeigte Alain auf eine Gründerzeitvilla. »Wessen Haus ist das?«

»Es hat dem Inhaber eines Seidenwarenhauses gehört. Im Dritten Reich wurde es arisiert, nach dem Krieg rückübertragen und verkauft. Der derzeitige Besitzer ist Kanadier.«

Bei dem kleinen Aufstieg, den sie bewältigen mussten, ging Salmas Atem schneller.

»Setz dich doch.«

»Geht schon.«

»Wozu haben wir das Ding sonst mitgenommen?«

»Noch ein kleines Stück. Bis zu der Säule dort, okay?«

Schritt für Schritt kamen sie voran.

»Die Säule habe ich mir beim letzten Mal schon angesehen«, erklärte Alain. »Sie stammt aus dem Palais des

Tuileries, das 1871 abgebrannt ist. Der Inselbauherr von Schwanenwerder hat die Säule gekauft und hierherbringen lassen.«

»Brav auswendig gelernt.« Obwohl sie lächelte, war nicht zu übersehen, dass Salma kaum noch weiterkonnte. Auf den letzten Metern schleppte Alain sie fast.

»Warum tust du dir das an?« Er ließ sie auf eine Holzbank sinken. »Willst du dir irgendwas beweisen?«

Ihr Kinn ruhte auf der Brust, sie atmete schwer. »Ich bin zweiunddreißig, verdammt. Glaubst du, ich will mir vorkommen wie zweiundneunzig?«

»Es bringt nichts, wenn du in deinem Zustand Marathon läufst.«

»Mein *Zustand*, nennt man das jetzt so?«

»Was meinst du?«

»Dass ich abkratze.«

»Hör auf.«

»Niemand mit meiner Vorerkrankung überlebt die Dialyse länger als ein paar Jahre.«

»Das weißt du nicht.«

»Und du weißt es besser? Vor sechs Monaten konnte ich an guten Tagen noch joggen. Hundert Meter, weiter nicht, dann musste ich mich setzen, aber es war ein schönes Gefühl.«

»Und jetzt?«

»Der Arzt sagt mir, dass sie mir zwei Zehen amputieren müssen.«

»Was? Spinnst du?« Das rutschte ihm heraus.

»Mein Blut zirkuliert nicht mehr bis in die Füße. Oft kribbelt es auch in den Fingern. Das sind die ersten Anzeichen.«

»Salma …« Alain suchte Worte und fand nur Flüche.

»So eine Scheiße … verdammt. Wie stehen die Chancen auf eine Spenderniere?«

»Ich habe die blödeste Blutgruppe, die man haben kann. Und mein Diabetes macht das Ganze noch aussichtsloser.« Sie nahm den Plan wieder zur Hand. »Grundstück Nummer acht, dort, das ist die Goebbels-Villa.«

»Dort steht keine Goebbels-Villa. Dort steht das De'Lorion-Institut.«

»Und vor dem Institut …«, Salma streckte die Hand aus, »liegen eine Menge Schiffe im Wasser.«

»Die können nicht alle zu De'Lorion gehören.«

»Richtig. Neben der Villa gibt es einen Zugang, von dem aus andere Inselbewohner ihre Boote erreichen.« Sie drehte den Plan um neunzig Grad. »Dieser Ankerplatz befindet sich allerdings auf der Ostseite. Der Bombenanschlag geschah, von uns aus gesehen, aber in südlicher Richtung. Dazwischen stellt die Zufahrtsstraße eine natürliche Barriere dar. Jemand, der hier mit dem Boot losfährt, um auf der Kronprinzessinnenbrücke eine Bombe zu zünden, müsste erst die ganze Insel umrunden.«

»Was ist mit den Grundstücken auf der Südseite?«

»Dort gibt es keinen Anlegesteg.«

»Und der Bereich dort hinten?« Alain wandte sich in die andere Richtung.

»Das Anwesen hat in den Zwanzigerjahren Rudolph Karstadt gehört. Die Nazis haben ihn enteignet und den Besitz zwangsversteigert. Später wurde in Karstadts Haus die sogenannte *Reichsbräuteschule* eingerichtet.«

»Die … bitte was?«

Salma tippte auf die Stelle in den Erläuterungen. »1938 ist Reichsfrauenführerin Gertrud Scholtz-Klinik dort eingezogen.«

»Und was hatte die Reichsfrauenführerin für eine Aufgabe?«

»Sie hielt Lehrgänge ab, um die Verlobten von Nazi-Größen stramm auf Parteilinie auszurichten. Die NS-Frauenschaft hat bis Kriegsende hier getagt.«

Alain verschränkte die Arme hinter dem Nacken. »Was für ein kranker Scheiß.«

»1945 hat das Land Berlin das Grundstück gekauft und die Reichsbräuteschule abreißen lassen. Das Areal ist bis heute ungenutzt.«

»Man könnte also ein Schiff vor diesem Grundstück ankern und von der Ostseite unbemerkt hinübergehen?«

»Wenn du das vorhast, wäre es besser, dein Boot läge vor Grundstück Nummer sieben.« Wieder nahm Salma die Erläuterungen zu Hilfe.

Er hob die Hand. »Bitte nicht die ganze Geschichte seit dem Mittelalter. Nur das Wesentliche.«

»Das Areal war früher der Park von Schwanenwerder. Er wurde an die Baronin Rothschild verkauft. Sie wollte bauen, kam aber nicht mehr dazu. Weißt du, wer der neue Eigentümer war? Albert Speer.«

»Sieh mal an.«

»Er hat das Grundstück aber noch vor der Niederlage wieder verkauft. 1958 kam es in den Besitz der Stadt Berlin, nach 1962 wurden dort Jugendfreizeitlager abgehalten. 2002 sind bei einem Unwetter zwei Kinder vom Blitz erschlagen worden. Seitdem hat man das Jugendlager aufgegeben. Das Grundstück ist heute zugewuchert. Wenn du vom östlichen Teil der Insel zu einem Schiff im Süden gelangen willst, nimmst du am besten den Weg über diese Parzelle.« Sie stand auf.

Als Salma losmarschieren wollte, schob er ihr den Rollstuhl in den Weg. »Einsteigen.«

»Ach, Alain.«

»Einsteigen, sage ich.« Sie fügte sich. »Und jetzt wollen wir dem De'Lorion-Institut mal einen Besuch abstatten.« Bevor Alain Salma den Hang abwärtsrollte, betrachtete er die Inschrift auf der französischen Säule.

»Was steht da?«

Er verengte die Augen, die Buchstaben waren stark verwittert. Dann las er vor: »Dieser Stein vom Seine-Strand, hergepflanzt in deutsches Land, ruft dir Wanderer mahnend zu: Glück, wie wandelbar bist du.«

***

Das De'Lorion-Institut war ein Thinktank der US-Amerikaner mit Sitz in Washington und einem Netzwerk von Dependancen auf mehreren Kontinenten. Die Berliner Niederlassung sah sich als Organisation *zur Ermöglichung unmöglicher Treffen*. Entscheidungsträger aus Wirtschaft, Politik und Wissenschaft wurden eingeladen, sich in dem futuristisch anmutenden Gebäude den Fragen globaler Entwicklung zu stellen. Die Mutter dieser Denkfabrik war Anfang der Fünfzigerjahre von dem deutschen Emigranten Walter Adler in der Bergbaustadt Lorion in Massachusetts gegründet worden. Zur Einweihung organisierte Adler eine Feier mit zweitausend Gästen, an der unter anderem Leonard Bernstein, Albert Schweitzer und Ernest Hemingway teilnahmen. Das Besondere am De'Lorion-Institut war, dass sich Künstler, Führungskräfte und Philosophen dort abgeschirmt vom alltäglichen Leben trafen und diskutierten. Derzeitiger CEO der deutschen Niederlassung war der Deutsch-Amerikaner Howard Silver.

Alain saß Silver im Foyer des Instituts gegenüber. Salma hatte überraschend draußen bleiben müssen.

»*One at a time*«, lautete Silvers kryptische Erklärung für seine Unhöflichkeit. »Sind Sie damit einverstanden, dass ich das Gespräch aufzeichne?«

Alain sah sich nach Kameras um, konnte in dem glatten Beton aber keine entdecken. »Verraten Sie mir den Grund dafür?«

»Mitgliedern unseres Instituts wurden von der Presse mehrfach Aussagen in den Mund gelegt, die sie nie gemacht haben. Wir konnten diesen Unterstellungen kein schlagkräftiges Dementi entgegensetzen, weil wir keine Aufzeichnungen besaßen.«

»Aussagen welcher Art?«

»Es ging um gewisse politische Tendenzen«, antwortete Silver pauschal und gab durch eine Geste zu verstehen, dass Alain sein Anliegen vorbringen sollte.

»War Svea Wieland schon einmal hier draußen bei Ihnen?«, ging dieser die Sache frontal an.

»Die Ministerin?« Silver öffnete das Sakko und strich die Krawatte glatt. »Sind Sie etwa wegen des Bombenanschlags gekommen?« Ein ärgerlicher Funke zuckte über sein Gesicht. Er kaschierte die Blöße sofort mit jener typisch US-amerikanischen Glätte, die Alain kennengelernt hatte, als er mit Lea auf einer New Yorker Dinnerparty gewesen war. Freunde von Freunden hatten sie in Manhattan eingeladen, doch deren Wohnung war so winzig, dass man das Dinner auf dem Bett sitzend einnehmen musste. Nach exakt einer Stunde versiegte die New Yorker Gastfreundschaft. Es wurde kein Wein mehr nachgegossen, der Tisch wurde abgeräumt; trotz ihrer unveränderten Freundlichkeit erwarteten die Gastgeber, dass man ging. Da Alain und Lea weder diese New Yorker Sitte noch das amerikanische Mimikry kannten, schenkten sie sich selbst nach und verbrachten eine weitere Stunde auf dem Bett der Leute. Am nächsten Tag erklärten ihnen ihre Freunde, dass sie die Gastgeber durch dieses Benehmen beleidigt hätten. Lea und Alain kehrten nie wieder nach New York zurück.

»Ich verstehe Ihren Besuch, ehrlich gestanden, nicht«, fuhr Silver fort. »Das Attentat hat sich mehrere Kilometer entfernt abgespielt.«

»Der Rettungshubschrauber, der die Verwundeten aufnehmen sollte, hatte Befehl, hier zu landen. Aus dem Einsatzprotokoll geht hervor, dass er auf Ihrem Grundstück niedergegangen ist.«

»Nicht hier bei uns. Auf der Parzelle nebenan, sehen Sie?« Silver zeigte durch die Fensterfront nach draußen.

»Das ist das ehemalige Goebbels-Grundstück.«

»Was hat das alles mit dem Bombenanschlag zu tun?«, konterte Silver. »Glauben Sie etwa, die Nazis waren es?«

»Ich frage Sie das, weil Feldmarschall Berthold Wieland, der Urgroßvater der Ministerin, nebenan ein Anwesen besessen hat. Sie sind sozusagen Nachbarn.«

»Die Parzelle Nummer achtzehn, ich weiß. Sie gehört heute einem polnischen Industriellen.« Silver ließ sich gegen die Lehne sinken. »Sie haben meine Frage nicht beantwortet, Hauptkommissar. Was hat das mit unserem Institut zu tun?«

»Es gibt zwei Schiffe, die auf den Namen des Instituts registriert sind, die *Albert* und die kleine Jacht *Multiple*. Wo liegen diese Schiffe vor Anker?«

»Die *Albert* sehen Sie gleich dort drüben.« Silver zeigte zur Fensterfront. »Sie wurde bereits winterfest gemacht und soll in ein paar Tagen geslippt werden.«

»Ist es nicht sehr früh, das Schiff im September aus dem Wasser zu holen?«

»Wir erwarten in diesem Jahr keine Segelgäste mehr.«

»Wann wurde das Boot winterfest gemacht, vor oder nach dem Bombenanschlag?«

»Davor, glaube ich.«

»Zu diesem Zweck wird alles, was an Bord beweglich ist, herausgeholt, nicht wahr? Navigationsgeräte zum Beispiel, elektronisches Equipment, alles, was während der feuchten Jahreszeit Schaden nehmen könnte.«

»Darüber weiß Rainer, unser Gärtner, besser Bescheid.«

»Wie wird das Boot aus dem Wasser gezogen?«

»Das macht eine Firma mit ihrem Kran.«

»Und die *Multiple*, liegt die auch hier vor Anker?«

»Normalerweise ja. Derzeit ist sie allerdings zur Generalinspektion im Trockendock. Und um Ihrer nächsten Frage gleich zuvorzukommen: Sie wurde letzten Freitag in die Werft gebracht, mit anderen Worten, einen Tag *nach* dem Attentat auf Frau Wieland.«

»Durch wen?«

»Durch dieselbe Firma. Wir lassen alles, was mit den Booten zu tun hat, durch die Werft machen.«

Alain blickte auf. »Dann brauche ich jetzt nur noch …«

»… deren Adresse«, vervollständigte Silver. »Diese Auskunft hätte ich Ihnen auch telefonisch geben können, Herr Liebermann.«

»Ach, wissen Sie, meistens sind es die kleinen Umwege, die bei meiner Arbeit zum Ziel führen.«

»Gehen Sie davon aus, dass eines der Boote in Zusammenhang mit dem Verbrechen steht?«

»Es ist zu früh, das zu beantworten.« Er stand auf und näherte sich den bodentiefen Fenstern. »Der Blick von hier ist unglaublich schön. Zu welcher Seite gehen diese Fenster?«

»Nach Südosten.«

»Das heißt, von hier aus können Sie die Kronprinzessinnenbrücke nicht sehen.«

»Natürlich nicht. Die Straße liegt dazwischen.«

»Die Inselstraße.« Alain verabschiedete sich und machte sich mit Salma und dem Rollstuhl auf den Weg zum Personalgebäude, wo er mit Rainer, dem Gärtner, sprechen wollte.

10
Das grüne Sofa

Alain saß in der nüchternen, eleganten Umgebung, seine Laptoptasche behielt er auf den Knien. Stabshauptmann Eggers hatte ihm angeboten, das Material auf dem Couchtisch abzulegen. Alain betrachtete den Offizier. Vorbildlich aufrecht saß er da, auch heute ließ sein Bürstenschnitt nichts zu wünschen übrig. Der Krawattenknoten wirkte, als wäre er aus Stahl. Auch Eggers' Blick durch die Nickelbrille hatte etwas Stählernes.

Dem Rang des Stabshauptmannes haftete etwas Kastriertes an, fand Alain. Selten wurden Stabshauptleute in ihrer Karriere als militärische Führer eingesetzt, meistens dienten sie auf gehobenen Posten in einer Kommandobehörde, wie es das Ministerium darstellte. Stabshauptleute galten als Fachleute, man beschäftigte sie mit Fachfragen. Auf welchem Gebiet mochte Eggers ein Fachmann sein? Alains Blick folgte der Bügelfalte des Stabshauptmannes abwärts, er trug keine Halbschuhe zur Uniform, sondern Springerstiefel mit einer neckischen kleinen Lasche an der Seite. Ein modischer Ausrutscher des sonst so perfekten Offiziers.

Eine Organisation zur Ermöglichung unmöglicher Treffen. Das De'Lorion-Institut agierte exklusiv, seine Mitglieder hatten wenig Interesse daran, dass ihre Tätigkeit publik wurde. Das fand Alain irritierend, da sich das Institut immerhin der Lösung weltpolitischer Probleme widmete. Mit seinem Elitarismus kam ihm das Institut eher wie eine Geheimgesellschaft in der Art der Freimaurer vor. So wie die Freimaurer gaben sich auch die Leute auf Schwanenwerder überparteilich, nicht kommerziell und philanthropisch. Die Finanzierung des Thinktanks kam aus den USA, mehr hatte Velkan darüber nicht in Erfahrung bringen können.

Erwiesen war, dass man die *Multiple* einen Tag nach dem Bombenanschlag ins Trockendock geschleppt hatte. Normalerweise wurde die Generalinspektion erst nach der Sommersaison gemacht, wenn das Boot ohnehin aus dem Wasser musste. Vom Gärtner wusste Alain auch, dass die *Multiple* am Tag des Attentats ausgelaufen war, ein Gast des Instituts hatte sie gesteuert. Ein US-Amerikaner, dem das Boot des Hauses zur Verfügung gestellt worden war und der kurz nach dem Bombenanschlag wieder abreiste. Er hätte mit dem Schiff ohne Weiteres zur Kronprinzessinnenbrücke fahren und von einer Kontaktperson die entscheidende Information erhalten können, wann das Ministerfahrzeug an der Ampel hielt. Denn dass es einen Mittäter gab, stand für Alain außer Zweifel. Kadou Hauser hatte jemanden oder etwas gesehen, das ihn das Fahrzeug kurz vor der Explosion zurücksetzen ließ. Der Komplize an Land gab das Zeichen, der Mann auf dem Boot löste die Sprengung aus, danach umschiffte er Schwanenwerder und verschwand wenig später in der geschützten Bucht. Niemand wäre auf die Idee gekommen, den Täter unter den Gästen des De'Lorion-Instituts zu suchen. Niemand hätte überhaupt etwas davon mitgekriegt, wenn Yousef Najjar, der sich im Strandbad Wannsee aufhielt, nicht so aufmerksam gewesen wäre. Yousef drohte die baldige Abschiebung. Vielleicht hatte er noch geschwankt, ob er untertauchen oder besser mit den Behörden kooperieren und den Flieger in den Irak besteigen sollte. Während solcher Grübeleien bemerkte er ein Schiff, das vor dem Strandbad manövrierte. Plötzlich hörte Yousef einen Knall, sah den Feuerblitz, Rauch und Flammen. Das lenkte ihn von dem Boot ab. Aufgeregte Badende liefen umher, Handys wurden gezückt, Fotos gemacht. Yousef war nicht geistesgegenwärtig genug, das Schiff zu fotografieren, das ihm aufgefallen war. Als die allgemeine Aufregung nachließ, bemerkte er, dass es sich aus dem Staub gemacht hatte. Er wusste aber, wie es aussah, er hätte es wiedererkannt.

Es erschien Alain ungewöhnlich, dass der Iraker seine Beobachtung der Polizei mitgeteilt hatte. Aber vielleicht hegte er die Hoffnung, durch seine Zeugenaussage die Abschiebung zu verzögern. Damit hatte er recht behalten, zugleich war seine Zeugenaussage höchstwahrscheinlich auch der Grund für seinen Tod. Hatte der Täter befürchtet, dass Yousef Najjar die *Multiple* identifizieren könnte?

Wenn es überhaupt das Schiff des De'Lorion-Instituts gewesen war. Ein Indiz mochte der Helikopter sein, der über dem Anwesen gekreist war. BKA-Mann Kleist hatte den Hubschrauber dorthin bestellt. Kleist war tot. In seiner Personalakte hatte Alain keine Unregelmäßigkeiten gefunden. Kadou Hauser lag im Koma. Über die Ministerin wusste Alain inzwischen, dass sie nachweislich zweimal auf der Gästeliste des De'Lorion-Instituts gestanden hatte. Sie kannte auch Howard Silver, die beiden waren einander in Washington vorgestellt worden, wo sie an einer NATO-Tagung teilnahmen. Dieser Sachverhalt warf Fragen auf. Alain hatte sich daher einen Termin bei der Ministerin geben lassen und würde sie um eine Stellungnahme bitten.

Stabshauptmann Eggers hielt den Telefonhörer in der Hand. »Sie hat jetzt Zeit für Sie«, sagte er zum Hauptkommissar.

Alain nahm seine Laptoptasche unter den Arm.

***

Missmutig standen sie im Nieselregen auf dem Balkon. Alain schnorrte eine Zigarette von Onkel Chaijm.

»Hast du mit dem Rauchen nicht aufgehört?«, fragte der Rabbi.

»Leider wieder angefangen.«

»Darum höre ich erst gar nicht auf.« Chaijm bediente sein goldenes Feuerzeug.

Alain erinnerte sich daran, wie Svea Wieland neulich einen Zigarillo bei ihm geschnorrt hatte. »Vor Kurzem habe ich mit jemandem über die Schnorrer im orthodoxen Judentum geplaudert«, sagte er.

»Bei den Chassiden wird die Tradition immer noch gepflegt. Allerdings ist es ihnen verboten, Nichtjuden um Zuwendungen zu bitten.« Chaijm schützte seine Zigarette vor dem Regen.

Alain brachte es nicht über sich, die Asche auf die Straße zu stippen, und sammelte sie in der Handfläche. Im Übrigen war er schlecht gelaunt, weil er heute hier sein musste. Schuld daran war Caspar. Dort stand Alains Cousin, im blauen Zimmer und wollte offenbar mit Großmutter Helene sprechen, doch sie war, wie immer bei solchen Anlässen, von der Familie umlagert.

Alain kannte den tieferen Grund des heutigen Festtages nicht genau, der *Tu B'Av* war kein wichtiger jüdischer Feiertag. Soweit er sich erinnerte, wurde am *Tu B'Av* der Beginn der Weinlese gefeiert. Oder war es der Sieg der Pharisäer über die Sadduzäer? Er hätte den Rabbi fragen können, aber der ungewohnt schweigsame Onkel bedrückte ihn noch mehr, und Alain brauchte gleich noch ein paar positive Spirits, um Caspar zu trösten. Wie viel lieber hätte er den Abend mit Diana verbracht! Sie pendelte zur Zeit ständig zwischen Berlin und Brüssel. Alains heutige Vorstellung von Glück wäre ein Abend mit Diana, Pizza und dem *heute journal* gewesen. Die Zigarettenkippe senkrecht balancierend, ging er hinein. Bevor er Caspar ansprach, wollte Alain sichergehen, dass Diana mit dem Liebermann-Clan klarkam; er hatte sie gebeten, ihn zu begleiten. Er ließ den Blick durch das Zimmer schweifen und entdeckte, dass seine Freundin den Ehrenplatz zu Füßen der Matriarchin erobert hatte. Helene hielt Hof auf ihrem Thron, einem Makartsessel aus der Vornazizeit. Als privilegiert durfte sich bezeichnen, wer zu ihren Füßen auf dem Boden saß. Alle Übrigen mussten stehen. In ihrem zartgrünen Sommerkleid saß Diana da und plauderte mit seiner Großmutter. Er beschloss, die beiden nicht zu stören und sich stattdessen Caspars Problem zu widmen. Der Cousin hatte ihn gestern angerufen.

»Ich kann dich nicht schon wieder in Babelsberg besuchen«, war Alains Reaktion gewesen.

»Aber du kommst doch sicher zum *Tu B'Av* bei Großmutter?« Caspar sprach leise und hastig.

»Das hatte ich eigentlich nicht vor. Wieso willst du es mir nicht am Telefon sagen?«

»Weil es mir peinlich ist.«

»Und wenn hundert Liebermanns um dich rumstehen, ist es dir nicht peinlich?«

»Nein, weil Isabel dann nicht dabei ist.«

»Es hat mit Isabel zu tun? Geht es um das, was wir neulich besprochen haben, dass du fürchtest, sie zu enttäuschen?«

»Im Gegenteil.«

Alain überlegte, was das Gegenteil von Caspars mangelndem Selbstvertrauen sein könnte.

»Komm zum *Tu B'Av*, Alain, ich bitte dich von Herzen«, flehte Caspar.

Er hatte sich breitschlagen lassen, und Diana war rasch zu überzeugen gewesen. Sie hatte für die Mischpoke der Liebermanns etwas übrig.

Er trat zu Caspar. »Da bin ich. Ich bleibe nicht lange, also schieß los.«

»Kannst du dich noch gedulden? Ich wollte erst Helene um Rat fragen und dann mit Chaijm reden«, erwiderte Caspar blauäugig.

Es gab Momente, da hätte Alain die Mitglieder seiner

Familie am liebsten erdrosselt. Ihm lag eine gepfefferte Antwort auf der Zunge, als Caspar sich vollends zu ihm umwandte. Alain sah dessen dunkelblau angelaufene Nase. »Was hast du ...?«, stieß er hervor. »War das Isabel?«

»Nein, um Himmels willen, so was würde sie nie tun. Ich habe mich nur erschrocken.«

»Erschrocken, weil dir jemand auf die Nase gehauen hat?«

Caspar zupfte Alain am Ärmel und führte ihn vom blauen ins grüne Zimmer. Zwischen den geöffneten Flügeltüren blieben sie stehen, weil man von hier am besten abschätzen konnte, wenn sich jemand näherte.

»Isabel ist nicht schuld daran.«

»Woran ist sie nicht schuld?«

»Dass ich in Potsdam langsam eingehe.«

»Wieso? Du bist doch gerade erst hinausgezogen. Dir gefällt Babelsberg, dachte ich. Und die Filmstudios liegen ganz in der Nähe.«

»Ich gehe trotzdem ein.« Caspar hatte ein leeres Glas in der Hand.

Alain nahm es ihm ab. »Warte.« Er lief in die Küche, entsorgte die Zigarettenasche und kehrte mit zwei vollen Gläsern zurück. »Was ist dein Problem?«

»Zbigniew hat sich wieder in Isabel verliebt.«

»Wer ist Zbigniew?«

»Ihr Ex-Mann.«

»Zbigniew Różański?«

Caspar nickte.

»Aber die beiden haben sich doch scheiden lassen. Wo ist das Problem?«

»Isabel scheint noch nicht ganz über Zbigniew hinweg zu sein.«

»Woran erkennst du das?«

»Die beiden treffen sich dauernd, und Zbigniew ist plötzlich eifersüchtig auf mich. Deshalb streiten sie in einem fort.«

»Das heißt, er war noch mal bei euch draußen?« Alain beantwortete sich die Frage gleich selbst. »Richtig, wegen der Kinder.«

»Nicht nur wegen ihnen. Als Zbigniew das letzte Mal aufgetaucht ist, waren die Kids in der Schule.«

»Was wollte er denn?«

»Mit Isabel reden. Sie war einverstanden. Da sagte er, er kann nicht mit ihr reden, solange ich im Haus bin. Er sagte, ich soll gehen.«

»Was? – was!«, rief Alain. »Und wie hat Isabel darauf reagiert?«

»Sie hat mich gebeten, rauszugehen.«

»Aus deinem eigenen Haus?«

»Es ist ihr Haus, und es war früher Zbigniews Haus. Ich komme mir wie ein unerwünschter Mieter vor.«

»Es ist das Haus, in dem Zbigniew Różański seine Freundin gevögelt hat!«

»Stimmt schon. Aber ich fürchte, diese Tatsache macht Isabel inzwischen …«

»Ja, was? Es macht Isabel nichts mehr aus?«

»Nein, es macht sie …« Caspar nahm allen Mut zusammen. »Es macht sie scharf.«

»Etwa auf Zbigniew?«

Caspar nickte mutlos.

Alain trank einen kräftigen Schluck. »Ich habe noch nie so eine bescheuerte Geschichte gehört.«

Treuherzig sah Caspar den Cousin an. »Mir passieren ständig so bescheuerte Geschichten.«

»Isabel wurde also spitz, weil ihr untreuer Ex-Mann bei euch im Haus war. Was hast du darauf gemacht?«

»Ich bin rausgegangen.«

»Wie bitte?«

»Sollte ich etwa dort bleiben und zuhören, wie er ihr beteuert, dass er sie noch liebt und ohne sie nicht leben kann?«

»Du hättest zu deiner Freundin sagen sollen, dass sie nicht alle Tassen im Schrank hat, und dann hättest du Herrn Różański am besten aufgefordert, sich zu verpissen. Und wenn er dir dumm gekommen wäre, hättest du ein langes Küchenmesser geholt.«

»So etwas rätst du mir?«, staunte Caspar. »Du bist doch bei der Polizei.«

»Ich habe nicht gesagt, dass du das Messer benutzen sollst.«

»Es hätte auch nichts genützt.«

»Wieso?«

Caspar zögerte. »Zbigniew trägt eine Waffe.«

»Jetzt mach aber mal 'nen Punkt.« Alain trat einen Schritt zurück. »Euer Haus liegt gegenüber dem Wohnsitz der Verteidigungsministerin, und Różański hat eine Knarre dabei?«

»Das weißt du aber nicht von mir«, beschwor Caspar den Cousin.

»Was weiß er nicht von dir?« Diana war unbemerkt näher gekommen. Beide Männer drehten sich zu ihr um. »Caspar! Wie siehst du denn aus?«, rief sie.

Der Cousin betastete seine geschwollene Nase. »Halb so schlimm.«

»Er hat sich angeblich *erschrocken*«, knurrte Alain.

»Wie ist das passiert?«

Es war Caspar anzusehen, dass er Alains Freundin die Peinlichkeit lieber verschweigen wollte, doch Alain hatte die Geheimniskrämerei satt.

»Gut, dass du da bist«, sagte er. »Wir brauchen in diesem Fall eine weibliche Meinung.« Dann berichtete er schonungslos, dass Caspars Partnerin, zu der er erst neulich nach Potsdam gezogen war, eine starke Affinität zu ihrem Ex-Mann zeigte. Der Ex-Mann sei ein brutaler Geselle, der Caspar offenbar eine Knollennase verpasst habe. Außerdem sei er bewaffnet, was bei Caspars brisanter Babelsberger Adresse dem Staatsschutz nicht egal sein konnte.

»Zbigniew hat mir keine gescheuert«, widersprach Caspar.

»Wer dann?«, schaltete sich Diana ein. »Etwa Isabel?«

»Lasst mich in Ruhe.« Caspar wollte zur Großmutter fliehen.

»Hiergeblieben.« Diana hielt ihn sanft am Ärmel fest. »Alain hat mir erzählt, dass du Rat brauchst. Ich bin Anwältin, und ich hatte schon den einen oder anderen Beziehungsfall. Was kann ich für Sie tun, Herr Liebermann? Kommen Sie doch mal in mein Büro«, fuhr sie augenzwinkernd fort, ging zum Sofa im grünen Zimmer und setzte sich. Alain führte seinen Cousin der Anwältin vor.

Mit hängenden Schultern stand der Befragte da. »Nachdem Isabel mich hinausgeschickt hat, bin ich natürlich rausgegangen.«

»Ein Fehler. Nie den Kampfplatz räumen, bevor der Kampf entschieden ist«, mischte Alain sich ein.

»Halt die Klappe«, sagte die Anwältin. »Weiter«, ermunterte sie Caspar.

»Ich stand im Garten. Das Wetter ...« Er zeigte zum

Balkon. »Es hat genieselt. Ich wusste nicht, was ich machen soll. Also bin ich spazieren gegangen.«

»Im Regen?«

»Nach einer halben Stunde bin ich zurückgekommen und ging zur Eingangstür. Da habe ich Geräusche gehört.«

»Was für Geräusche?«

»Ich glaube, es waren Fickgeräusche«, sagte Caspar mit rührender Naivität.

Alain und Diana sahen sich an. »Was denn? Isabel hat es mit ihrem Ex-Mann getrieben?«, fragte sie.

»Ich war nicht sicher. Also bin ich auf das Vordach geklettert.«

»Wozu?«

»Um nachzuschauen.«

»Du hattest den Verdacht, dass deine Freundin dich betrügt, aber statt hineinzugehen und die Sache klarzustellen, kletterst du auf ein Vordach?«, rief Alain.

»Von dort kann man ins Schlafzimmer sehen.«

»Du hast auch noch gespannt?«

»So weit kam es gar nicht. Kaum hatte ich mich von dort oben an das Fenster herangepirscht, ist die Haustür aufgegangen, und Zbigniew kam heraus.«

»War er angezogen?«

»Nicht ganz. Er hat mich nicht gesehen und wollte wieder reingehen. Da ist mir der Fuß weggerutscht, das hat ein Geräusch gemacht. Zbigniew sah mich. Ich bin ausgerutscht und vom Vordach gefallen.«

»Auf die Nase?«

»Nein. Es war mir so schrecklich peinlich. Ich bin aufgesprungen. Isabel tauchte in der Tür auf.«

»War sie auch *nicht ganz angezogen?*«

»Hör schon auf. Ich wusste nicht, was ich sagen sollte, und bin auf die beiden zugegangen. Aber bei der Eingangstreppe, da ist so ein … wie nennt man das? Ein Windfang aus Plexiglas.«

»Habe ich gesehen.«

»Plötzlich machte Zbigniew eine abrupte Bewegung. Ich habe geglaubt, er will mich schlagen, da habe ich mich reflexhaft abgewandt und bin … und bin mit der Nase in die Plexiwand gerannt.«

Alain und Diana mussten an sich halten, um nicht laut loszulachen.

»Das Blut spritzte nur so aus meiner Nase. Die Glaswand war rot davon. Ich konnte nichts tun, als meine Hände unter die Nase zu halten. Das nutzte nichts. Zbigniew hat mir geholfen, mich ins Gras zu legen.«

»Ins nasse Gras?«

»Er hat meinen Kopf zurückgebeugt und mir ein Taschentuch gegeben, das ich unter die Nase halten konnte.« Caspar schaute von einem zum anderen. »Die Blutung hat bald aufgehört, aber das Nasenbein war gebrochen. Isabel hat mich zum Arzt gefahren.«

Alain setzte sich neben Diana. »Ich glaube, das ist die verrückteste Beziehungskiste, die ich je gehört habe. Der reinste Slapstick.«

»Wenn du dabei gewesen wärst, hättest du es nicht albern gefunden.« Caspar ließ den Kopf sinken. »Ich sollte mich damit abfinden, dass ich der ewige Loser bin.«

»Nein.« Diana forderte ihn auf, sich neben sie zu setzen. »Lass uns nachdenken, was man da tun kann.« Wie die drei Musketiere thronten sie auf dem grünen Sofa im grünen Zimmer, während die Familie nebenan den *Tu B'Av* feierte.

»Wir haben Vollmond«, sagte Diana.

»Ja.«

»Das spüre ich jedes Mal.«

Stunden waren vergangen. Sie und Alain saßen immer noch auf dem grünen Sofa. Beide waren betrunken.

»Wir sollten gehen«, schlug er vor.

»Warum tun wir es nicht?«

»Weil wir unseren Hintern nicht mehr hochkriegen.«

»Wo ist eigentlich Caspar?«

»Er klagt unserer Cousine Anna sein Leid. Die liebt so etwas.«

»Was denn?«

»Dass es jemand anderem noch schlechter geht als ihr.« Alain sah Diana an. »Musst du morgen früh raus?«

»Früher als früh.«

»Brüssel?«

»Die Maschine um sieben Uhr zwanzig.«

»Ach, du Scheiße. Ich muss schon wieder an den Wannsee.«

»Geht es immer noch um das gesuchte Boot?«

Alain hätte gern aufgestoßen, beherrschte sich aber. »Was weißt du über das De'Lorion-Institut?«

»Haben die mit dem Anschlag zu tun?«

»Darüber darf ich nicht sprechen.«

Diana trank. »Die politische Ausrichtung von De'Lorion ist unklar, um es dezent auszudrücken.«

»Sehr weit rechts?«

»Ich würde eher sagen: sehr elitär. Eine Gruppe Auserwählter trifft sich an exklusiven *Locations* zu geheimen Diskussionen. Sie treffen Entscheidungen, machen Vorschläge an Regierungen, und alles angeblich zum Wohle der Bevölkerungen.«

»Hältst du diese Leute für antidemokratisch?«

»Von ihrer Grundhaltung sind sie das bestimmt. Allerdings wird ihr Elitarismus durch das Mäntelchen des freien Meinungsaustausches gedeckt.«

»Dann sind sie ja auf dem früheren Goebbels-Grundstück genau richtig.« Alain starrte in sein Glas. »Dem Staatsschutz sind keine antidemokratischen Tätigkeiten des Instituts bekannt. Es existiert kein Geheimbund, sie zelebrieren keine Rituale.«

»Sie sind auf der ganzen Welt verteilt«, sagte Diana. »Eine globale Diskutierrunde.«

»Svea Wieland hat einmal zu dieser Runde gehört«, antwortete er nach einer Pause. »Aber darüber ...«

»... darfst du nicht sprechen.«

Die Stellungnahme der Ministerin war enttäuschend ausgefallen. Vor drei Jahren hatte sie einem Symposion des De'Lorion-Instituts beigewohnt. Aus Termingründen hatte sie die zweite Einladung in diesem Jahr allerdings kurzfristig abgesagt. Dass sie trotzdem auf der Teilnehmerliste stand, müsse ein Fehler sein. Sie kannte Howard Silver aus Washington, doch auch darin sah sie keine Auffälligkeit. Unterm Strich hatten Alains Mutmaßungen bezüglich Schwanenwerder, des Helikopters und der Schiffe des Instituts Svea Wieland unbeeindruckt gelassen. Genau betrachtet, hatte Frau Wieland die bisherigen Ermittlungen des MES als irrelevant abgetan. Dass der ermordete Yousef Najjar ein Boot gesehen haben wollte, das vor dem Anschlag dort gekreuzt sei, habe vermutlich nichts zu bedeuten.

Alain befand sich in einer Sackgasse. Nein, er befand sich in einer Schleife, ähnlich der Inselstraße auf Schwanenwerder. Egal, welche Ergebnisse er vorwies, die

Schlussfolgerungen führten immer wieder zu Sveas Anfangsverdacht zurück: Curt Oderberg.

»Heute ist Vollmond«, murmelte Diana. »Ich muss ins Bett.«

Er hob den Arm. »Taxi!«, rief Alain mit schwacher Stimme.

Müde lachten beide und lehnten sich an die Schulter des anderen.

11
O Wankelmut der Welt

Die Medien hatten viel für Svea Wieland getan. Aber Svea Wieland hatte auch viel für die Medien getan. Sie besaß ein bekanntes Gesicht, ein hübsches bekanntes Gesicht sogar. Seit sie auf den Siegertreppchen der internationalen Sportstadien gestanden und im Badeanzug für die *VOGUE* posiert hatte, seit sich die deutsche Athletin für die Bewahrung der Erde engagierte, als grüne Landwirtschaftsministerin den deutschen Wald aufforstete und den Bauern die Pestizide austrieb, war sie der Liebling der Medien. Die Presse feierte Svea als unbeirrbare Verfechterin von Prinzipien, mit denen sich heutzutage jeder gerne schmückte, der das mulmige Gefühl teilte, dass es mit dem Planeten bergab ging. Allerdings wurden Prinzipien rasch langweilig, und dann verwandelten die Medien jemanden, der Prinzipien hatte, in einen Prinzipienreiter.

Die Athletin war zum *Commander-in-Chief* aufgestiegen, und eine Zeit lang bewunderten die Medien sie für ihr unerschrockenes Auftreten gegen die Rüstungslobby. Doch bald schon wurde sie zum Inbegriff einer Person, die aus Prinzipienreiterei einen ganzen Industriezweig abwürgte. Was sollten die *Rheinmetall*, die *Dornier-Werke*, *Heckler & Koch*, was sollten *Thyssenkrupp* und all die anderen wohl sonst herstellen, wenn nicht waffenfähige Systeme, waffentragende Kriegsschiffe, Waffenzubehör und Waffen, Waffen, Waffen? Ihre Produkte waren Präzisionswerkzeuge, und für nichts wurden die Deutschen so sehr bewundert wie für ihre Präzision.

Svea Wieland hatte nebenbei auch den großen NATO-Verbündeten verärgert, der ohnehin schon sauer war, weil die Deutschen in keinem Krieg mitmarschieren wollten, weder in den Irak noch in die Straße von Hormus, noch an die östliche Flanke Europas. Der Verbündete schien fast die Zeit wieder herbeizusehnen, als die Deutschen todsicher zu den Falken zu rechnen gewesen waren und sich nicht gurrend unter den Tauben tummelten. Die Fraktion zur Rechten forderte das Ende ihrer Ministerschaft, bevor die Wirtschaft bleibenden Schaden nehmen würde. Die Linken gönnten es den Grünen nicht, eine derart großartige Galionsfigur zu haben. Die schöne deutsche Athletin wurde als Trotzkopf verteufelt, der sich den Gesetzen der Realpolitik verschloss, und Curt Oderberg lieferte der Presse regelmäßig Futter für ihre Leitartikel.

Doch gerade zu einer Zeit, als die mediale Stimmung zu kippen drohte und es nicht zum Besten stand für die Ministerin, trat das Wunder ein. Aus der angeschlagenen Heldin wurde über Nacht eine politische Märtyrerin. Seit die Bombe auf der Kronprinzessinnenbrücke hochgegangen war, hatten sich Sveas Beliebtheitswerte fast verdoppelt. Kein Tag verging, an dem nicht ein anderes hübsches Detail über sie gedruckt, gesendet und gepostet wurde.

Ein anderes hübsches Detail?

Der Videoclip wurde auf keinem Sender in voller Länge gezeigt. Als Grund dafür gab man Anstößigkeit und Sittenwidrigkeit an, ließ es sich aber nicht nehmen, die sittenwidrigen Stellen zu verpixeln und online zu stellen. Das gute alte ZDF schob ein *ZDF spezial* ein, das ERSTE zog kurz darauf nach, *tough*, *brisant und stern TV* schlachteten die Neuigkeit zur besten Sendezeit aus. Doch erst ein Boulevardblatt sprach es aus: *Ministerin als Pornosternchen* lautete der Titel.

Sveas Gesicht war auf dem bewussten Clip nicht zu erkennen, jedenfalls nicht eindeutig. Sie könnte es sein, ihrer Figur, ihrem Haar nach könnte sie es sein, am verräterischsten war aber zweifellos das Tattoo auf ihrer rechten Hüfte. Svea Wieland hatte sich vor Jahren das *All Seeing Eye* auf ihren seitlichen Poansatz tätowieren lassen. Ursprünglich ein ägyptisches Symbol, war es in die Freimaurersymbolik aufgenommen worden und zierte die Ein-Dollar-Note der USA. Die junge Frau, die an jenem Amateur-Gangbang teilnahm, trug das allsehende Auge an der gleichen Stelle wie die deutsche Verteidigungsministerin.

Beschwichtigende Stimmen meldeten sich, die beteuerten, man könne so ein Tattoo mühelos kopieren oder aufmalen.

Während man auf eine Erklärung der Ministerin wartete, war das allsehende Auge das häufigste Motiv auf deutschen Internetplattformen. Sveas Partei feuerte ein Dementi nach dem anderen ab, der Koalitionspartner stand hinter der Verteidigungsministerin, die Opposition waltete ihres Amtes.

Plötzlich war auch Peter von Barnuth wieder da. Der Bayer, den man trotz seiner heroischen Bergrettung schon ein wenig vergessen hatte, trat an die Öffentlichkeit und verkündete, dass es obszön sei, ein Mitglied des Deutschen Bundestages einem solchen Spießrutenlauf auszusetzen. Von Barnuth verwendete als Erster den Begriff *Hexenjagd.* Das steigerte die Medienerregung noch weiter, da das Bild der gejagten Hexe einen gewissen Prickel besaß. War Svea, die *witch*, in Wirklichkeit eine *bitch?* Die Öffentlichkeit wartete auf Svea Wielands Antwort.

Ein Tag verging, ein zweiter Tag.

Ihr Ex-Mann, der TV-Produzent, wurde ausfindig gemacht und umlagert. Er nahm Svea auf bewundernswerte Weise in Schutz, weder prüde noch heuchlerisch, sondern schlicht und überzeugend. Bei Curt Oderbergs Stellungnahme erwartete man dagegen, dass er nicht so zurückhaltend sein würde.

»Ich möchte etwas zur Sprache bringen, das mich mit großer Sorge erfüllt«, sagte er in seinem viel beachteten Interview. »Ich sehe diesen verachtenswerten Filmclip als perfektes Beispiel für die dringende Notwendigkeit an, endlich ein Gesetz gegen die Verleumdung im Internet zu verabschieden. In diesem Machwerk wird die Vorstellung angeregt, dass die Bundesministerin für Verteidigung an einer sexuellen Eskapade teilgenommen hat, bei der sie Gefälligkeiten an mehrere sexuelle Partner gleichzeitig vergeben hat. Wir sollten unsere Zeit und die Zeit der Ministerin nicht mit derartig kranken Anschuldigungen verschwenden. Natürlich kann man Frau Wieland das Recht nicht absprechen, dazu Stellung zu nehmen. Dass sie es bisher nicht getan hat, kann ich nur mit einem einzigen Wort beantworten: Bravo. Ich schließe mich ihrer Haltung an, diese Art von veröffentlichtem Schmutz zu boykottieren, gehe aber natürlich davon aus, dass die Ministerin Anzeige gegen die Verantwortlichen der betreffenden Website …« Die folgenden Worte las Oderberg von einem Zettel ab, der ihm gereicht wurde. »Dass sie Anzeige gegen *Total.porn.com* erstatten wird, so wie gegen jene freche Doppelgängerin, die auf dem ekelhaften Material zu sehen ist. Die bisherige Weigerung der Ministerin, die anstößigen Vorwürfe zu kommentieren, hat selbstverständlich keinen Einfluss auf das Verhältnis des Bundesverbandes der Deutschen Sicherheits- und Verteidigungsindustrie zu Frau Wieland, genauso wenig wie auf den grundsätzlichen Respekt, den ich für sie hege.«

»Er wirft ihr den Fehdehandschuh ins Gesicht.« Alain schaltete den Ton leise. »Mit diesem Interview zwingt er sie gewissermaßen zu einer Stellungnahme.«

»Wird sie früher oder später nicht ohnehin die Karten auf den Tisch legen müssen?«, fragte Salma.

Alain konnte nicht anders, er musste das zirkulierende Blut beobachten. »Wenn sie klug ist, lässt sie es bleiben. Durch ihr bisheriges Schweigen hat sie klargemacht, dass sie über solche Diffamierungen erhaben ist.«

»Damit wird sich die Presse aber nicht zufriedengeben. Was passiert, wenn ein Untersuchungsausschuss einberufen wird?«

»Wegen eines *Gangbangs* soll ein parlamentarischer Ausschuss tagen?« Fasziniert betrachtete Alain die Bewegung des Blutes.

»Von selbst wird die Sache aber nicht verschwinden.«

Salma schenkte dem Blut, das aus ihr hinaus- und gereinigt wieder in sie hineinfloss, keine Aufmerksamkeit. Die meisten Bereiche, die mit ihrer Behandlung zu tun hatten, waren abgedeckt. Nur an einer Stelle sah man, wie das Blut durch einen Schlauch gepumpt wurde. Der Motor der Pumpe war erstaunlich laut, wenn man davon ausging, dass Blut etwas war, das lautlos zirkulierte. Alain konnte den Blick nicht abwenden. Wer dachte im Alltag daran, dass alles, das ganze Leben von diesem Fließen abhing? Wer dachte daran, während er sich aufregte, oder in Momenten der Ruhe, oder während der Liebe? Sobald dieser Fluss stockte oder versiegte, war alles vorbei.

»Svea Wieland sollte auch weiterhin schweigen«, erwiderte Alain. »Wenn sie dementiert, wird es heißen, sie lügt. Oderberg wird nicht klein beigeben. Er versichert sie zwar seiner Sympathie, zugleich nennt er die Porno-Website beim Namen und sorgt dafür, dass noch mehr Leute den Clip anklicken. Und ganz nebenbei bringt er seinen Protegé Peter von Barnuth wieder in Stellung.«

»Was geschieht jetzt weiter?«, fragte Salma schläfrig.

»Es wird diskutiert und kommentiert werden, Behauptungen werden aufgestellt und durch Gegenbehauptungen entkräftet. Erinnerst du dich an Bundespräsident Wulff? Der arme Teufel ist damals auch in diese Art Wirbelsturm geraten. Er hat ihn nicht überlebt. Mir tut Frau

Wieland wirklich leid, ich möchte nicht in ihrer Haut stecken. Zugleich hat nichts von dem, was gerade vorgeht, etwas mit unserer Arbeit zu tun. Es erschwert sie nur, weil Frau Wieland sich in einem Hurrikane befindet. In einem Hurrikane ist die Stimme der Vernunft schwer zu hören.«

Salmas Blick machte deutlich, dass sie Alains Metapher ziemlich schwülstig fand. »Ich meine nicht, was mit Svea Wieland geschieht, sondern hier und jetzt.«

»Zunächst mal warten wir, bis du wieder tipptopp runderneuert bist.« Alain bedauerte den flapsigen Ausdruck, aber es gab keine nette Art, die Dialyse zu umschreiben. »Danach ruhst du dich ein bisschen aus. Dann setzen wir dich in das Ding dort und fahren hinüber in die Dermatologie.«

»Der Blutaustausch dauert noch zwei Stunden. Willst du nicht schon mal allein rübergehen?«

»Du bist meine Analystin«, sagte er mit Festigkeit. »Ich denke nicht daran, dieses Gespräch ohne meine Analystin zu führen.«

»Ich bin wahnsinnig müde, Alain. Warum gehst du nicht so lange was essen, in die Kantine?«

»Mir reicht das Kantinenessen, das wir bei uns vorgesetzt kriegen.«

»Was willst du denn so lange machen?« Ihre Lider schlossen sich.

»Ich sitze hier.« Er beobachtete, wie sie einschlief. Er beobachtete das Blut. »Ich sitze ganz einfach hier.«

12
Somalia

Man hatte Kadou Hauser aus dem Klinikum Havelhöhe in die dermatologische Abteilung der Charité verlegt. Hier arbeiteten die Spezialisten, die seine Hauttransplantationen vornehmen sollten. Der Chefarzt hatte sich mit einer kurzen Befragung des Patienten durch den Staatsschutz einverstanden erklärt.

»Zehn Minuten«, legte er fest. »Und ich bin währenddessen anwesend.«

»Eine Viertelstunde, Herr Doktor«, feilschte Alain. »Und es wäre besser, wenn Sie uns mit ihm allein ließen.«

Der Chefarzt war im Begriff zu widersprechen, als er

Salma sah. Ihr Haar war fahl, ihre Haut welk, sie konnte sich im Rollstuhl kaum aufrecht halten. Sie war ein erschöpftes Tier, das nicht weiterwusste.

»Eine Viertelstunde«, lenkte er ein. »Und ich bin gleich hier draußen.«

Alain schob Salma in das Zimmer, das dem Behandlungsraum der Dialysepatienten ähnelte, ein von Technik umzingeltes Bett, ein Raum, in dem die vitalen Werte des Patienten in elektronische Signale verwandelt wurden. Kadou Hauser war erwacht, aber noch nicht in diese Welt zurückgekehrt. Er glich einem Fallschirmspringer, der sich der Erde näherte. Wie die Landung ausfallen würde, war ungewiss.

»Möchtest du beginnen?«, fragte Alain.

»Lieber nicht«, erwiderte Salma, verstand aber im selben Moment, dass sie und Kadou im Grunde Gleichgestellte waren. Hier sprachen nicht eine Polizistin und ein Bombenopfer miteinander, sondern zwei kranke Menschen. Auf die Armlehnen gestützt, setzte sie sich auf.

»Kannst du mich hören, Kadou?«

Rang und Name sowie gesellschaftliche Umgangsformen bedeuteten hier drinnen nichts. In diesem Zimmer wurde überlebt. Hier litt man Schmerzen, war dem Einfluss starker Medikamente ausgesetzt. Vierzig Prozent von Kadou Hausers Haut waren verbrannt. Äußerlich sah man wenig von dieser unvorstellbaren Bloßstellung seines Körpers. Das Gesicht des Deutschafrikaners strahlte Ruhe aus. Wie jung er war. Seine Augen standen offen.

»Ja.« Er sah Salma nicht an.

»Können wir über die Vorgänge vor dem Attentat sprechen?«

»Ja.«

Sie fuhr dichter an sein Bett heran. »Bevor die Bombe hochging, was hast du da gesehen?«

Ein Atemzug von ihm. »Jemand war am Handy.«

»Wo?«

»Ein Balkon, glaube ich, nein, es war ein Vordach.«

»In welcher Entfernung befand sich diese Person zu eurem Fahrzeug?«

Mehrere Atemzüge, Kadou schwieg.

»Dass jemand auf einem Balkon oder einem Vordach ein Handy am Ohr hat, ist noch nicht verdächtig.«

»Nicht am Ohr. Er hat es von sich weggehalten.«

»Er?«

»Es war ein Mann.«

»*Weggehalten?* Auf welche Art?«

»Als ob er uns anpeilen wollte. Als ob er mit dem Handy ein Signal senden würde.«

»Das konntest du in den wenigen Augenblicken an der Ampel erkennen?«

»Ich habe es leider zu spät gesehen.« Eine Unruhe, kurz verzerrte sich Kadous Gesicht. »Sonst hätte ich früher …«

»Jemand, der ein Handy hält, erscheint mir nicht auffällig genug, um Verdacht zu erregen«, beharrte Salma. »Hat er in sein Smartphone gesprochen? Hat er jemandem Zeichen gemacht?«

»Er hat einen Feldstecher beiseitegelegt«, antwortete der Patient.

»Hast du den Feldstecher vor seinen Augen gesehen?«

»Nein.«

»Es könnte also auch ein anderer Gegenstand gewesen sein. Eine dunkle Sonnenbrille ist auf diese Entfernung einem Feldstecher ähnlich.«

»Nein.«

»Hast du angenommen, dass der Mann die Position des Ministerfahrzeugs an jemand anderen weitergibt?«

Zum ersten Mal fokussierte der Patient den Blick, sah aber nicht Salma an, sondern Alain. »Sie sind Liebermann?«

»Ja«, nickte Alain überrascht.

»Sie haben uns nach dem Anschlag gefunden.« Kadou hob den Kopf ein wenig. »Sie waren der Erste am Tatort.«

»Das stimmt.«

»Sie sind im Krankenwagen mitgefahren.«

»Richtig.«

»Wie geht es Frau Wieland?«

»Den Umständen entsprechend recht gut.« Aus dem Augenwinkel bemerkte Alain, dass der Arzt draußen Anstalten machte, in Erscheinung zu treten. »Kadou, Sie haben die Ministerin gerettet, daran besteht kein Zweifel. Ohne Ihr Eingreifen wäre sie nicht mehr am Leben. Unklar ist nur, weshalb Sie genau in diesem Augenblick den richtigen Impuls hatten. Ein Mann mit Handy, ein Feldstecher, das war alles? Dieser Mann hätte auch Flankenschutz vom BKA sein können oder irgendjemand, der mit der ganzen Sache nichts zu tun hatte.« Er trat vor das Bett. »Ihre brillante Intuition hat Leben gerettet, aber Ihre Begründung finde ich nicht schlüssig.«

Hinter der Glaswand schloss der Doktor seinen Mantelknopf und wandte sich zur Tür.

»Der Mann am Handy war schwarz«, sagte Kadou.

»Schwarz?«

»Er war Afrikaner.«

Der Doktor kam herein.

»Und was weiter?«

Wie ein freundlicher Onkel trat der Arzt an Kadous Bett. »Ich denke, das sollte fürs erste Mal genügen, Herr Hauser.«

Alain gab die Position am Krankenbett nicht auf. Er und der Arzt standen so dicht beieinander, als wären sie ein Duo, das Kadou gleich ein Ständchen singen würde. »Was bedeutet das, Kadou?«

»Mein Vater ist kein netter Mann«, sagte der Patient.

»Ihr Vater?«

Kadou musterte den Hauptkommissar. »Mein Vater ist Siad Quanyare Sudi.«

***

»Das Horn von Afrika«, begann Velkan. Er hasste es, vor den Kollegen frei zu sprechen, er tat es nur Salma zuliebe. Nach der Dialyse war sie zu schwach, das Briefing allein durchzuführen. Velkan und sie hatten die Fakten zusammengetragen.

»Somalia ist erst seit 1960 unabhängig. Vorher waren die Engländer dort und die Italiener.« Velkan scrollte. »Kurzzeitig hat Somalia es mit der Demokratie versucht. Hat aber nicht geklappt, zu viel Korruption, zu viel Vetternwirtschaft. Dann kam die Diktatur. Einundneunzig haben sie schließlich den Diktator rausgeschmissen, seither herrscht dort Bürgerkrieg.« Für einen Moment verlor er den Faden und sah Salma an.

»West und Ost«, half sie ihm weiter.

»Ja, genau, klar. Die Supermächte haben sich natürlich eingemischt. Sie haben, na ja, das Übliche eben, der Osten hat Waffen geliefert, der Westen Wirtschaftshilfe geleistet. Jeder hat versucht, Einfluss auf die Übergangsregierung zu nehmen. Aber die war machtlos, konnte nicht mal die Hauptstadt Mogadischu halten.« Ein kurzer Blick zu Salma, sie nickte ermunternd.

»So weit, so schlecht. Das Land befindet sich seither in den Händen von regionalen Clans. Die Clans werden von Warlords geführt, deren Milizen Terror und Angst verbreiten.« Velkan hielt inne. »Ach, übrigens, in Somalia gibt es sogar Piraten.« Er grinste, weil er Piraten im 21. Jahrhundert lustig fand, merkte aber sofort, dass das nicht gut ankam. »Na schön.« Er fühlte sich unwohl. Sobald Velkan sich unwohl fühlte, wusste er nicht, wohin mit seinen Händen, und schlang die Arme um seinen Hals.

»Das Problem ist, dass sich dort in der Gegend die Wüste immer weiter ausbreitet. Die meisten Leute versuchen daher, sich im fruchtbaren Süden anzusiedeln, an den beiden Flüssen … Ich habe vergessen, wie die heißen, ist auch nicht so wichtig. Wichtig ist, dass die Menschen den Milizen hilflos ausgeliefert sind. Wenn den Anführern der Clans etwas nicht passt, rufen sie eine Blutfehde aus, dann wird eine Familie oder ein ganzes Dorf umgebracht. Das ruft wiederum die Familien der Ermordeten auf den Plan, und die ermorden dann die Mörder. Um das zu verhindern, gibt es Sub-Clans, deren Leute in der Bevölkerung Blutgeld erheben. Man kann also verhindern, dass man umgebracht wird, wenn man zahlt. Leute, die das Blutgeld nicht rechtzeitig zahlen, oder solche, von denen man glaubt, dass sie zu viel Blutgeld bekommen haben, werden allerdings ebenfalls umgebracht. Kurz und gut, in Somalia hat derjenige das Sagen, der am brutalsten vorgeht. Und damit sind wir bei Siad Quanyare Sudi.«

Velkans Hände glitten von seinem Hals. Rote Flecken zierten seine Wangen.

Salma rollte neben ihn. »Danke, Velkan.«

»Schon klar.« Er setzte sich neben Alain.

Salma beamte ein Bild des Warlords auf den Schirm. Man sah einen lachenden Weißhaarigen mit modischer Brille und Kinnbart. Zu seiner Uniform im Tarnfarben-Look trug er einen gelben Markenschal und hielt ein iPhone ans Ohr.

»Siad Quanyare Sudi ist der ruchloseste Warlord Somalias«, fuhr Salma fort. »Seine Miliz ist extrem gut bewaffnet, wahrscheinlich aus russischen Beständen, er verfügt sogar über bodengestützte Raketen. Sudi kontrolliert ein Gebiet von der Größe Bayerns. Wie die meisten Somali gehört auch er den Sunniten an. Seine Aktionen sind meistens nicht religiös motiviert, allerdings wird ihm der Mord am letzten katholischen Bischof Somalias zur Last gelegt. Danach hat sich das Bistum Mogadischu endgültig aufgelöst, die Priester sind geflohen. Sudis Methode ist es, die Konflikte um knappes Wasser und Land zwischen den sesshaften Bauern und der nomadischen Bevölkerungsmehrheit im Land zu schüren. Wenn es zu Auseinandersetzungen kommt, lässt er die Konfliktparteien ermorden und erhebt Blutgeld. Das macht ihn zum mächtigsten und zugleich verhasstesten Mann im südlichen Somalia. Siad Quanyare Sudi ist der Vater von Kadou Hauser.« Salma klappte den Laptop zu und wandte sich zu Alain.

Er nahm den Kaugummi aus dem Mund und legte ihn an den Tellerrand. Das MES trank Kaffee. Schon vor einiger Zeit war das Team Salmas Aufruf gefolgt, mit den Papp- oder Styroporbechern Schluss zu machen. Jedes

Mitglied hatte seither seine eigene persönliche Tasse. Einige waren verschraubbar, andere hatten lustige Aufdrucke, die meisten kehrten zum nostalgischen Untertassenprinzip zurück. Alain betrachtete das Kaffeekränzchen seiner Leute, vertraute Gesichter, engagierte Mienen. Er musste sie jetzt mit dem neuen Verdachtsmoment vertraut machen, und ihm war nicht ganz wohl dabei.

»In den islamischen Gesellschaften ist ein Sohn das größte Geschenk Gottes, das einem Mann widerfahren kann«, begann er. »Ein Sohn bedeutet, dass der Mann mit seinem Tod nicht zu existieren aufhört. Durch den Sohn bleibt der Vater in der Welt. Das größte Unglück für einen Muslim ist daher der Tod eines Sohnes.«

Er warf einen Blick in die Runde.

»Bei einem Aufenthalt in Kenia lernte Siad Quanyare Sudi die deutsche Touristin Tonia Hauser kennen. Zwischen den beiden kam es zu einer Romanze. Als Tonia schwanger wurde, kehrte sie nach Deutschland zurück, wahrscheinlich hatte sie herausgefunden, dass ihr Liebhaber ein Massenmörder war. Kadou kam zur Welt. Sie hat Sudi seine Vaterschaft nicht verschwiegen. Vater und Sohn sind einander aber nur ein einziges Mal begegnet.«

Alain zögerte, bevor er Kadous Verdacht aussprach. »Kadou Hauser behauptet, dass ihn jemand aus Hass gegen seinen Vater umbringen lassen wollte. Seiner Meinung nach galt der Bombenanschlag nicht der Ministerin, sondern ihm selbst.«

An der Reaktion des Teams las Alain ab, dass sie mit der Theorie nicht viel anfangen konnten. Der gepanzerte Dienstwagen einer umstrittenen deutschen Ministerin war in die Luft geflogen, und ausgerechnet Bürgerkriegsmilizen aus Somalia sollten die Verantwortung dafür tragen?

»Und wer hat den Scharfschützenangriff im Wald durchgeführt?«, fragte Achtzehn, der sympathische Manfred. »Etwa auch die Somalis?«

»Das lässt sich noch nicht sagen.« Alain nahm den Kaugummi wieder vom Tellerrand.

»Bei zwei Attentaten hintereinander kann man wohl kaum von unterschiedlichen Attentätern ausgehen«, zweifelte auch Nummer drei. »Das Perfide an dem Doppelanschlag ist ja, dass der Konvoi erst durch den Scharfschützen im Wald auf die Brücke gelockt wurde.«

»Und was ist mit dem Helikopter?«, meldete sich Zwölf. »Wieso hat BKA-Mann Kleist den Bundeswehrhubschrauber nach Schwanenwerder bestellt? Hier ist die Verdachtslage völlig unklar.«

Mit diesem und den nächsten Einwänden wurde Alains Dilemma deutlich. Es gab in diesem Fall nicht zu wenige, sondern zu viele Spuren. Die Schiffe auf dem Wannsee, die Nazi-Insel, der internationale Diskutierclub, Oderbergs Interessen, die schmuddelige Pornokampagne, der Mord an Yousef Najjar, und zu allem Überfluss kam nun noch ein Warlord aus Somalia dazu. Es gab zu viele Vignetten, zu viele Momentaufnahmen, doch das große Bild blieb unklar.

Keinem der Anwesenden hätte Alain anvertraut, dass er in solchen Phasen eine Art innere Methode hatte, eine Vision, sich dem *großen Bild* zu nähern. Er befand sich dann bildlich gesprochen in einer Kirche. Dass es keine Synagoge war, hatte damit zu tun, dass die Katholiken mit Bildern arbeiteten, die Juden aber nicht. In Alains Kirche gab es Heilige, Märtyrer, auch einen Leidensweg von Golgatha. Suchend strich er durch seine Kirche, bis er den Hauptaltar entdeckte, das eine Zeichen, das diesen Altar von anderen unterschied. Wenn er an diesem Punkt angelangt war, eliminierte er die unwichtigen Heiligen, die biblischen Nebendarsteller und stand vor dem Tabernakel, der die Lösung enthielt. Diese Lösung, hierin lag für Alain meistens die Überraschung, trug eine absolute Logik in sich. Im Fall Svea Wieland hatte die Lösung nichts mit den Arabesken zu tun, die sich um den Bombenanschlag rankten, die Schreihälse mit den Mikrofonen, die politischen Lügner, die Blitzlichter und die feixenden Gesichter, die Lösung betraf Kadou Hauser, die Verteidigungsministerin und die Insel Schwanenwerder. Alain musste nun beginnen, die Arabesken auszusortieren, dann würde sich der Hauptaltar für ihn öffnen.

13
Die Partei

Svea Wieland gab bekannt, dass sie zu den Vorwürfen Stellung beziehen wolle, und hatte zu diesem Zweck eine Pressekonferenz einberufen. Am Vorabend ihrer Offenlegung bestellte sie Alain Liebermann zu sich. Es war das zweite Mal, dass der Hauptkommissar das Haus in Babelsberg während der Abendstunden betrat. Zum zweiten Mal ließen die Personenschützer ihn durch. Heute waren keine Dienstboten anwesend, es gab nichts zu essen, Mineralwasser stand bereit.

»Was würden Sie an meiner Stelle tun?« Die Ministerin hatte sich für ein legeres Outfit entschieden, Kapuzenpulli und Jeans.

»Wird der Bundeswehr nicht vorgeworfen, zu viel Geld für Beraterverträge auszugeben?«

»Was wollen Sie damit sagen?«

»Wenn Ihr Ressort Millionen für Berater bezahlt, warum lassen Sie sich nicht von denen beraten? Weshalb fragen Sie mich?«

»Diese Art von Koketterie passt nicht zu Ihnen, Alain«, antwortete sie schlicht. »Also, was würden Sie an meiner Stelle tun?«

»Ich würde schweigen.«

Sie goss Wasser in die Gläser. »Warum?«

»Weil Ihr Schweigen kein Zeichen von Schwäche ist, auch kein Eingeständnis, sondern ein Signal Ihrer moralischen Überlegenheit.«

Aufmerksam sah sie ihn an. »Aber ich habe angekündigt, mein Schweigen zu brechen.«

»Sie werden Ihre Gründe haben.«

»Sie sind dagegen?«

»Sie wollten wissen, was ich tun würde.«

»Interessiert es Sie denn gar nicht, ob ich den Porno gedreht habe?«

»Nein.«

»Wieso nicht?«

»Weil es Ihre Privatangelegenheit ist. Es hat mit der Bundesministerin für Verteidigung nichts zu tun.«

»Sie haben von moralischer Überlegenheit gesprochen. Ist es nicht eine Frage der Moral, wenn eine Ministerin Sex vor der Kamera hat?«

»Als die Szene gedreht wurde, waren Sie noch nicht Ministerin.«

»Aber wenn es wahr wäre, müsste ich morgen zurücktreten.« Sie ließ ihn nicht aus dem Blick.

Alain holte Luft. Es war ein langer Tag gewesen. Das Erlebnis mit Salma ging ihm immer noch nahe. Was Kadou Hauser betraf, war ein Dienstflug nach Mogadischu genehmigt worden. Nummer vier und zwölf würden vor Ort mit Mittelsmännern in Kontakt treten, die sie zu Siad Quanyare Sudi bringen sollten. Wenn der Warlord erfuhr, was seinem Sohn geschehen war, konnte er vielleicht Hinweise auf potenzielle Hintermänner geben. Nummer neun war nach Heidelberg unterwegs, wo Tonia Hauser lebte. Auch sie sollte zum Verdacht ihres Sohnes befragt werden. Die Kriminaltechnik des MES hatte die *Multiple* vorübergehend beschlagnahmt und nahm die Werft, wo das Schiff repariert wurde, unter die Lupe. Velkan war mit der Überprüfung von Howard Silver beschäftigt und untersuchte außerdem, ob Oderberg und von Barnuth Kontakte zu paramilitärischen Gruppierungen nachgewiesen werden konnten.

Es war ein langer Tag gewesen. Alain hatte keine Lust gehabt, nach Dienstschluss den weiten Weg nach Babelsberg anzutreten, um sich den Fragen der Ministerin zu stellen. Er hatte leider auch nicht die Geistesgegenwart besessen, abseits zu parken. Wahrscheinlich war Caspar bereits auf die Black Spirit aufmerksam geworden. Das Letzte, was Alain heute noch brauchte, war eine Plauderei mit seinem anstrengenden Cousin. Eine Dusche brauchte er und einen Zigarillo auf seinem Balkon in Pankow. Daher lag ihm daran, das Gespräch mit der Ministerin kurz zu halten.

»Warum erzählen Sie mir das alles?«, fragte er rundheraus.

»Weil ich …« Nachdenklich zog sie an den Bändeln

des Kapuzenpullis. »Weil ich nicht die Person auf diesem Film bin.«

»Wirklich nicht?« Für einen Moment war er verblüfft.

»Das scheint Sie zu überraschen.« Lächelnd wippte sie mit dem Schwingstuhl. »Ich wollte Ihre Reaktion sehen, Alain.«

»Wozu?«

»Ich wollte feststellen, ob Sie mir glauben.«

»Haben Sie mich deshalb geholt, damit Sie mich als Versuchskaninchen für Ihre Pressekonferenz testen können?«

»Ich suche lediglich Ihren Rat.«

»Sie suchen meinen Rat auf dem falschen Terrain, Frau Wieland. Mit Politik habe ich nichts zu tun. Ich ermittle die Schuldigen für den Anschlag auf Ihr Leben.«

Gerade wollte er die Akte aufschlagen, um über den Stand der Untersuchung zu berichten, als Svea sich mit den Unterarmen auf den Tisch stützte.

»Selbst wenn diese Pornosache nicht wäre, selbst wenn sich ermitteln ließe, wer mich bei dem Gangbang gedoubelt hat, könnte ich mich nicht mehr lange halten.«

»Sie meinen als Ministerin?«

Ihre Augen wurden ernst. »Die anderen gewinnen, Alain. Oderberg gewinnt, und von Barnuth steht in den Startlöchern bereit.«

»So schätzen Sie die Lage ein?«

»Sie nicht?«

»Sie sind die Amtsinhaberin, Frau Wieland. Warum kämpfen Sie nicht?«

Sie lächelte müde. »Die ganze Zeit tue ich nichts anderes.«

»Sie sind das Aushängeschild Ihrer Partei, sind deren Vizevorsitzende. Ohne Sie wären die Grünen bei der Wahl im einstelligen Bereich geblieben. Sie haben die Partei der ökologischen Erneuerung in die schwindelnde Höhe von zwanzig plus katapultiert. Damit haben Sie die Rechten abgeschmettert und die SPD überholt. Ich frage mich, weshalb Sie so verzagt sind und sich nicht zutrauen, die Schlammschlacht zu gewinnen. Sie brauchen sich auf diesen Schlamm gar nicht einzulassen. Sie machen Ihren Job, und Sie machen ihn gut. Sie stehen zu Ihrem Prinzip, dass es auf der Welt zu viele Waffen gibt. Wo es möglich ist, schaffen Sie sie ab. Sie setzen Ihre Wahlversprechen um. Niemand kann Ihnen das zum Vorwurf machen. Es sollte keine Überraschung für Sie sein, dass Sie sich mit dieser Haltung mächtige Feinde gemacht haben. Man wollte Sie umbringen. Man wollte Sie aus dem Weg räumen.« Überrascht von seiner eigenen Suada breitete Alain die Arme aus. »Moralisch stehen Sie auf der Siegerseite. Durch das Attentat sind Sie praktisch unangreifbar geworden. Und diese Pornosache …« Er machte eine wegwerfende Geste. »Ich an Ihrer Stelle würde das nicht dementieren. Ich würde es mit keinem einzigen Wort erwähnen. Sollen die anderen erst mal den Beweis liefern, dass Sie …« Er zwinkerte. »Wie hat Oderberg es so schön formuliert? Dass Sie an einer *sexuellen Eskapade* teilgenommen haben, *bei der Sie Gefälligkeiten an mehrere sexuelle Partner gleichzeitig vergeben haben.*« Alain nahm sein Glas und trank es in einem Zug leer.

Svea applaudierte leise. »Das war die hübscheste Wahlkampfrede, die ich seit Langem gehört habe. Darauf hole ich mir jetzt etwas Stärkeres.« Sie ging zu den Flaschen, die auf dem Kaminbord standen. »Sie auch?«

»Einen winzigen.«

»Scotch?«

»Wodka.«

Sie goss ein, sie ließen die Gläser gegeneinanderklicken.

Alain nippte. »Warum holen Sie sich keine Schützenhilfe bei Ihrer Partei? Oder anders gefragt: Weshalb stellt sich die Partei nicht offensiv an Ihre Seite?«

»Das ist eine interessante Frage, Alain. Elisabeth Rath und ich waren nie so etwas wie *Best Buddies*. Damals, bei meinem Parteieintritt, war ich die gefeierte Weltmeisterin und Liesl eben nur … eine von den Grünen.«

»Liesl?« Alain schmunzelte. »Das habe ich im Zusammenhang mit der großen Vorsitzenden noch nie gehört.«

»Nur der innere Kreis darf sie so nennen. Liesl und ich machen eine ganz anständige Doppelspitze und versuchen uns dabei möglichst wenig in die Quere zu kommen. Aber ich möchte nicht, dass sie sich öffentlich für mich starkmacht.«

»Wieso nicht?«

»Der Schuss könnte nach hinten losgehen.«

***

Diana nahm ihre Kontaktlinsen heraus, ein Vorgang von großer mimischer Ausdruckskraft. »*Der Schuss könnte nach hinten losgehen?* Das hat sie gesagt?«

»Es waren ihre exakten Worte.« Alain stand draußen vor dem falschen Fenster, das sich Diana hatte einbauen lassen, weil ihr ein fensterloses Bad missfiel.

Alain hatte sich gegen die Dusche und die Zigarre in

Pankow entschieden und hoffte stattdessen auf eine Dusche in Reinickendorf. Daher war er auch aus dem tiefsten Südwesten Berlins in den entfernten Norden gerast. Ihn hatten dabei weder die Blitzer noch die geriatrischen Geschwindigkeitsbegrenzungen auf der Stadtautobahn abgeschreckt. Alain wollte zu Diana, und der schnellste Weg dorthin war der einzig richtige Weg. Nur ein sadistischer Bürokrat konnte auf einer Autobahn die Höchstgeschwindigkeit auf sechzig Kilometer pro Stunde festsetzen. Statistisch gesehen, kam es bei zu niedrigen Tempolimits zu noch mehr Unfällen, als wenn der Verkehr frei floss, weil die Konzentration dahinschleichender Verkehrsteilnehmer nachließ. Außerdem lagen sechzig Kilometer pro Stunde definitiv unter der Würde eines Shadow-Black-Spirit-Fahrers.

Diana bewohnte ein spießiges Häuschen in Reinickendorf, nicht, weil sie selbst spießig war, sondern weil Reinickendorf für sie als Vielfliegerin angenehm nahe zum Flughafen Tegel lag. Eine unkluge Entscheidung, sollte man meinen, da die Fertigstellung des Hauptstadtflughafens BER und die Schließung Tegels damals schon angekündigt gewesen waren. Eine kluge Entscheidung, wie man mittlerweile wusste.

»Was weißt du über Elisabeth Rath?« Alain erhob sich auf die Zehenspitzen und spähte durch das falsche Fenster. *Falsch* bedeutete in diesem Zusammenhang, dass es aus einer Wand herausgebrochen worden war, die an das Wohnzimmer grenzte. Auf diese Weise fiel Tageslicht ins Bad. Andererseits rückten Dusche und Toilette dadurch in eine intime Nähe zur Couch.

»Du weißt, dass ich das nicht mag«, rief Diana.

»Was nicht magst?«

»Dass du mir zuschaust. Du verletzt meine Privatsphäre.«

Sie hatte ihr wundervolles Haar gewaschen. Nackt stand sie im Bad, ein Handtuch um den Kopf gewunden. Wie eine Pharaonenprinzessin sah sie aus, ein Anblick, der Alains voyeuristisches Glück vollkommen machte. Er gehorchte und sank auf die Fersen zurück.

Dianas Groll dauerte nur Sekunden. »Ich weiß so einiges über Elisabeth Rath.«

Er lief zweimal um die Ecke und trat vor die Tür des Badezimmers. »Woher?«

»Weil es bei ihr kurz so aussah, als ob sie aus der Bundespolitik aussteigen und ins Europaparlament wechseln wollte.«

»Das höre ich zum ersten Mal.«

»Der Grund dafür war ihre Co-Vorsitzende und ärgste Konkurrentin Svea Wieland.«

»Was meinst du mit *der Grund?*«

»Elisabeth fühlte sich von der Prominenz der Konkurrentin erdrückt. Sie hat das nicht mehr ausgehalten, immer nur die nüchterne Organisatorin der Partei zu sein, während die schöne, gewinnende Svea Wieland als ökologische Glücksgöttin durchs Land reiste und die Lorbeeren für grüne Politik einheimste.«

Ein heikler Schritt, doch Alain wagte ihn. Er öffnete die Tür gerade weit genug, um ins Bad zu schlüpfen. Nun kam der entscheidende Moment. Falls Diana gnädig gestimmt war, würde sie diesen Einbruch in ihre Frauenwelt dulden.

Wenn es nur den geringsten Unmut zwischen ihnen gab, konnte seine Übergriffigkeit zu laut ausgetragenen Konflikten führen.

»Ist die Rath denn tatsächlich nach Brüssel gegangen?«, fragte er leise.

Diana verstaute die zweite Kontaktlinse im Linsendöschen und sah ihn im Spiegel an. Ihr Gesicht erschien ihm angespannt und ernst, doch plötzlich löste sich die Spannung, und Alain bekam einen dieser wunderbaren Blicke geschenkt, die mit Gold nicht aufzuwiegen waren.

»Eben nicht. Elisabeth konnte in Brüssel nicht genügend Stimmen zusammenkriegen. Sie war förmlich gezwungen, zu ihrem Job nach Berlin zurückzukehren.«

Es war ein ganz besonderes Erlebnis für Alain, politische Auskünfte von einer nackten Frau zu bekommen. »Denkst du, das hat das Verhältnis der beiden verschlechtert?«

»Hundertprozentig. Könntest du das so einfach wegstecken, wenn du die ganze Parteiarbeit machst und deine Vizechefin dafür bejubelt wird?«

»Glaubst du, hinter der Rivalität der beiden steckt mehr?« Er hätte sie gerne umarmt, gab sich aber fürs Erste sachlich und erotisch unbeteiligt.

Diana begann eine Creme aufzutragen. Nach Alains Schätzung standen etwa hundert Tinkturen, Pasten, Gels, Feuchtigkeits- und Pflegeprodukte auf dem Bord im Bad. »Ich weiß nur, dass Elisabeths Power in ihrer extrem guten Vernetzung liegt. Sie hat ihre Spinnennetze überall im politischen Berlin gewoben.«

»Ist sie auch mit der Rüstungsindustrie vernetzt?«

»Bestimmt. Denn nur, wenn die regierenden Grünen eine gute Gesprächsebene mit der Industrie haben, können sie ihre Ziele durchsetzen.« Im Spiegel beobachtete Diana, wie Alain T-Shirt und Slip auszog. »Was machst du?«

»Ich wollte duschen.«

Sie tupfte Creme auf die Partie unter ihren Augen. »Ach so.«

Ohne sie zu berühren, schlüpfte er in die Dusche. Es war jener kleine, geflieste Raum mit dem falschen Fenster, der zum Bad gehörte. »Könntest du das für mich rauskriegen?«

»Was herauskriegen?«

»Inwieweit die Parteivorsitzende der Grünen Kontakt mit dem BDSV hat.«

»Warum lässt du so etwas nicht deine eigenen Leute machen?«

Er legte die Hand an die Armatur. »Erinnerst du dich noch an den Fall Hanna Golden? Ich kam damals nicht weiter, weil mir der Verfassungsschutz Knüppel zwischen die Beine geworfen hat.«

»Natürlich erinnere ich mich.« Diana hielt inne. »Damals haben wir uns kennengelernt.«

Nackt stand er unter der trockenen Brause, als ob er vergessen hätte, was er hier wollte. »Unser verrückter Spaziergang auf dem Tempelhofer Flugfeld, weißt du noch? Kurz darauf bist du zum Abteilungsleiter beim Verfassungsschutz gegangen und hast ihn bezirzt, mir zu helfen.«

»*Bezirzt?* Na, hör mal, hältst du mich etwa für eine Mata Hari im öffentlichen Dienst?«

»Ich halte dich für *the most sexy EU-lawyer ever.*« Er drehte das Wasser auf.

Sie cremte weiter. »Danke sehr.« Plötzlich schloss Diana den Tiegel und stellte ihn auf das Bord. Sie nahm das Badetuch vom Kopf und trat zu Alain in die Dusche.

»Du willst, dass ich ein bisschen bei Elisabeth Rath

herumstochere?« Ohne Scheu, wieder nass zu werden, umarmte sie ihn von hinten.

»Das wäre hilfreich.« Er hatte das Duschgel in der Hand.

Sie nahm es ihm ab und stellte es beiseite. »Ich will mal sehen, was sich machen lässt.«

»Du Mata Hari«, knurrte Alain, bevor er von ihr geküsst wurde.

14
Strategie

Gelassen trat Peter von Barnuth aus der Parteizentrale der Konservativen und tat so, als ob er die Dutzenden Mikrofone, die langen Galgen, an denen sie hingen, die Kameras und die dicht gedrängten Reporter erst jetzt bemerkte. Er schien zu überlegen, ob ihm genug Zeit blieb, die Fragen der Presse zu beantworten. Seufzend unterbrach er seinen Gang zur Limousine und wandte sich an die wartenden Journalisten. »Guten Morgen, meine Damen und Herren.«

Von Barnuth war so ein Hübscher, von dem sich jedermann wünschte, dass er lächeln möge. Darum lächelte er häufig. Er war bereit für den Flirt mit der Kamera. Wie der segnende Papst erteilte er einer eleganten Rothaarigen das Wort. »Frau Ballansky.«

Die Frau vom *SPIEGEL* konfrontierte von Barnuth mit der erwartbaren Einstiegsfrage. »Wie beurteilen Sie die heutige Stellungnahme der Verteidigungsministerin?«

»Svea Wieland hat dem Wunsch der Öffentlichkeit entsprochen, zu den aktuellen Vorwürfen Stellung zu beziehen.«

»Aber das hat sie gerade nicht getan, Herr von Barnuth«, widersprach Ballansky. »Die Ministerin hat die Medien zusammengetrommelt, um ihnen mitzuteilen, dass sie nichts mitzuteilen habe.« Auffallend war das Gurren der Reporterin, als ob sie und von Barnuth gerade im Bett miteinander gewesen wären. »Erst auf mehrfache Nachfrage erklärte Frau Wieland, dass sie die sexuellen Anschuldigungen nicht kommentiere, da dies ihrer und ihres Amtes unwürdig sei.«

»Und genau darum geht es, Frau Ballansky«, erwiderte von Barnuth beinahe väterlich. »Um das Amt der deutschen Verteidigungsministerin. Müssen wir uns nicht fragen, ob Svea Wieland überhaupt noch die Zeit hat, dieser schwierigen Aufgabe gerecht zu werden?«

»Wie sehen Sie das, Herr von Barnuth?«

»Urteilen Sie selbst. Diese Frau steht unter dem Trauma eines schrecklichen Attentats, das mehrere Menschenleben gefordert hat. Das allein schränkt ihre Arbeitsfähigkeit ein. Außerdem wird sie mit sexuellen Abnormitäten in Zusammenhang gebracht, die als jugendliche Eskapade einer Grünenpolitikerin vielleicht zu entschuldigen wären, aber im diametralen Widerspruch zur Gravitas der obersten Entscheidungsträgerin des deutschen Heeres stehen.«

»Raten Sie der Ministerin zurückzutreten?«

»Ich habe Frau Wieland keinen Rat zu erteilen, schlage ihr allerdings vor, darüber nachzudenken, wie unsere NATO-Verbündeten, wie die politischen Entscheidungsträger in aller Welt einer Ministerin begegnen werden, die mit moralisch verwerflichen Videoclips in Zusammenhang gebracht wird. Die Click-Rate dieser Obszönität liegt mittlerweile bei sechzehn Millionen.«

»Moralisch verwerflich?«, nahm der Berlin-Korrespondent des *Osservatore Romano* das Thema auf. »Für Sie ist der Fall also eine Frage der Moral?«

»Für mich ist Politik in erster Linie eine Frage von Moral und Integrität. Wir sind stets das, was wir tun«, schloss von Barnuth und lächelte zur Sicherheit nochmals in die Kamera.

»Werden Sie unser neuer Verteidigungsminister sein?«, fragte die Frau von *ProSieben* gewohnt forsch.

»Diese Frage stellt sich derzeit nicht.«

»Curt Oderberg macht keinen Hehl daraus, dass Sie sein Favorit für den Posten sind.«

»Lassen Sie mich nur so viel dazu sagen: Wenn die Verantwortung ruft, habe ich mich noch nie vor ihr gedrückt.« Damit winkte von Barnuth in die Runde, schenkte Frau Ballansky einen Vorzugsblick und entschwebte zu seiner Limousine, wo er hinter getöntem Glas verschwand.

Für die Presse war der Termin vor der Parteizentrale damit aber noch nicht beendet. In dem postmodernen, zugleich bereits veralteten Bau tagten heute die Fraktionen der Regierungsparteien. Die Medienvertreter konnten davon ausgehen, dass innerhalb der nächsten Stunde noch das eine oder andere bekannte Gesicht aus dieser Tür kommen würde.

Diana Göring hatte es nicht nötig, in der Septemberschwüle vor der Zentrale auf der Lauer zu liegen. Als gern gesehene EU-Analystin durfte sie ungehindert eintreten. Die *Security* händigte Diana einen Besucherausweis aus und ließ sie passieren. Sie nahm nicht den Fahrstuhl, sondern die Treppe zu den Sitzungssälen. Auf einem Korridor im zweiten Stock blieb sie stehen. »Elisabeth?«

»Diana?« Die Parteivorsitzende der Partei *Bündnis 90/Die Grünen* drehte sich um. »Was führt dich denn hierher?«

»Europäische Wettbewerbsfragen, vorwiegend Kartellrecht. Und was machst du hier beim Koalitionspartner?« Diana warf einen Blick auf den Aushang an der Sitzungstür. »Ach ja, richtig, das Fraktions-Meeting.« Sie wechselte in die *Gossip-Stellung*, leicht vorgestreckter Hals, die Augen in ständigem Rundumblick, ob jemand mithörte. »Was sagst du denn nun zu Svea Wieland?«

Das Gesicht von Elisabeth Rath verdüsterte sich. »Am liebsten sage ich dazu gar nichts. Und das solltest du auch tun, wenn du mein Magengeschwür nicht reizen willst.«

Diana trat einen Schritt näher. »Aber ist das nicht ein Ding, eine Pressekonferenz einzuberufen und dann *nichts* zu sagen?«

»Es ist nur eines der vielen unbegreiflichen *Dinger* meiner geschätzten Kollegin.«

»Hast du einen Moment Zeit?« Dianas Geste ging in Richtung Cafeteria.

»Eigentlich nicht.« Elisabeth Rath besann sich. »Andererseits ist es durchaus vertretbar, wenn ich den Rest der Diskussion über die Vermögensteuer schwänze. Die Steuer kommt so oder so, weil den Schwarzen die nötigen Stimmen fehlen, um das Gesetz abzuschmettern.«

»Ich lade dich ein.«

Im Gleichschritt strebten die beiden Frauen der Cafeteria zu.

***

»Ich frage mich, ob Elisabeth so weit gehen würde, den wichtigsten Ministerposten der Grünen zu riskieren, nur um ihre Rivalin Svea Wieland loszuwerden.« Diana hielt das Smartphone auf Brusthöhe vor den Mund. »Allerdings habe ich überlegt, ob sie im Falle von Wielands Rücktritt möglicherweise selbst nachrücken will. Das hatten wir ja schon mal, dass aus einer Parteivorsitzenden über Nacht eine Verteidigungsministerin wurde, weil auch damals die Parteichefin nicht genügend Öffentlichkeit bekommen hat.« Diana unterbrach sich. »Hallo, Alain, bist du noch da?«

»Ja.« Seine Stimme klang entfernt.

»Okay«, fuhr sie fort. »Natürlich muss Elisabeth bei solchen Plänen Oderbergs Vorzugskandidaten von Barnuth ins Kalkül ziehen. Falls sich Oderberg durchsetzt, kommt es womöglich zu einer Rochade. Von Barnuth erhält das Verteidigungsressort, dafür rückt Elisabeth auf den Innenministerposten auf. Der derzeitige Amtsinhaber hat zu verstehen gegeben, dass er sich endlich aus der Politik zurückziehen und seinen Rosengarten pflegen will.« Diana überdachte ihre Schlussfolgerung. »Alles zusammengenommen, ist das, meiner Meinung nach, Elisabeths derzeitige Strategie. Sie würde dem Renommee ihrer Partei einen Stoß versetzen, wenn sie der prominenten Svea Wieland in den Rücken fiele. Elisabeth muss den Rücktritt der Ministerin daher als deren eigenen Wunsch hinstellen. Grund genug hätte die Wieland ja, das Handtuch zu werfen, nachdem der Job sie fast das Leben gekostet hat.« Diana hielt inne. »Wie siehst du das? Alain, hallo. Hallo?«

»Das ist toll, danke, das hilft mir sehr«, antwortete er verhalten.

»Was ist los?«

»Ich kann gerade nicht so gut reden.«

»Was ist passiert, Alain?«

»Meine Großmutter ist zusammengebrochen.«

»Helene? Zusammengebrochen? Ein Schlaganfall?«

»Das wissen sie noch nicht.«

»Wo bist du, in der Charité? Ach nein, Helene wohnt ja im Westen«, widersprach sie sich selbst.

»Stimmt schon, die Westend-Klinik wäre näher gewesen, aber Oma hat sich ins St.-Hedwigs-Spital bringen lassen.«

»Ist das nicht das Krankenhaus, in dem …?«

»In dem Lea gestorben ist, ja. Helene mag diese Klinik. Sie hat Lea dort gerne besucht.« Er seufzte. »Sei nicht böse, Diana, ich muss Schluss machen. Der Arzt kann jeden Moment …«

»Ja, sicher, ja.« Eine Sekunde Schweigen. »Sag ihr bitte gute Besserung von mir.«

»Sie ist nicht mehr bei Bewusstsein.« Eine Sekunde Schweigen. »Helene ist sechsundneunzig, Diana. Irgendwie hat jeder von uns geglaubt, dass sie ewig lebt.«

»Soll ich kommen?«

Er sagte nichts.

»Ich komme, Alain.«

»Das musst du nicht.«

»Ich komme.« Sie legte auf und wählte schnell die Taxinummer.

15
Zwerge sind wir

Alains Arbeit fand häufig im Umfeld des Todes statt. Krankenhäuser waren ihm vertraut, die Atmosphäre, der Geruch, die Wandfarben, die angestrebte Ordnung in Krankenhäusern und das aufgezwungene Chaos durch den tückischen Tod. Doch heute rückte Alains Job völlig aus seinem Bewusstsein.

Wenn Helene starb, würden Teile seiner eigenen Existenz verschwinden, nicht nur die kleinen menschlichen Dinge, die heiße Zitrone, die sie dem kranken Alain eingelöffelt hatte, ihre Komplizenschaft, wenn er als Kind ins Bett pinkelte und sie ihm half, das Laken auf der Heizung zu trocknen. Helene bedeutete das Volk, dem Alain entstammte, sehr viel. Sie war diejenige, die erlitten hatte, was Juden in Deutschland erleiden mussten. Sie hatte mitangesehen, wie ihre Mutter durch eine wahllos in die Menge abgefeuerte Kugel getötet wurde. Sie hatte miterlebt, wie ihre engsten Verwandten nach und nach in den Lagern verschwanden, bis nur noch sie da war, das kleine Mädchen, das von anständigen Berlinern im Keller des Hauses am Kurfürstendamm versteckt wurde. Helene gemahnte die Familie daran, dass viele Liebermanns das Licht der Welt nur erblickt hatten, weil sie die Familie auf ihren Schultern trug. Zwerge waren sie alle, eine Riesin war Helene. Alain und jeder, der ihr Blut in sich hatte, gehörte durch sie zu den Überlebenden.

Wodurch wurde ein Mensch zum Juden? Was bedeutete es, Jude zu sein? Wenn Helene starb, würde sich die Antwort darauf verändert haben. Von da an mussten sie, die Kindeskinder, die Verantwortung übernehmen, die Asche der verlorenen, getöteten Familie zu bewahren.

In Alains Bewusstsein konnte seine Großmutter nicht fortgehen, sie hatte sich eingraviert für immer. Er würde um sie trauern, wie er um Lea getrauert hatte, würde hinuntersteigen, dahin, wo kein Licht mehr war. Irgendwann würde das Licht wiederkehren. Aber dann war es ein anderes Licht.

Ein weiterer Arzt stellte sich zu der Familie, ein weiteres ernstes Gesicht und noch ein beängstigender Befund. Es habe sich Blut in Helenes Bauchhöhle gesammelt, man wisse noch nicht, woher es stamme. Eigentlich müsse man operieren, doch bei Helenes Gesamtzustand sei das unmöglich. Es gelte abzuwarten, ob die verabreichten Medikamente die Blutung stoppen würden. Man stabilisiere Helene und bereite die Operation vor.

»Sie hat ein starkes Herz«, hörte Alain sich selbst sagen. »Sie hat schon einiges überstanden.«

»Das ist gut«, antwortete der Arzt.

Alain las das Gegenteil im Gesicht des Arztes. »Das Herz Ihrer Großmutter ist sechsundneunzig Jahre alt«, sagte dieses Gesicht. »Irgendwann ist für jeden die Zeit gekommen.« Doch im nächsten Augenblick nahm das Gesicht des Arztes einen überraschten, erfreuten Ausdruck an. Alain folgte dem Blick und sah eine wunderschöne Frau mit langem Haar und langen Schritten in die Abteilung eilen. Der Arzt ließ es sich nicht nehmen, Diana vorgestellt zu werden.

Wenn ein Papst im Sterben lag, füllte sich der Petersplatz. Wenn ein Spitzensportler zu Tode kam, versammelte sich seine Heimatgemeinde. Wenn eine Mutter starb, die Urmutter von allen, fehlte keiner von der Mischpoke.

Alain beobachtete, wie nach und nach immer mehr Liebermanns in dem sterilen Wartezimmer auftauchten, bis nur noch Liebermanns im Raum waren. Die Angehörigen anderer Patienten schienen vor der Übermacht geflohen zu sein. Jeder vom Berliner Familienzweig kam, egal, ob sie die Nachricht bei der Arbeit oder sonst einer wichtigen Tätigkeit ereilt hatte. Rebekka, die Psychotherapeutin, brachte Kuchen mit, Cousin Frank eine gefüllte Kühlbox. Rabbi Chaijm war als einer der Ersten eingetroffen, er saß drüben in Helenes Zimmer und betete. Ricky, der Comiczeichner, war im Gespräch mit Jakov, dem Juwelier. Anna, die Schauspielerin, stand bei

Caspar und diskutierte, ob es ihr peinlich sein müsse, heute schon in Schwarz erschienen zu sein. Helenes jüngste Enkelin Judith, die Pianistin, saß abseits und weinte. Die Altenpflegerin, der Pferdeflüsterer, die Kreuzfahrt-Managerin, der Versicherungsvertreter, alle, alle waren sie selbstverständlich hier.

»Es tut mir leid, das zu hören«, sagte Svea Wieland.

»Danke, Frau Minister.« Alain hätte den Warteraum für das Telefonat verlassen können, aber es kümmerte ihn nicht, ob die Familie den Kopf hob, wenn er den Titel aussprach.

»Sie sind im Krankenhaus?«

»Vorläufig, bis wir Genaueres wissen.«

»Natürlich.«

»Die Ermittlungen gehen selbstverständlich unvermindert weiter, Frau Wieland. Es gibt keine Verzögerung.«

»Das wollte ich damit nicht zum Ausdruck bringen.«

»Ich weiß.«

»Ich habe übrigens Ihren Rat beherzigt«, sagte sie.

»Meinen Rat?«

»Mich nicht zu dem Videoclip zu äußern.«

»Ich bin der Meinung, das war richtig.«

»Trotzdem stürzt sich die Presse auf das gefundene Fressen.«

»Das war abzusehen.« Er zögerte. »Frau Min…, Frau Wieland?«

»Ja?«

»Halten Sie es für möglich, dass es der Parteispitze der Grünen nicht unlieb wäre, wenn Sie zurücktreten?«

»Parteispitze? Sie meinen Liesl?«

Nun stand Alain doch auf, zwängte sich zwischen Ricky und Jakov hindurch und trat auf den Korridor. »Wäre es denkbar, dass Elisabeth Rath Sie im Amt beerben möchte? Dass die Kampagne gegen Sie nicht nur von Oderberg ausgeht, sondern auch ...« Es war überflüssig, es auszusprechen.

»Alain, ich bin überrascht«, sagte Svea Wieland mit hörbarer Neugier.

»Worüber?«

»Sie sagten, Sie würden sich aus der Politik heraushalten.«

»Das stimmt auch.«

»Sie sagten, Sie würden lediglich in meinem Fall ermitteln, dem Bombenanschlag.«

»So ist es.«

»Dann müssen Sie sich die Frage gefallen lassen, ob Sie die Parteivorsitzende der Grünen verdächtigen, mit dem Attentat in Verbindung zu stehen.«

»Das habe ich nicht gesagt.«

»Doch, das haben Sie gerade getan. Sie haben eine mögliche Achse von Rath zu Oderberg angesprochen.«

»Sie scheinen von dieser *Achse* bereits gewusst zu haben«, entgegnete er. »Weshalb haben Sie mir nichts gesagt?«

»Weil ich den Eindruck hatte, dass Sie meine Mutmaßungen bezüglich Oderberg nicht ernst nehmen. Seit dem Anschlag haben Sie auf jedem anderen möglichen Terrain ermittelt, nur nicht dort, wo es am wahrscheinlichsten ist: bei meiner politischen Agenda und der Gefahr, der ich mich dadurch aussetze. Ihnen wäre es lieber, wenn der langweilige CEO des De'Lorion-Instituts hinter den Anschlägen steckt. Ihnen käme es gelegen, wenn mein Urgroßvater, der alte Feldmarschall, aus dem Grab auferstanden wäre und im Hintergrund herumgeistern würde. Sie laufen jedem Verdacht hinterher, nur nicht dem naheliegenden: Man will mich von meinem Posten entfernen. Man will das Amt neu besetzen, damit wieder viele neue Waffen produziert und in Krieg führende Länder exportiert werden können. Man will Milliarden an dem Geschäft verdienen, das ich der Industrie während meiner Amtszeit vermiest habe. Viele Milliarden Euro sind ein starkes Motiv, um eine einzelne Frau umzubringen.«

Während er Svea Wieland zuhörte, erreichte Alain das große Fenster, das auf den Garten des katholischen Krankenhauses ging. Der Herbst begann, die Blätter zu färben, oder war es die Spätsommerhitze? Zwei Ordensschwestern kamen auf ihn zu.

»Sie haben recht«, antwortete er. »Ich habe nach Möglichkeiten gesucht, den Fall konventionell zu lösen. Vielleicht ist er so aber nicht zu knacken.« Er öffnete den Schwestern die Tür. »Gut. Ich mache mich an die Arbeit.«

»Danke, Alain. Und jetzt gehen Sie zurück zu Ihrer Großmutter.«

»Wir dürfen nicht zu ihr hinein. Nur der Rabbiner ist bei ihr.«

»So ernst ist es?«

Er beendete das Gespräch und machte kehrt.

Man konnte meinen, die Liebermanns hätten die Absicht, im Warteraum des St.-Hedwigs-Spitals eine Party zu feiern. Kuchen wurde aufgeschnitten, Limo getrunken, die Kreuzfahrt-Managerin zauberte Sandwiches aus ihrer Tasche hervor.

Caspar trat auf Alain zu. »Ich verstehe es nicht. Es ging ihr doch gut. Sie ist immer gesund gewesen.«

»Oma hat ein starkes Herz. Ich bin sicher, das wird wieder.« In der Bauchhöhle einer Sechsundneunzigjährigen befand sich Blut, was sollte da wieder werden? Normalerweise würde Alain Trost wie diesen nicht aussprechen, doch gerade Caspar half so ein Satz. Für ihn war das Leben ein Spießrutenlauf durch den Wald seiner Ängste. Die Möglichkeit, dass Helene, der mächtige alte Familienbaum, stürzen könnte, löste in ihm blanken Horror aus. Nichts blieb bestehen, alles verging; mit dieser Tatsache erschütterte man Caspars Welt in den Grundfesten.

Alain sah dem Cousin an, dass es ihm nicht nur um Helene ging. Auch in Babelsberg schien sich neues Unheil anzubahnen. »Was tut sich denn inzwischen bei euch draußen?«, fragte Alain daher so leichthin wie möglich. »Haben sich die Wogen geglättet?«

»Wenn du wüsstest«, eröffnete Caspar sein Lamento.

Nummer vier und Nummer zwölf waren in Somalia eingetroffen und würden morgen zu Siad Quanyare Sudi gebracht werden. Kadou Hausers Mutter hatte eine eidesstattliche Erklärung abgegeben. Im Rumpf der Jacht *Multiple* war ein zerstörter Laptop gefunden worden. Der Harddrive war unbrauchbar, aber Velkan machte sich daran, die Daten zu retten. Das MES tat seine Arbeit, daher konnte Alain tatsächlich nichts Besseres tun, als mit der Familie zusammenzusitzen und auf Gottes Hilfe und die Kunst der Ärzte zu hoffen. Er nahm eine Ingwerlimonade aus der Kühlbox und ließ Caspar erzählen.

»Isabel und Zbigniew planen ein geschäftliches Projekt miteinander.«

»Geschäftlich, inwiefern?«

»Habe ich erwähnt, dass Zbigniew Architekt ist?«

Alain schaute auf die Uhr und fragte sich, ob es ein gutes oder schlechtes Zeichen war, dass man noch nichts vom Stationsarzt gehört hatte.

»Zbigniew hat eine Baufirma«, fuhr Caspar fort.

»Was baut Herr Różański denn so im Allgemeinen?«

»Immer das Gleiche.«

»Mhm.« Alain war nicht sonderlich interessiert und ließ Caspar einfach reden.

»Er baut Supermärkte.«

»Ach.«

»Diese hässlichen Hallen, weißt du, die oft einen ganzen Straßenzug verschandeln. Allerdings scheint das ein gutes Geschäft zu sein.«

»Mhm.«

»Er konstruiert diese Hallen jedes Mal nach dem gleichen Schema. Kein durchgehendes Fundament, nur Punktfundamente unterhalb der tragenden Pfeiler, darauf eine Betonplatte, darauf die Stahlglaskonstruktion und das Wellblechdach. Die deutsche Bauordnung macht jegliche Wärmedämmung und andere Auflagen, die für normale Häuser gelten, überflüssig. So macht Zbigniew Profit.«

»Wieso weißt du so gut darüber Bescheid?«

»Weil er, wenn er bei uns ist, von nichts anderem redet.«

»Er war also wieder draußen bei euch?«

»Kaum ein Tag, an dem sein Mercedes nicht vor der Tür steht.«

»Stört dich das nicht?«

»Unter uns gesagt, Zbigniew ist unterhaltsam, und Isabel braucht mehr Unterhaltung, als ich ihr bieten kann. Für sie muss den ganzen Tag etwas los sein.« Caspar seufzte. »Da kann ich manchmal nicht mithalten. Daher bin ich eigentlich froh, dass Zbigniew …«

»Dass er dir die anstrengende Isabel zwischendurch abnimmt?« Alain lächelte.

»Im Bett brauche ich Zbigniews Hilfe allerdings nicht, falls du das glaubst«, beeilte sich Caspar zu sagen. »Im Bett verstehen wir uns wieder gut, Isabel und ich. Aber da sind noch die Kinder, um die ich mich manchmal kümmere. Sie sprechen Polnisch miteinander, und ich habe den Eindruck, dass sie sich über mich lustig machen. Zbigniew gehorchen sie dagegen aufs Wort, er hat die lieben Kleinen fest im Griff.«

»Alles in allem hast du dir dein neues Leben da draußen ein bisschen anders vorgestellt, nicht wahr?«

Caspar zwang sich zu einem zuversichtlichen Lächeln. »Ein bisschen vielleicht.«

»Und was ist das für ein *Projekt*, an dem die beiden gerade arbeiten? Isabel hat mit der Baubranche doch nichts zu tun.«

»Trotzdem stecken sie ständig die Köpfe zusammen, und zwar in Isabels Nähzimmer, weil dort ein großer Tisch steht, auf dem sie die Pläne ausbreiten können.«

»Sie hilft ihm, einen Supermarkt zu bauen?«

»Nein.«

»Sondern?«

»Scheinbar planen sie eine Villa.«

»Hat Isabel vor, euer Haus umzubauen?«

»Der Grundriss, den ich gesehen habe, sieht anders aus.«

»Hast du sie denn nicht gefragt?«

»Doch, einmal beim Essen. ›Was tüftelt ihr denn da aus?‹, fragte ich. ›Isabel hat so einen guten Geschmack‹, war Zbigniews Antwort. ›Darum habe ich sie um ein paar Tipps gebeten.‹ Mehr konnte ich nicht aus ihnen herauskriegen.«

Alains Flasche war leer. Er hätte gern mehr getrunken, aber schließlich sollte jeder im Raum etwas kriegen.

»Der Bau muss irgendwo in unserer Nähe sein«, sagte Caspar.

»Wieso?«

»Weil Isabel zu Fuß hingegangen ist. Sie hat das Auto stehen gelassen.«

Die Sache mochte für Caspar mysteriös und interessant sein, Alain begann, sich zu langweilen. Ein geschiedenes Paar verstand sich besser als vermutet, die Ex beriet ihren Ex bei einem Bauvorhaben, und Caspar, der eigentlich die Hosen im Haus anhaben sollte, wagte nicht zu fragen, wieso Herr Różański so viel Spaß mit seiner früheren Frau hatte.

Alain erschrak, als Onkel Chaijm den Warteraum betrat. Der Rabbi war ein optimistischer Mensch, niemand kannte ihn anders als voll Energie. Jeder fürchtete seine Späße, weil sie so alt waren wie die Zehn Gebote. Alle liebten Chaijm und seine Frau Golde, alle vergaben ihm den unseligen Hang, mit jungen Frauen zu flirten. Wenn Chaijm in einer Runde auftauchte, konnte man sichergehen, dass viel gelacht werden würde. Jetzt betrat der Rabbiner den Raum bleich und mit hängenden Schultern.

So vielfältig die Worte gerade noch durch das Zimmer geschwirrt waren, deutsche, jiddische, hebräische Worte, so schlagartig verstummten alle und erwarteten ein Wort aus dem Mund des Rabbiners. Er lehnte sich an die Wand, sah keinem ins Gesicht und bedeckte seine Augen mit der Hand.

16 Katholische Kerzen

Mit vollem Namen hieß Nummer zwei Salma Rachel Defraui. Ihr Vater Mahmud, Betreiber einer Autoreparaturwerkstatt im Wedding, war Araber, geboren in Jerusalem. Er besaß zwei Pässe, einen israelischen und einen palästinensischen. Seine Werkstatt lag in einer russischen Enklave, wie es in Berlin einige gab. Ein verzweigter Hinterhof mit Gewerbebetrieben rund um das Auto, Zubehör, Reparatur, Gebrauchtwagen. Der östliche Ausgang dieses Inselreiches führte auf den Parkplatz eines Lidl-Marktes, der südliche war durch übereinandergestapelte Autowracks blockiert. Hier bestimmten die Russen, wer welche Montagehalle benützte, wie viele Kunden jeder haben und wer eine Waffe tragen durfte. Die Russen hörten das Wort Mafia nicht gern. Bei Konflikten innerhalb und außerhalb des Hofes baten dessen Insassen die Russen um Hilfe, die ihrerseits Teams mit überzeugenden *Argumenten* losschickten, um die Probleme zu lösen. Es war eine geordnete Welt inmitten Berlins, der man das Prädikat »friedlich« nicht absprechen konnte.

Salmas Vater hatte neun Kinder von drei Frauen. Die jüngste lebte bei ihm, die beiden anderen hatte er nach Gaza und Marokko zurückgeschickt, kümmerte sich aber um deren Wohlergehen. Seine Kinder hatten allesamt die deutsche Staatsangehörigkeit, der älteste Sohn unterstützte den Vater in der Werkstatt, der Zweitälteste war ein geschickter Bursche, wenn es darum ging, gestohlene Fahrzeuge in legale zu verwandeln.

Als Salma unter die Gesetzeshüter gegangen war, hatte sie geglaubt, dass die Familie sie verstoßen würde. Doch Mahmud war im Gegenteil stolz auf seine deutsche Tochter und ihre Karriere. Und Salma achtete ihn dafür, dass er sie noch nie gebeten hatte, ihre Kontakte für seine Zwecke zu nützen. Der Handel mit zweifelhaften Autos, die Erledigung von Unfallschäden, bei denen Fahrerflucht vertuscht wurde, brachten den Betrieb manchmal in die Nähe der Strafverfolgung.

Heute war es allerdings umgekehrt: Die Nummer zwei des MES erhoffte die Unterstützung ihres Vaters. Einen Tag, bevor Helene Liebermann ins Krankenhaus gekommen war, hatte Salma ihre Medikamente zusammen mit dem Frühstück eingenommen, das wie immer nach nichts schmeckte. Kein Salz, keine Gewürze, keine tierischen Fette, die Liste der verbotenen Zutaten war lang. Normalerweise arbeitete Salma im Team, weshalb sonst immer jemand da war, der ihren Rollstuhl über die Erdgeschossstufen hievte und in den Einsatzwagen verfrachtete. Heute trat sie den Weg allein an. Der Fahrstuhl brachte Salma ins Erdgeschoss. An den behindertenfeindlichen Stufen wartete sie, bis das Taxi hielt. Sie bat den Fahrer um Hilfe und gab die Adresse an.

Salma war mit ihrem Vater verabredet. Eine solche Verabredung musste nach morgenländischem Ritus bewertet werden. Wenn man um zehn Uhr früh vereinbart hatte, bedeutete das eine Zeitspanne bis zum Sinken der Sonne. Salma selbst kam bereits eine halbe Stunde zu spät. Ihr Bruder Nimmr erklärte, er habe Papa heute noch nicht gesehen. Mahmud liebte es, in den Armen seiner Frau lange zu schlafen. Niemals verließ er das Haus, ohne wenigstens vier Mokka von ihr serviert bekommen zu haben. Dazu plauderten die Eheleute so angeregt, als ob sie einander wochenlang nicht gesehen hätten. Wenn Mahmud an diesem Tag vor zwölf Uhr eintreffen sollte, musste man von Überpünktlichkeit sprechen. Tatsächlich geruhte er gegen eins zu erscheinen und zeigte sich über die Anwesenheit seiner Tochter zunächst mal überrascht.

»Hatten wir nicht zehn Uhr ausgemacht?« Er küsste und herzte sie.

»Stimmt, Papa, aber …«

»Um Punkt zehn habe ich Nimmr angerufen. Er sagte, du bist noch nicht da. Da dachte ich, du hast deinen alten Vater vergessen.«

Mahmud war sechsundvierzig, kokettierte jedoch mit dem Nimbus des Patriarchen. Er hatte drei Herzinfarkte und mehrere Bandscheibenvorfälle hinter sich, zeigte aber keine Absicht, seine ungesunde Lebensweise zu ändern. Mahmud rauchte, sein Lieblingsgetränk war Kaffee.

»Können wir raufgehen?« Salma ließ den Rollstuhl neben einem BMW 760 Li stehen, der gerade auf die Hebebühne gehievt wurde, und ging ihrem Vater voraus. Mahmuds Büro, der Falkenhorst, lag in einer Zwischenetage der Halle und war nur über eine gusseiserne Wendeltreppe zu erreichen. Es kostete Salma Mühe, hinaufzugelangen, doch das Büro hatte den Vorteil, dass man hier ungestört war. Ihr Vater achtete auf Sauberkeit, und so vergaß man auf den wenigen Quadratmetern, dass man sich über einer Autowerkstatt befand.

»Wie sieht es mit deinem Verhältnis zu Nemkov gerade aus?«, begann sie ohne lange Vorrede.

»Wenn mein *Verhältnis* zu Alexej nicht gut wäre, ginge es mir selbst nicht gut«, antwortete der Vater diplomatisch.

»Bist du in der Position, ihn um einen Gefallen zu bitten?«

Mahmud war verblüfft über den Wunsch seiner Tochter, hörte sie aber in Ruhe zu Ende an. Es dauerte eine ganze Weile, bis Salma ihr Anliegen dargelegt hatte.

»Weshalb lässt du eine solche Überprüfung nicht von deinen eigenen Leuten machen?«, fragte er schließlich. »Ist der Staatsschutz nicht genau dafür zuständig?«

»Es ist mir nicht erlaubt, ein Mitglied des Deutschen Bundestages zu observieren«, erklärte sie. »Es wäre illegal. Ich könnte die Ergebnisse auch gar nicht verwenden.«

»Eine Observierung durch Nemkovs Leute könntest du aber ebenso wenig verwenden.«

»Zumindest nicht über die offiziellen Kanäle.« Salma war sich der Absurdität dieses Gesprächs bewusst. Aber es gab Situationen, die nur mit den Mitteln des Absurden zu lösen waren. Sie wünschte sich, Alain könnte diesen besonderen Fall aufklären, und wusste zugleich, dass er niemals einen Schritt wie diesen machen würde. »Allerdings könnten Nemkovs Ergebnisse durch andere Quellen an die Öffentlichkeit gelangen«, setzte sie hinzu.

Ein verschmitztes Lächeln huschte über Mahmuds Gesicht. »So wie auf Ibiza?«

»Was meinst du mit Ibiza, Papa?«

»Dieser dämliche Österreicher, weißt du nicht mehr? Wie hieß der noch gleich?«

»Ich weiß, was du meinst.« Sie lachte. »Stimmt, diesen Österreicher hat auch eine Russin ins Messer laufen lassen.«

»Und darüber ist die Regierung in Wien gestürzt«, erwiderte Mahmud. »Hast du so etwas vor?«

»Ich will bloß Alain helfen, Papa. Wir kommen in dem Fall einfach nicht weiter.« Sie legte die Hand auf den blütenweißen Ärmel seines Hemdes. »Sprichst du mit Nemkov? Bitte!«

»Alexej wird aber Geld dafür wollen.«

»Geld? Ja, richtig.« Sie überlegte. »Ich habe im Moment keine Reichtümer flüssig.«

»Mach dir keine Sorgen, ich werde mich mit Nemkov schon einigen. Bis wann brauchst du es?« Ihr Blick gab ihm die Antwort. »So schnell wie möglich, okay, ich rufe ihn heute noch an.«

»Danke, Papa. Wie geht es Mama?«

»Sie wollte nächste Woche nach Berlin kommen und euch Kinder besuchen. Aber die Marokkaner lassen sie wieder einmal nicht ausreisen. Immer die gleiche Schikane.«

»Warum bittest du Nemkov nicht, dir zu helfen?« Salma machte sich an den steilen Abstieg.

***

Die Operation hatte stattfinden müssen, Helene wäre sonst an ihrem eigenen Blut zugrunde gegangen. Die Familie richtete sich darauf ein, die Nacht im St.-Hedwigs-Spital zu verbringen. Keiner hätte im Traum daran gedacht, nach Hause zu gehen, bis es etwas Neues gab. Im Wartezimmer der Abteilung verzahnte sich die Familie miteinander, sie verwob und verspann sich ineinander. Sie bildete ein Knäuel aus Sorge, schlichten Gebeten und befreienden Scherzen. Ricky und Judith holten Pizza, Cousin Frank füllte die Kühlbox auf. Termine, Dinner, romantische Verabredungen, alles wurde abgesagt, Kinder wurden bei Nachbarn und Freunden untergebracht. Man schob das tägliche Leben beiseite, der Rhythmus stockte, die Zuversicht, dass alles immer so weitergehen würde, bröckelte. Das war beängstigend, zugleich aber auch schön. Die Heuchelei des Alltags erhielt keine Nahrung und verhungerte. Manchmal brach Überwältigung durch, wenn sie daran dachten, dass der Bauch einer uralten Frau aufgeschnitten wurde. Manchmal war es schwarz in dem Zimmer, schwarz vor Angst und Sorge, doch es blieb immer ein weißer Streifen übrig. Sie erleichterten ihr Gemüt, indem sie davon sprachen, dass es vielleicht auch eine Erlösung sei, Erlösung von den Leiden. Onkel Chaijm betete. Er sagte, dass es eine Zeit gbe zu säen und eine Zeit des Begießens und eine Zeit der Ernte. Er sprach auch von der Zeit zu sterben, wenn der Mensch in die Erde gelegt werde wie ein Weizenkorn, das neue Frucht brachte. Er blickte in den Kreis, und alle begriffen, dass sie selbst, jeder von ihnen, die Frucht dieses Weizenkornes waren.

Um drei Uhr morgens machte sich immer noch keine Erschöpfung breit. Sie saßen auf dem Boden und zündeten Teelichter an, die Ricky beim Spätkauf besorgt hatte. Die Ordensschwester erklärte, offenes Feuer sei im Warteraum verboten. Zu ihrer aller Überraschung kam wenig später die Mutter Oberin und brachte richtige Kerzen, schöne weiße, katholische Kerzen, und die Juden entzündeten die Flamme. Einer begann, leise zu singen. Caspar war es, der ehemalige Musterschüler des Rabbi. Die meisten Liebermanns hatten wenig Ahnung vom Talmud. Bis auf Caspar. Er war ein Jude reinsten Wassers, er kannte die Gebräuche und ihre Herleitungen aus der Geschichte Israels. Caspar sang mit seiner feinen, verzagten Stimme.

»*Oseh Schalom biMeromaw, hu jaaseh Schalom alejnu weal-kal-Jiserael, weimeru Amejn.*

Er, der Frieden schafft in seinen Höhen, Er schaffe Frieden unter uns und über Israel, und sprechet: Amen.«

Einige fielen in den zarten Gesang ein, die meisten schauten ins Licht der Flamme.

17
Grundsolider Gruppensex

»Das Video ist gefälscht.«

»Sagt wer?«

»Es ist gefälscht, glaub mir einfach.«

»Wer sollte sich wohl die Mühe machen, einen Pornofilm zu fälschen?«

»Diejenigen, die das gewünschte Ergebnis mit allen Mitteln erzielen wollen«, antwortete Salma.

»Welches Ergebnis?«

Alain hatte nur eine Stunde geschlafen. Um fünf Uhr früh war die Nachricht gekommen, Frau Helene Liebermann habe die Operation überstanden. Sie läge auf der Intensivstation. Der Arzt ließ keinen Zweifel daran, dass die Krise noch nicht überstanden sei. Trotzdem waren die meisten nach dieser erleichternden Nachricht aufgebrochen und nach Hause gefahren. Der Pferdeflüsterer und die Kreuzfahrt-Managerin nahmen sich den Rest des Tages frei, alle Übrigen gingen wie gewohnt zur Arbeit. Sie holten ihre Kinder von den Freunden ab, steigerten ihren Kaffeekonsum.

Nur wenige Augenblicke war Alain bei Helene gewesen und hatte sie auf die Wange geküsst. Der Anblick versetzte ihm einen Schreck. Er musste an die Totenmaske Franz Liszts denken; ein schrecklicher Brauch, von berühmten Leuten Totenmasken abzunehmen. Helenes weißes Haar breitete sich wie ein Schleier rund um ihren Kopf. Wie sich der Mensch doch verwandelte, wenn er nicht mehr vom Geist durchdrungen war. Helenes Geist, das Schönste und Ehrfurcht Gebietendste, das Alain kannte, war auf Wanderschaft gegangen. Niemand wusste, wohin. Der Körper musste erst die Kraft zum Leben wiedergewinnen, bevor der Geist zurückkehren konnte.

»Pornofilm?«, murmelte Alain.

Die beiden Welten wollten nicht zueinanderpassen, der Grenzbereich zwischen Leben und Tod und sein Büro, in das Salma Neuigkeiten aus der Pornoszene mitgebracht hatte. »Lass hören«, sagte er, vor Müdigkeit außerstande, einen klaren Gedanken zu fassen.

»Sie haben den Film älter aussehen lassen«, erklärte Salma. »Das Make-up, die Klamotten, das Setting, alles wirkt, als ob der Porno vor knapp zehn Jahren gedreht worden wäre. Ist er aber nicht. Sie haben das erst vor Kurzem gemacht.«

»Wer hat was gemacht?«

»Diejenigen, die das gewünschte Ergebnis mit allen Mitteln erzielen wollen«, wiederholte sie.

Alain faltete die Hände. »Salma, ich bin nicht in der Verfassung für Ratespiele. Von wem sprichst du?«

»Mehr kann und darf ich nicht sagen.«

»Warum?«

Sie rollte dicht vor ihn hin. »Frag lieber nicht.«

»Mit anderen Worten: Deine Ermittlungen sind illegal?«

Sie nickte selbstbewusst.

»Warum hast du illegale Ermittlungen angestellt?«

»Weil ich es wollte.«

»Und was erwartest du jetzt von mir?«

»Dass du keine unnötigen Fragen stellst, sondern die richtigen.«

Alain wollte Wasser trinken und zugleich kein Wasser trinken. Er wollte Kaffee, fürchtete aber, dass Kaffee ihn noch müder machen würde. Er wollte seine durchgeschwitzten Sachen ausziehen und war sich bewusst, dass er sich in einem Büro des Landeskriminalamtes nicht ausziehen konnte. Er wollte so gerne duschen.

»Was braucht man, um einen Pornofilm zu drehen?«, half Salma ihm auf die Sprünge.

»Eine Erektion.«

»Unter anderem. Vor allem aber braucht man eine Pornodarstellerin. In unserem Fall eine Darstellerin, die der Bundesministerin für Verteidigung ähnlich sieht.«

»Kennen wir so eine Pornodarstellerin?«, erwiderte er geduldig.

»Noch nicht. Aber wir wissen, wie man sie finden kann.«

»Dann sollten wir sie suchen«, erwiderte Alain nach kurzem Überlegen.

»Du schlägst also vor, dass wir die echte Darstellerin des Pornoclips ausfindig machen?«

»Wäre es in deinen Augen auch illegal, diesen Vorschlag zu machen?«

»Nein, das wäre legal. Als Leiter des MES könntest du diese Ermittlung in Auftrag geben.«

»Dann gebe ich dir also den Auftrag, so eine Ermittlung durchzuführen«, sagte Alain, ohne Salma aus den Augen zu lassen. »Allerdings …«

»Ja?«

»Hilft uns denn die Ermittlung der Pornodarstellerin dabei, die Attentate auf die Verteidigungsministerin aufzuklären?«

»Es könnte dazu dienlich sein.«

Alain legte die Hände auf die Schreibtischplatte. »Das genügt mir nicht, Salma. Gibt es zwischen dem Pornofilm und dem Bombenanschlag einen Zusammenhang?«

»Davon bin ich überzeugt.« Sie hielt seinem Blick stand.

»Okay«, sagte Alain. »Wen brauchst du?«

»Am besten Nummer drei.«

»Gut. Nimm dir Nummer drei.«

»Danke, Alain.«

Er dachte an den Direktor, vor dem er sich würde verantworten müssen. Er dachte an die Dusche.

***

Elisabeth Rath gehörte drei verschiedenen parlamentarischen Ausschüssen an. Durch ihre Arbeit im Bundestag, vor allem aber durch intensives *Backchanneling* war ihr vertraut, dass es so gut wie nichts gab, das in der Demokratie nicht überwacht wurde. Wenn der BND, der Staatsschutz oder der militärische Abwehrdienst nicht gerade ihre Ohren aufsperrten, konnte man von einem Lauschangriff der US-Amerikaner ausgehen, ebenso wie von einem der Russen und besonders der Chinesen. Elisabeth hatte ihre Bedenken geäußert, dass die Wiedereröffnung der US-Botschaft nahe dem Brandenburger Tor, nur einen Steinwurf vom deutschen Parlament entfernt, den Abhördiensten Tür und Tor öffnen würde. Auch die Russische Botschaft mit Sitz Unter den Linden 63 lag verdächtig nahe am Reichstagsgebäude. Manchmal versuchte sie sich vorzustellen, wie viele Satelliten Tag und Nacht auf das Herz der deutschen Politik ausgerichtet waren.

Einer der Ausschüsse, dem Elisabeth angehörte, trug die Ordnungsziffer P8 ZV 756 Strich 28. Vorsitzender war der ehrenwerte Präsident des Bundesverbandes der Deutschen Sicherheits- und Verteidigungsindustrie, Curt Oderberg. Seine zahllosen inner- und außerparlamentarischen Verbindungen hatten ihm in einer Karikatur die Darstellung als hundertarmige Krake eingebracht. In einer Sitzungspause brachte Elisabeth ihn mit einer Geste dazu, auf den kleinen Balkon im dritten Stock des Reichstages zu treten, wo ein Motor der Belüftungsanlage ein gleichbleibend rauschendes Geräusch verursachte.

»Ist dein Handy aus?«, fragte sie.

Oderberg checkte sein Smartphone und nickte neugierig.

»Sie haben Lexxie Tight ausfindig gemacht«, begann Elisabeth, ohne ihn anzusehen.

»Das ist unmöglich.« Er ließ den Blick über den weiten Platz der Republik schweifen. Im Hintergrund erhob sich das Bundeskanzleramt. »Davon wüsste ich.«

Sie machte ein unbeteiligtes Gesicht. »Ich weiß es aus sicherer Quelle. Sie haben die Frau gefunden.«

»Wer? Der Staatsschutz?«

»Nein, die Russen.«

Nun sah Oderberg die Parteivorsitzende doch an. »Unsere Freunde, die *anständigen* Russen, oder jene Russen, die sich angeblich gar nicht in Berlin aufhalten?«

»Mehr konnte mir mein Kontakt in der Botschaft nicht verraten.«

»Mit anderen Worten, es gab noch keine offizielle Vernehmung dieser Frau?«

»Angeblich nicht.«

»Das heißt, die Russen befinden sich auf *Fishing Tour* und hoffen darauf, dass wir einen Fehler machen?«

Elisabeth wiegte den Kopf. »Dass ausgerechnet Lexxie Tight ihr Ziel ist, lässt auf mehr schließen.«

Das Summen und Röhren hinter den beiden wurde lauter. Jemand musste die Klimaanlage auf maximale Stärke geschaltet haben. Der Ausschussvorsitzende und die Parteivorsitzende der Grünen diskutierten weiter. Ihre Mienen blieben entspannt, ihre Gesten ausdruckslos. Ihr Verhalten hätte nicht harmloser wirken können, wenn sie sich über Babynahrung unterhalten hätten.

***

»Beate Schuster?«

»Ja?«

Salma nahm die Sonnenbrille ab. »Ich bin Salma, hallo. Hat Ihre Agentur Sie verständigt?«

»Ach, Sie sind das. Ja, klar. Kommen Sie rein, kommen Sie rein.«

Beate Schuster alias Lexxie Tight bewohnte eine Villa in Brandenburg. Nach außen schienen Marmor und Stuck den Bau zu beherrschen, genauer betrachtet, waren es Beton und Gips. Die Villa stand im Landkreis Oranienburg, eine nette, ruhige Gegend, wo man noch preisgünstig Land erwerben konnte. Beate Schusters früherer Gönner hatte dieses Haus für sie errichten lassen. Wegen Steuerproblemen hatte er Deutschland allerdings inzwischen verlassen. Beate Schuster bewohnte die Villa allein. Ihr Outfit, ein azurblaues Sommerkleid mit Goldfransen, schien *overdressed* für einen ungezwungenen Besuch am Vormittag. Sie bot ihren Gästen Ginger Ale in geschwungenen Kelchen an.

»Sie sind also der Produzent?« Beate Schuster blickte zu dem großen Mann hoch, der die Frau im Rollstuhl schob.

»Nein«, antwortete Nummer drei. »Ich bin der Regisseur.« Er trug ein weißes Hemd, darüber einen dunklen Pulli, dessen Wolle so fein gewebt war, dass das Hemd durchschimmerte, sobald er sich bewegte. Er trug einen Schal und hatte sein strohiges Haar mit einem Pflegeprodukt gebändigt. Trotzdem sah Nummer drei nicht aus wie ein Pornoregisseur, eher wie ein großer, netter Kerl, der, was sein Outfit betraf, Beratung brauchte.

Lexxie Tight war an solchen Feinheiten nicht interessiert. Sie arbeitete seit fast zehn Jahren im Adult-Business, was bedeutete, dass sie bereits als gebrauchte Ware galt. Wenn jemand zehn Jahre lang sein Geld auf diese Weise verdiente, machte sich Verschleiß bemerkbar. Beate Schuster besaß nichts weiter als diese Villa und die vollständige Kollektion ihres filmischen Œuvres. Sie brauchte dringend Jobs. Dieser Hüne mit der Sonnenbrille schien einen Job für sie zu haben.

»Wie kommt es, dass ich in der Branche noch nie von Ihnen gehört habe?«, fragte sie, nachdem Drei Platz genommen hatte.

»Ich produziere vorwiegend in Italien und Frankreich«, antwortete er.

»Wie interessant. Hat das Business in Frankreich genauso zu kämpfen wie bei uns?«, fachsimpelte Beate Schuster.

»Das Internet bringt uns um«, nickte Drei. »Heutzutage filmt jeder mit dem Handy, während er seine Freundin fickt, und stellt es kostenlos ins Netz. Für uns dagegen ist es sehr schwer geworden, unsere Kosten aus den Produktionen wieder einzuspielen.«

Beate Schuster nickte Anteil nehmend. »Meine Agentin meinte allerdings, dass Sie ein Team sind, das sich noch Mühe mit seinen Filmen gibt.«

»Stimmt, wir sind mit dem Herzen dabei«, antwortete Drei engagiert.

Salma schaute anerkennend zu ihrem Kollegen hoch. Erstaunlich, wie geschmeidig er in seine Rolle schlüpfte.

»Wie hieß Ihr letzter Film?«, fragte sie Beate Schuster.

»Derzeit drehe ich eher selten. Ich wollte mein Gesicht mal ein bisschen rar machen«, lächelte Beate. »Ich nehme häufiger an *Gangbangs* in Berlin und Umgebung teil. Wir Girls kennen uns dort alle. Die Arbeit mit den Kolleginnen bringt jede Menge Spaß.«

»Das kann ich mir vorstellen.« Salma nickte. »Aber ich hoffe, Sie wollen die Trademark *Lexxie Tight* nicht endgültig aufgeben?«

»Absolut nicht, nein«, antwortete Beate beflissen. »Ich bin Lexxie Tight, und das bleibe ich auch noch eine Weile.«

»Sehr schön.« Salma ermunterte Drei, das Gespräch fortzusetzen.

»Weil Sie gerade Ihre *Gangbang*-Tätigkeit ansprechen, was war denn der letzte Dreh dieser Art, bei dem Sie mitgewirkt haben?«

Beate Schusters Augen wurden wachsam. »Das ist … schon eine Weile her«, antwortete sie ausweichend.

»Wirklich? Ich meine, ich hätte erst neulich etwas von Ihnen gesehen«, entgegnete Drei.

Beate zögerte, ihr Blick ging von einem zum anderen. Sie begann verhalten. »Ich habe tatsächlich etwas gedreht. Aber meine Agentur hat mich gebeten, nicht darüber zu sprechen.«

»Warum nicht? *Publicity* ist doch wichtig.«

»Ich musste sogar eine Erklärung unterzeichnen.«

»Welche Art von Erklärung?«

»Da stand, dass ich den Film nicht in meinen Lebenslauf aufnehmen und auch keine Werbung damit machen darf.«

»Das ist ungewöhnlich«, staunte Salma. »Können wir diesen Film vielleicht sehen?«

Beate strich ihr Kleid glatt. »Ich besitze das Material leider gar nicht.«

»Ach nein? Normalerweise bekommen die Darsteller doch Belegexemplare von jedem Film.«

»Es war eine eher ungewöhnliche Produktion.«

»Ungewöhnlich? Meinen Sie etwa die gezeigten Praktiken? Wir sprechen doch nicht etwa von Tierszenen?«

»Gott, nein, wo denken Sie hin? Es war grundsolider Gruppensex mit möglichst vielen Komm-Schüssen. Hat Spaß gemacht.«

»Komm-Schüsse?«, erkundigte sich Drei interessiert.

Salma bemerkte, dass Beate den angeblichen Pornoregisseur misstrauisch musterte. Rasch schlug sie ein neues Thema an. »Wer war der Produzent des Streifens? Welche Firma hat das gedreht?«

Beate wurde zunehmend unruhig. »Wir hatten nur ein kleines Team, alles freie Mitarbeiter. Wieso wollen Sie das wissen?«

»Kannten Sie denn die männlichen Darsteller?«

»Keinen von ihnen, nein. Mir wurde gesagt, für diesen Film wollten sie mal ... frische Gesichter nehmen.«

Beate war im Begriff, von ihrem Ginger Ale zu trinken, und stieß dabei unachtsam das Glas um. Der Teppich färbte sich dunkel. »Oh, wie ungeschickt. Ich hole rasch ...« Sie sprang auf. »Bin gleich wieder da.« Sie lief Richtung Küche.

Salma bemerkte, dass Beate im Laufen ihr Handy hervorholte. »Erledigst du das?«, fragte sie Drei.

Mit wenigen Schritten holte er Beate ein. »Bitte nicht, Frau Schuster«, sagte er mit treuherzigem Blick.

»Was wollen Sie von mir?«

»Sie sollten jetzt nicht telefonieren.«

Ihre Unruhe verwandelte sich in Panik. »Sie sind gar nicht aus der Branche, habe ich recht?« Sie hielt das

Smartphone wie einen Faustkeil zur Verteidigung vor sich. »Sonst wüssten Sie, was der Komm-Schuss ist. Sie haben keine Ahnung vom Adult-Business. Sie wollen auch keinen Film mit mir drehen. Also, was haben Sie hier verloren?«

Salma kam aus dem Rollstuhl hoch, öffnete die Jacke und präsentierte ihren Dienstausweis. »Ich bin Salma Defraui, Oberkommissarin beim Mobilen Einsatzkommando Staatsschutz. Das ist mein Kollege. Wir brauchen Ihre Aussage, Frau Schuster.«

»Worüber?«, erwiderte Beate sichtlich eingeschüchtert.

»Es geht um die Art der Erklärung, die Sie unterschrieben haben. Wer wollte dieses Schriftstück von Ihnen, und wer steckt hinter der Filmproduktion? Zur Beantwortung dieser Fragen möchten wir Sie bitten, uns zu begleiten.«

Beate nickte mehrmals hintereinander, als ob ihr der Sinn der Information erst allmählich klar würde. Sie ließ das Mobiltelefon sinken. »Sie meinen, jetzt gleich?«

»Sie können gern zuerst Ihren Teppich säubern«, lächelte Salma. »So viel Zeit haben wir schon.«

Bevor Beate in die Küche ging und einen Lappen nass machte, blickte sie zu Nummer drei hoch. »Bin ich verhaftet?«

18
Jeder kennt Nemkov

Alain verließ das Landeskriminalamt auf dem Tempelhofer Damm, als die Dunkelheit schon einsetzte. Er hatte die Akte im Motorradkoffer verstaut, durchquerte Kreuzberg und Tiergarten, kam an der Staatsoper Unter den Linden vorbei und sah aus dem Augenwinkel, was an diesem Abend gespielt wurde. Er fuhr die Oranienburger Straße entlang, blickte zur Kuppel der Synagoge hoch und erreichte das St.-Hedwigs-Krankenhaus. Einige der Nonnen kannte er schon, die Pförtnerin, die Stationsvorsteherin. Die Nachtärztin war keine der geistlichen Frauen.

»Wie geht es ihr?«

»Sie ist stabil«, antwortete die Ärztin.

Er las Wärme und zugleich Illusionslosigkeit in ihrer Miene. »Sprechen Sie mit ihr!«, sagte sie.

»Kann Helene mich denn verstehen?«

»Vielleicht erkennt sie Ihre Stimme.«

»Wird sie wieder aufwachen?«

»Es war eine sehr schwere Operation.« Die Ärztin wollte weiter. »Sprechen Sie mit ihr, Herr Liebermann.« Sie warf einen kurzen Blick auf die Ermittlungsakte in seiner Hand und eilte den Korridor hinunter.

Alain ließ sich Zeit, bei seiner Großmutter anzukommen. Er legte die Akte auf den Medikamententisch, den Motorradhelm daneben, zog die schwere Jacke aus und hängte sie an den Haken. Er nahm den Nierenschutz ab und krempelte die Hemdsärmel hoch.

»Es ist wieder wärmer geworden. Wie es aussieht, haben wir noch ein paar schöne Tage, bevor das Schmuddelwetter einsetzt.« Er zog einen Stuhl heran.

Heute erinnerte ihn seine Großmutter nicht mehr an Franz Liszt. Ihr Gesicht war unverändert fahl, doch es wirkte entspannt. Es hätte ein schlafendes Gesicht sein können. Alain hätte gerne ausdrücken wollen, wie verliebt er in dieses Gesicht war, weil es alles umfasste, was er im Leben kostbar fand. Den Glauben daran, dass das Ganze einen Sinn machte. Den Blick auf das Gestern, der ihm die Ruhe für das Morgen gab. Die Weite, die der Begriff *Familie* umfasste. Familie war das weite Feld, der tiefe Horizont, die Strecke, die noch vor einem lag, und die vielen Leben, die andere vor ihm durchmessen hatten.

Hier wurde ein Mensch durch Technik am Leben gehalten, Infusionsschläuche, Elektroden, Sonden, doch anders als bei Salma, die ihm in dieser Umgebung wie ein Retortenmensch erschienen war, hatte er an Helenes Bett das Gefühl, die Großmutter liege auf einer Blumenwiese, und Schlingpflanzen rankten sich um sie. *Blumenwiese, Schlingpflanzen?* Unsinn, natürlich. Er holte tief Luft. Es war wieder so ein Tag gewesen, er kannte das schon, an denen er abends ein bisschen zu spinnen begann.

»Ich bin gerade an der Staatsoper vorbeigekommen. Weißt du, was sie heute spielen?«, fragte er Helene. »*Rosenkavalier.* Was sagst du? Eine Neuinszenierung. Wollen wir uns das anschauen?«

Er gab der Großmutter Zeit, sich das zu überlegen, und obwohl sie nicht die geringste Bewegung machte, nickte er zufrieden.

»Das finde ich auch. In all den Jahrzehnten hat es in Berlin keinen *Rosenkavalier* gegeben, den du nicht gesehen hättest. Deshalb soll dieser keine Ausnahme werden. Ich weiß nicht, wer dirigiert, aber Elina Garanca singt den Oktavian. Die magst du doch so.«

Alain sprach nicht weiter, er ließ Helene einfach an seinen Gedanken teilhaben. Er erinnerte sich, wie sie ihn als Dreikäsehoch von sechs Jahren zum ersten Mal in die Lindenoper mitgenommen hatte. Der monumentale Bau und die vielen nobel angezogenen Leute hatten ihm gefallen. Von seiner Oma wusste er, dass er drei Stunden würde still sitzen müssen. Was, wenn er aufs Klo musste oder einfach spielen wollte? Es wurde dunkel, es wurde geklatscht, ein Mann hob beide Arme, die Musik setzte ein. Als die erste Pause kam, war Alain enttäuscht, dass es nicht weiterging. Er hatte sich keine Minute gelangweilt.

»Ich darf dieses Material nicht verwenden, Oma«, sagte er übergangslos, als ob er nicht gerade sechsjährig in der Staatsoper gesessen hätte, und zeigte zu der Akte auf dem Medikamententisch. »Da drin steht nichts als die Wahrheit, aber kein deutsches Gericht würde die Methode, mit der wir an die Wahrheit gekommen sind, akzeptieren.«

Er stützte sich mit den Unterarmen auf die Bettkante. »Ich kenne Nemkov, Oma. Jeder kennt Nemkov. Er hat einige legale Unternehmen in Berlin, Autowerkstätten, Wäschereien, ein Sägewerk. Er besitzt eine Villa in Zehlendorf und zahlt eine Menge Steuern. Zugleich wissen wir, dass Nemkov seine wirklichen Einnahmen mit Geschäften anderer Art macht. Aber keiner will sich mit Nemkov anlegen. Der Mann wurde erst einmal festgenommen. Weißt du, weshalb? Wegen Trunkenheit am Steuer.« Alain gab Helene Gelegenheit, etwas dazu zu sagen. Erst dann fuhr er fort: »Er hat Spezialisten für alle möglichen illegalen Tätigkeiten. Es sind die Besten ihres Fachs, denn Nemkov zahlt diesen Leuten weit mehr, als eine staatliche Behörde bezahlen könnte.«

Er stand auf und holte die Akte. Ein Plastikbeutel war darangetackert, in dem sich ein USB-Stick befand. »Weißt du, was auf diesem Stick ist, Oma? Darauf hört man die Parteichefin der Grünen im Gespräch mit dem Präsidenten des BDSV. Das Gespräch fand im Reichstagsgebäude statt, im Bundestag, Oma, an einem der bestbewachten und bestabgeschirmten Orte der Republik. Im Deutschen Bundestag eine illegale Abhöreinrichtung zu installieren ist nicht gerade einfach, aber Nemkovs Leute haben es geschafft. Ich nehme an, sie haben eine der sprechenden Personen ohne deren Wissen verwanzt.

Vielleicht war die Wanze im Stöckelschuh von Elisabeth Rath versteckt.« Er lachte. »Das klingt nach James Bond, sagst du? Das geht weit über 007 hinaus. Die heutige Technik macht Mr Bond praktisch überflüssig.«

Er hielt das Plastikteil hoch. »Dieser Stick beweist, dass Herr Oderberg und Frau Rath bei der Herstellung eines bestimmten Erotikvideos ihre Finger im Spiel hatten. Kein x-beliebiger Porno, sondern ein Fake Movie, das die Verteidigungsministerin kompromittieren soll. Wenn ich dieses Material verwende, wird aber nicht Svea Wieland kompromittiert, sondern der BDSV-Präsident und die Grünenchefin.« Alain betrachtete den kleinen Gegenstand. »Rein rechtlich gesehen, müsste ich diesen Stick vernichten und Alexeij Nemkov wegen Spionage festnehmen lassen.«

Er warf sich gegen die Stuhllehne und verschränkte die Arme hinter dem Nacken. »Da gibt es eine Frau mit dem Künstlernamen Lexxie Tight, die zugibt, auf dem bewussten Video Sex mit mehreren Männern gleichzeitig zu haben. Inzwischen kennen wir den Namen des Filmproduzenten und können von ihm aus die Spur zu den Auftraggebern zurückverfolgen. Das wäre ein beachtlicher Ermittlungserfolg, wenn wir dazu nicht die illegale Tonaufnahme präsentieren müssten, durch die wir überhaupt von Lexxie Tight wissen. Und das können wir unmöglich tun. Es wäre etwas anderes, wenn uns die Ermittlungen zu dem Pornofilm den Tätern des Bombenanschlags näherbringen würden. Wenn es um die Aufdeckung terroristischer Aktivitäten ginge, könnte ich meinen Direktor beschwatzen, das Tondokument als Beweismittel freizugeben. Aber bis jetzt sehe ich keine Verbindung zwischen dem Attentat und dem Porno.«

Alain streckte sich im Stuhl. »So, jetzt weißt du alles, Oma. Das ist der Stand der Dinge. Was sagst du dazu? Was rätst du mir?«

Öfter schon war er in Situationen wie dieser zu seiner Großmutter gekommen, meist tief in der Nacht, und jedes Mal hatte es im Gespräch mit ihr einen Fingerzeig gegeben, einen Lichtstrahl, eine Idee. Er konnte sich nicht erinnern, je ohne einen Rat Helenes fortgegangen zu sein. Zum Abschied hatte er meistens gesagt: *»Danke, Oma, du hast mir sehr geholfen.«*

Alain stand auf und küsste ihre Stirn. »Danke, Oma, du hast mir sehr geholfen.« Er nahm die Akte, den Helm, seine Jacke und schlich so leise hinaus, als ob seine Großmutter nur schlafen würde.

***

Das Camp von Siad Quanyare Sudi, der dem Hawiye-Clan angehört, befindet sich in einem verwahrlosten Zustand. Es waren dort nur Männer anzutreffen. Wir nehmen an, dass die Frauen vor unserer Ankunft aus dem Lager geschafft wurden, vielleicht, weil sie missbraucht worden waren. Die Andeutungen unseres Übersetzers lassen darauf schließen.

Alain scrollte weiter nach unten, bis er zu der entscheidenden Passage der E-Mail kam. Bevor er weiterlas, warf er einen Blick aus dem Fenster. Die angeblich schönen Tage hatten nicht länger als einen Tag angehalten. Die Temperatur war um zehn Grad gefallen, es regnete sich ein. Alle sprachen davon, dass der Herbst nun endgültig gekommen war. Alain nahm das Tablet auf den Schoß und las weiter.

Traditionell haben die Clans kein einzelnes Oberhaupt. Nach dem Senioritätsprinzip sind es die Ältesten, die in Versammlungen über Blutgeldzahlungen oder Kriegserklärungen beraten. Siad Quanyare Sudi hat dieses Prinzip durchbrochen, indem er seine Sub-Clans als militärische Sonderkommandos organisierte. Er besitzt die alleinige Befehlsgewalt, seine Entscheidungen dürfen nicht diskutiert werden. Bei unserem Besuch im Camp wurden wir gezwungen, einer Machtdemonstration beizuwohnen. Persönlich exekutierte Sudi drei Männer durch Kopfschuss. Unter den Exekutierten befand sich auch einer seiner Neffen.
Auf das Attentat an seinem Sohn Kadou Hauser angesprochen, reagierte der Befehlshaber scheinbar teilnahmslos. Wir hatten den Eindruck, dass er selbst seinen leiblichen Sohn auch nur als Untergebenen ansieht. Als wir ihn auf die Theorie ansprachen, wonach der Bombenanschlag an Kadou eine Racheaktion von Sudis Feinden gewesen sein könnte, kam der Clan-Chef auf eine asiatische TV-Serie zu sprechen, die er häufig auf dem Smartphone verfolgt, ein Militärspektakel, bei dem sich edle Krieger der Gerechtigkeit durch grausame Strafaktionen Geltung verschaffen. Als Konsequenz daraus sah Sudi nicht seinen Sohn, sondern sich selbst als Opfer des deutschen Bombenanschlags an. Er erkundigte sich kein einziges Mal nach Kadous Befinden und wollte seinen schwer verletzten Sohn auch nicht besuchen. Diese Entscheidung hat sicher damit zu tun, dass Sudi, sollte er die Grenze Somalias überschreiten, sofort verhaftet würde.
Nach unserem Aufbruch nahmen wir Kontakt zur ländlichen Bevölkerung auf. Die meisten wollten nichts über Sudi sagen. Mit einem Mann kamen wir aber doch ins Gespräch. Er kritisierte vor allem, dass sich Sudi nicht an den geltenden Ehrenkodex der Clans hält. Es ist z. B. verboten, Frauen und Kinder zu töten, Vieh zu stehlen oder die Wasserstellen zu zerstören. Die Menschen in den Dörfern hassen Sudi und seine Miliz. Unseres Erachtens

besitzt aber niemand in der Region die Mittel und die Logistik, um eine komplizierte Aktion wie einen Bombenanschlag im Ausland durchzuführen. Die Menschen kämpfen ums Überleben. Rachegedanken mögen in ihren Herzen sein, die wirkliche Rache an Siad Quanyare Sudi überlassen sie der Weisheit Gottes.
Mogadischu,
Datum, Unterschrift.

Alain sann über den letzten Satz von Nummer zwölf nach. *Rachegedanken mögen in ihren Herzen sein …* Woher stammte die unvermutete Poesie des Ermittlers, während er schwitzend am Horn von Afrika saß und seinen Bericht schrieb? Wie die Menschen dort leben mussten, dachte Alain. Tausende hatten keinen Strom, kein fließendes Wasser, keine Sicherheit vor Gewalt und Willkür, keine Perspektive. Er versuchte sich so ein Leben vorzustellen, eines, in dem jeden Tag jemand in dein Dorf kommen konnte, deine Frau vergewaltigte, deine Kinder ermordete, dich und dein Wehklagen verlachte, Blutgeld forderte, dein Vieh mitnahm, dein Dorf anzündete. Wie lebte man danach, wie konnte man noch denken und fühlen, wenn kein Gericht Recht sprach, kein Arzt Wunden verband? Alain fühlte die große, sinnlose Wut über die Ungerechtigkeit auf Erden in sich hochsteigen. In solchen Momenten wollte man kein Fleisch mehr essen, keinen Billigflug nach Venedig mehr buchen, man wollte an *Menschen für Menschen* spenden. Doch diese Momente hielten selten lange an. Das schlechte Gewissen war eine kokette Hure, mit der man rasch nichts mehr zu tun haben wollte. Man war ein Arschloch, dachte Alain, und man blieb ein Arschloch. Im Grunde tat man das meiste nur für sich selbst, und das war die traurigste aller Wahrheiten.

Sein Handy vibrierte. In seinem Zustand grundsätzlicher Erbärmlichkeit suchte Alain nach Ausflüchten, warum er Caspars Anruf nicht entgegennehmen konnte. Das hatte man davon, wenn man Verwandten zu viel Anteilnahme entgegenbrachte. Er seufzte und hob ab.

»Na, was tut sich bei dir in Babelsberg«, begann er, offensiv gut gelaunt, um Caspars Leidenstöne sofort im Keim zu ersticken.

»Wir müssen reden«, erwiderte der Cousin im Ton eines Verschwörers.

»Okay, reden wir.«

»Nicht am Telefon.«

»Wieso rufst du mich dann an?«

»Ich habe da etwas gefunden, da fliegt dir der Hut weg.«

Alain war überzeugt, dass ihm nicht der Hut wegfliegen würde. Er hatte eine ungefähre Vorstellung, um welchen häuslichen Zwist, welche neue Schandtat von Zbigniew und Isabel es sich handeln konnte. »Sag schon, was los ist. Ich habe gleich einen Termin.«

»Ich sollte besser gar nichts mehr sagen.« Caspar senkte die Stimme. »Es kann sein, dass die mein Handy abhören.«

»Wer sind *die?*«

»Können wir uns heute Nachmittag treffen?«

»Was? Nein!«, entgegnete Alain fast ungehalten.

»Bitte, Alain. Es hat auch mit deinem Job zu tun. Es hat mit *allem* zu tun. Heute Nachmittag, ich flehe dich an.«

Caspar war Familie, und der Familie konnte man nichts abschlagen. Sie verabredeten sich im Krankenhaus.

»War schön, von dir zu hören.« Caspar hatte plötzlich die Stimme erhoben, jemand musste den Raum betreten haben. »Bis bald«, flüsterte er noch, dann war die Leitung tot.

19
Caspar

Die Agentur von Lexxie Tight hatte die Pressekonferenz vor dem Eingangsbereich der Erotikmesse *Venus* organisiert, die auf dem Gelände unter dem Funkturm stattfand. Neben den Pressevertretern waren Dutzende Schaulustige versammelt, die sich bereits vor dem Eintritt ein gewisses erotisches Prickeln erhofften. Hinter der Pornodarstellerin hatte die Agentur Plakate ihrer erfolgreichsten Filme platziert.

»Ich möchte der Bundesverteidigungsministerin mein Mitgefühl und mein Bedauern aussprechen für die Lage, in die sie durch meinen neuesten Film gebracht wurde.« Beate Schuster las die Presseerklärung ab. »Selbstverständlich hatte ich keine Ahnung, zu welchem Zweck mein Streifen missbraucht werden sollte. Erst, als mir durch die Medien die Zusammenhänge klar geworden sind ...«

Der Wind griff in das Papier und brachte es zum Flattern. Beate musste aus dem Stegreif weitermachen. »Sobald ich rausgekriegt habe, dass da eine krumme Sache läuft, bin ich sofort zur Polizei gegangen.«

Lexxie Tight nahm eine aufrechte Bekennerpose ein. Das Klicken der Kameras belohnte sie dafür. »Bei der Person, die in dem bewussten Film zu sehen ist, handelt es sich nicht um die deutsche Verteidigungsministerin«, rief sie. »Nee, das bin ich gewesen!«

Alain drückte die Mute-Taste. Im Bademantel warf er sich auf die weiße Couch. Diana kam aus dem Bad, schenkte Rotwein ein und setzte sich zu ihm. Die weiße Couch stand weder in Pankow noch in Reinickendorf, weder bei Alain noch bei Diana, sie stand im Berliner Vorort Schmöckwitz, wo man in der voreiligen Annahme der Eröffnung des internationalen Flughafens *Willy Brandt* eine verfallene Industriellenvilla in ein Nobelhotel umgebaut hatte. Diana musste am nächsten Morgen von Schönefeld aus den Frühflug nach Brüssel nehmen, wollte die Nacht aber noch mit Alain verbringen. So waren sie auf die Idee gekommen, ein Hotel nahe dem Airport zu buchen.

»Das sollte man öfter machen«, sagte sie.

»Was denn?«

»In der eigenen Stadt ins Hotel gehen.«

»Wenn man sein Geld als EU-Anwältin verdient, ist das eine hübsche Idee. Als unterbezahlter Staatsdiener müsste ich passen.«

»Deshalb habe ich die Rechnung schon bezahlt.« Sie lächelte.

»Wir wollten doch teilen.«

»Gönn mir die Freude.«

Seine Hand schlüpfte unter ihren Bademantel. »Dann hast du mich also nur als Lustknaben an den Stadtrand gelockt?«

Zärtlich schob sie ihn beiseite. »Alain, ich bin hundemüde und muss um halb sechs raus.«

Ein Flugzeug donnerte über das Hotel hinweg.

»Was hast du vorhin gesagt?«, fragte sie. »Ich habe es im Bad nicht verstanden.«

»Dass mir Elisabeth Rath leidtut.«

Sie stieß ihr Rotweinglas gegen seines. »Weshalb tut dir die Vorsitzende der Grünen leid?«

Das nächste Flugzeug näherte sich.

»Wie gut Frau Rath ihre Mitwisserschaft auch verborgen haben mag, am Ende wird man doch die Spur zu ihr zurückverfolgen. Es wird irgendeine undichte Stelle geben, irgendjemand packt aus, der sich einen Vorteil davon verspricht.«

Das Flugzeug wurde lauter.

»Unterm Strich ist der Ausgang dieses Skandals vor allem ein schwerer Schlag ins Kontor von Curt Oderberg.«

Die Maschine überflog das Hotel.

Diana hatte keine Lust, länger über das Ränkespiel im politischen Berlin zu reden. Sie sank an Alains Schulter. »Wie war es bei Helene?«

»Traurig. Und einsam. Die Ärztin hat uns erklärt, weshalb sie Helene fürs Erste im künstlichen Koma halten wollen.«

Die nächste Maschine war im Anflug.

Alain fuhr aus dem Schlaf hoch. Hatte ihn ein Flugzeug geweckt? Nein, es galt das Nachtflugverbot. *Caspar!*, dachte er. Caspars Beschwerden. Caspars Verdacht. Er strubbelte durch sein Haar, schlaftrunken behielt er die Hand inmitten des schwarzen Gestrüpps. Caspar war unglücklich. Er saß da draußen im stinkreichen, saturierten Potsdam, weit entfernt von allem, was sein bisheriges Leben ausgemacht hatte. Vor der Liebschaft mit Isabel hatte er, arm, aber glücklich, in Kreuzberg gehaust. *Zweiraumwohnung* nannte er seine Bleibe, dabei war es nur ein Zimmer mit Rumpelkammer. Caspar war einer von den armen Liebermanns, ein armer Jude, ein religiöser Mensch, Kenner des Talmud, ein Künstler, dem niemand seine Kunst abkaufte. Man konnte annehmen, dass sich seine Lebensumstände radikal verbessert hatten, als er Isabel kennenlernte. Doch die Liebe der Polin nahm eine überraschende Wendung, sie schenkte ihre Zuneigung wieder dem flotten Zbigniew. Der Pole mutierte zum Platzhirsch in Babelsberg, Caspar verkam zum Untermieter. Zbigniew und Isabel arbeiteten an einem Immobilienprojekt. Für einen Architekten war das nicht ungewöhnlich. Eigentlich schien nichts besonders außergewöhnlich an dem Dreiecksverhältnis eines Bauunternehmers, einer Polin und eines mittellosen Juden. Nichts, bis auf die Adresse. Die drei bewohnten das Haus gegenüber der Villa der deutschen Verteidigungsministerin. Daher waren die Różańskis routinemäßig überprüft und für unbedenklich befunden worden. Die Tatsache, dass Zbigniew eine Waffe besaß, hatte man erst später erfahren.

Heute im Krankenhaus hatte Caspar dem Cousin vom Staatsschutz seine aktuellen Beobachtungen schildern wollen. Alain hatte die Konzentration gefehlt, vielleicht auch das Interesse, sich Caspars neuerliches Klagelied anzuhören. Er war besorgt wegen Helene, die keine Anstalten machte, ins Leben zurückzukehren. Er war nervös, weil er vergessen hatte zu essen, und er war missmutig wegen des Wetters. Die Tage, an denen man mit der Black Spirit zur Arbeit fahren konnte, schienen gezählt zu sein. Alain hatte Caspar nur mit halbem Ohr zugehört.

Jetzt saß er aufrecht in einem Bett in Schmöckwitz. Jetzt war sein Kopf plötzlich frisch, jetzt erinnerte er sich an die Worte seines Cousins.

»Normalerweise nimmt Zbigniew die Pläne jedes Mal mit, wenn er Isabels Haus verlässt«, hatte Caspar erzählt. »Er schiebt sie dann immer in eine große, schwarze Planrolle.«

»Aha?«, erwiderte Alain abgelenkt, da die Familienmitglieder gerade mit Helenes Ärztin sprachen. »Entschuldige, das will ich hören.« Er verließ Caspar und trat zu der Gruppe um die Doktorin.

»Die Verringerung der MCHC«, sagte sie gerade.

»Erythrozyten?«, fragte Frank, der Zahnarzt.

»Die Hämoglobinkonzentration. Ihre Großmutter ist für eine Transfusion einfach noch zu schwach.«

Alain verstand nur so viel, dass das Problem weniger die Folgen der Operation waren, sondern vielmehr Großmutters Blutbild. Die Ärzte konnten wenig mehr tun, als Helene stabil zu halten und die Tests fortzusetzen.

In den Warteraum zurückgekehrt, war Alain auf die Metallbank gesunken. Als er Caspar mit seinem mitteilsamen Gesicht auf sich zukommen sah, hätte er ihn fast angeschnauzt, ihn endlich in Ruhe zu lassen. Er beherrschte sich.

»Vor zwei Tagen, abends, die Kinder waren schon im

Bett, haben Zbigniew und Isabel mächtig viel getrunken«, setzte Caspar die Erzählung fort. »Ich halte mich da entweder raus oder trinke nur ein kleines Gläschen mit. Sie haben gelacht und getrunken und sich auf Polnisch unterhalten. In diesem Zustand achten sie nicht besonders auf mich. Plötzlich sehe ich im Nebenzimmer die schwarze Planrolle stehen.«

Ungeduld war nicht Alains Art, normalerweise entlockte er bei Verhören gerade durch seine Langmut den Leuten erstaunliche Dinge. Aber im Vorraum des Zimmers, in dem seine Großmutter im Sterben lag, ertrug er die quälend betuliche Rhetorik Caspars nicht länger. »Sag schon, was war drin in der Planrolle«, fuhr er ihn an.

Caspars Augen weiteten sich, erschrocken sah er den bewunderten Cousin an, der im Leben alles meisterte, während Caspar an allem scheiterte. »Was ist denn los, Alain?«

»Nichts, entschuldige. Ich bin nur wegen Großmutter … Es ist alles so …« Alain atmete zweimal tief durch. »Was war denn nun in der Planrolle?«

Caspar nickte schuldbewusst. »Du hast ja recht. Wir sollten an diesem Ort nicht über meine Verdachtsmomente sprechen.«

»*Verdachtsmomente?*« Alain wusste nicht, sollte er schreien oder loslachen. »Was denn für *Verdachtsmomente?*«

»Ich werde besser für Helene beten. Wir alle sollten für Helene beten.« Caspar sah sich um. »Wieso ist Onkel Chaijm noch nicht hier?«

Alain tat sein Ausrutscher leid. »Was war mit diesen Plänen, Caspar?«

Der Cousin musste sich erst sammeln. »Richtig, ja. Ich

habe also den Esstisch verlassen, ich schlüpfe ins Nebenzimmer und öffne das schwarze Ding.« Er sah Alain an.

»Und?«

»Die Rolle war leer.«

»Und dann?«

»Ich dachte, jetzt will ich endlich wissen, was es mit diesen Plänen auf sich hat.«

»Du hättest die beiden doch einfach fragen können. Du hättest Zbigniew Wodka nachschenken und sagen können: Lasst mich doch mal eure Pläne sehen.«

»Ich hatte aber eine bessere Idee«, entgegnete Caspar. »Ich bin zum Nähzimmer geschlichen.«

»Zum Nähzimmer, wieso?«

»Weil sie dort ständig ihre Besprechungen abhalten. Soll ich dir was sagen?« Caspar machte eine Pause.

»Was?«, seufzte Alain.

»Es war abgesperrt.«

»Aha.«

»Wer sollte ein Nähzimmer absperren? Was will man da drin schon finden?«

Alain hatte die Grenzen seiner Geduld fast erreicht. »Tja, was wohl?«

»Das habe ich mich auch gefragt, und deshalb habe ich mir eine Büroklammer geholt.«

»Wozu?«

»Um die Tür zu öffnen.«

»Mit einer Büroklammer kriegst du kein Türschloss auf. So was funktioniert nur im Film.«

»Warum habe ich es dann aber doch aufgekriegt?«, konterte der Cousin stolz.

»Ist es den beiden im Esszimmer nicht aufgefallen, dass du an dieser Tür rummachst?«

»Ich war vorsichtig, ich habe gelauscht. Sie waren betrunken.«

»Und dann?«

Caspar wurde wieder unterbrochen, weil in diesem Moment Onkel Chaijm eintraf, jeden einzeln begrüßte und ankündigte, dass er gleich zur Patientin hinübergehen wolle. Einige boten an, ihn zu begleiten, aber der Rabbiner wollte mit Helene allein sein.

»Solange der Rabbi betet, sollten wir nicht über andere Dinge sprechen«, sagte Caspar. Er, der sonst keine Wertgegenstände besaß, öffnete einen kostbar aussehenden kleinen Lederkoffer und entnahm ihm das Tallit. Er legte das weiße Tuch mit den blauen Streifen über den Kopf und machte sich bereit für das Gebet.

Ein Widerschein von Gottes Thron, dachte Alain, so hatte Onkel Chaijm ihnen das Tallit erklärt. Die blaue Farbe war ein Symbol für die Farbe des Mittelmeeres, worin sich Gottes Gnade spiegelte. Sechshundertdreizehn Fransen hatte das Gebetstuch, sie standen für die sechshundertdreizehn Gebote und Verbote, an die sich jeder Jude halten musste.

Bis auf das leise Murmeln der Betenden wurde es still im Warteraum. Alain nahm sich vor, seinen Cousin später geduldig anzuhören. Caspar war aus tiefster Seele treu, hingebungsvoll, keiner lebte seinen Glauben so liebevoll wie er.

»Dann bin ich reingegangen«, sagte Caspar, nachdem er den Gebetsmantel wieder sorgfältig verstaut hatte. »Tatsächlich lagen die Pläne auf dem Nähtisch. Willst du wissen, was daran so außergewöhnlich war?«

»Natürlich will ich es wissen«, antwortete Alain diesmal ohne Häme.

»Jenes Haus, das Isabel und Zbigniew angeblich planen …« Er senkte die Stimme. »Ich habe darin die Pläne einer Villa erkannt.«

»Mhm. Das wusstest du aber eigentlich schon.«

»Richtig. Bloß ist das keine Villa, die erst gebaut werden muss.«

»Sondern?«

»Mir ist der besondere Grundriss aufgefallen. Ich bin fast sicher, dass in Isabels Nähzimmer die Pläne von der Villa der Verteidigungsministerin liegen.«

Alain sah den Cousin an.

»Es wäre zumindest möglich«, bekräftigte Caspar.

»Aber ganz sicher bist du nicht?«

»Nein, weil ich keine Zeit hatte, länger draufzuschauen. Plötzlich wurde es drüben laut. Ich habe Schritte gehört und bin rausgehuscht.«

»Und dann?«

»Am nächsten Tag waren die Pläne samt Rolle verschwunden.«

»Hat sich niemand darüber gewundert, dass die Tür zum Nähzimmer nicht versperrt war?«

»Wahrscheinlich sind sie zu betrunken gewesen, um es zu bemerken.«

Chaijm kam von Helene zurück und sagte, die Familie könnte jetzt zu ihr. Alain stattete der Bewusstlosen nur einen kurzen Besuch ab. Caspar und andere blieben bei ihr, während Alain sein Schlechtwetterzeug anzog und mit dem Motorrad nach Schmöckwitz fuhr.

Jetzt saß er aufrecht im Bett. Er hatte seine Pflicht vernachlässigt. Sofort hätte er handeln müssen, nicht erst mit mehrstündiger Verspätung. Natürlich war es möglich, dass Caspar sich täuschte, was diesen Grundriss betraf. Weshalb sollte sich ein polnisches Paar mit Svea Wielands Villa beschäftigen? Alains Hand krallte sich immer noch in seinem Haar fest. Andererseits, weshalb sollte sich ein polnisches Paar *nicht* mit den Gegebenheiten von Svea Wielands Villa vertraut machen? Wieso war dieses Paar überhaupt gegenüber der Verteidigungsministerin eingezogen? Möglich, dass Caspars Fantasie mit ihm durchgegangen war. War es nicht der Gipfel der Unwahrscheinlichkeit, dass ausgerechnet Caspar etwas wissen sollte, das niemand sonst wusste, etwas, das zur Klärung der Attentate beitrug?

Alain schlüpfte aus dem Bett. Er durfte über Caspars Beobachtung nicht einfach hinwegsehen. Es war seine Pflicht, jeder vernünftigen Spur nachzugehen.

»Was denn?«, murmelte Diana im Halbschlaf. »Muss ich schon aufstehen?«

»Noch lange nicht.« Er küsste sie. »Schlaf weiter.«

Er nahm sein Handy und schlich ins Bad. Nackt saß er auf dem Klodeckel und rief die Zentrale an. Alain war froh, dass Velkan heute Bereitschaftsdienst hatte. Velkan klang hellwach. Alain gab durch, was zu tun war.

Das Bad hatte ein Fenster zum Lichthof. Draußen prasselte der Regen gegen die Wand. Alain seufzte. Seine Regenmontur war noch nicht getrocknet. Er hasste es, in das Gummizeug zu schlüpfen, solange es feucht war.

20
Fürst und Feldmarschall

Das graue Regenwetter hielt an. Doch als die drei Mitglieder des MES gegen Mittag in Schwanenwerder eintrafen, passierte etwas Wunderbares, kaum dass sie Salmas Rollstuhl aufgeklappt hatten. Die Sonne brach durch. So stark, so plötzlich, dass die drei auf der Inselstraße innehielten. Der rotgelbe Ball überschwemmte alles mit Licht. Da der Regen nicht aufhörte, spalteten sich seine Perlen in Milliarden Prismen auf. Tausendfache Farben, kein Regenbogen, sondern ein Glänzen und Glitzern überall in der Luft. Drei nüchterne Ermittler, deren Weg normalerweise von Lüge, Verrat, Verleumdung, Gewalt und Hinterlist gesäumt war, standen still, schauten in die

Wolken, die wie in einem Barocktheater zur Seite glitten, und lächelten.

Ein rostroter Bentley kam ihnen entgegen, gediegen, breit bereift, lederig im Inneren. Hinter getönten Scheiben sah man die Silhouette eines Fahrers. Ob noch jemand darin saß, war nicht zu erkennen. Die drei ließen den Wagen vorbei, der ihretwegen kaum verlangsamte.

Velkan schob den Rollstuhl. Er sorgte sich um Salma und vertrat die Meinung, dass sie sich in diesem Fall nicht so stark engagieren sollte. Salma widersprach ihm, ohne den Fall sei sie nur noch eine welke Topfpflanze, die man genauso gut entsorgen könnte. Da Velkan sich gegen sie nicht durchsetzte, bestand er darauf, wenigstens auf sie aufzupassen. Velkan liebte Salma. Dem hatte sie nichts entgegenzusetzen.

Sie schwenkten auf die Südseite der Inselschleife ein und erreichten die Einfahrt des Anwesens Nummer achtzehn. Alain drückte den einzigen Klingelknopf. Das Tor war keine Schmiedeeisenarbeit wie bei den anderen historischen Villen auf Schwanenwerder, sondern kalter schnörkelloser Stahl. Die Streben zuckten vier Meter in den Himmel empor. Die Überwachungskamera hing hoch über ihnen. Alain klingelte ein zweites, ein drittes Mal.

Noch in der vergangenen Nacht hatte er den diensthabenden Richter aufgesucht und sich einen Observierungsbefehl autorisieren lassen. Zwei Stunden, nachdem Alain an Dianas Seite aus dem Schlaf geschreckt war, setzte das MES den Befehl bereits um und observierte das Haus am Heinz-Rühmann-Weg.

Um 07:31 Uhr morgens war Caspar Liebermann mit zwei Kindern aus der Tür getreten. Er hatte die Kleinen mit Isabels Wagen zur Schule gebracht.

Um 07:45 Uhr war der älteste Różańskisohn gefolgt und hatte den Weg ins Bertha-von-Suttner-Gymnasium angetreten. Danach gab es einige Zeit keine Aktivität.

Um 09:46 Uhr holte Zbigniew Różański Isabel Różański ab, er im Business Suit, sie im dunkelblauen Kostüm. Zwei MES-Beamte nahmen die Verfolgung auf. Wegen der ungenügenden Verdachtslage hatte Alain keinen Durchsuchungsbefehl erwirken können, daher war ihnen ein Zutritt in das leere Haus nicht möglich.

Die Różańskis verließen Potsdam. Sie folgten der Umleitung, die wegen der zerstörten Brücke immer noch galt, bis Zehlendorf. Das MES-Team nahm an, sie würden auf der A 115 weiterfahren, doch Zbigniews Wagen schwenkte in westlicher Richtung ab und erreichte bald darauf die Insel Schwanenwerder. Die Ermittler verfolgten die Różańskis bis zur Parzelle Nummer achtzehn, wo sich das Tor öffnete und nach der Durchfahrt sofort wieder schloss. Nach einer knappen Stunde verließen die Różańskis das Anwesen und kehrten nach Babelsberg zurück. Zbigniew ließ seine Ex-Frau aussteigen und fuhr ins Büro weiter. Das war der Stand der Dinge zur Mittagszeit.

Um 12:15 Uhr machte sich Alain mit seinen beiden Kollegen nach Schwanenwerder auf.

Er drückte den Klingelknopf zum vierten Mal.

»Da drüben ist keiner!«, rief eine helle Stimme. Sie kam nicht von Parzelle Nr. 18, sondern vom Zaun daneben. Eine Frau reckte sich zu einem Apfelbaum empor und pflückte reife Früchte. Alain erkannte die Frau des Gärtners wieder. Der Zaun trennte das De'Lorion-Institut von Grundstück Nr. 18.

»Hallo, ähm …« Im Augenblick erinnerte er sich nicht an ihren Namen. Erika, Luise oder Elise?

»Ich weiß, wer Sie sind«, rief sie zurück und zeigte mit dem Gartenhandschuh auf sich selbst. »Barbara, wissen Sie noch? Ich bin die Frau des Gärtners.«

»Barbara, natürlich.« Entlang des Zaunes lief Alain ihr entgegen. Velkan folgte mit dem Rollstuhl.

»Was wollen Sie denn von unserem Nachbarn, dem Fürsten?« Barbara zeigte auf die Villa im Hintergrund.

»Dem … was?« Alain erreichte die Gärtnerin.

»Das ist das Anwesen von Fürst Nikolaj Wiśniowiecki«, antwortete sie, als wäre es das Selbstverständlichste von der Welt.

»Meines Wissens ist Herr Wiśniowiecki Industrieller«, erwiderte Alain. »Er stellt LED-Leuchtmittel her.«

»Das stimmt, trotzdem sind wir stolz, ihn als Nachbarn zu haben«, lächelte Barbara.

»Woher wissen Sie, dass niemand zu Hause ist?«, fragte Velkan.

»Weil das Ehepaar gerade weggefahren ist.« Sie zeigte die Inselstraße hinunter. »Eigentlich müssten Sie ihnen noch begegnet sein.«

»Der Bentley?«

»Das waren die Wiśniowieckis!«

»Scheiße«, zischte Salma.

»Wenn es so dringend ist, hätten Sie sich anmelden sollen«, meinte Barbara.

Alain wandte sich zu Velkan. »Hast du dir das Kennzeichen gemerkt?«

»B-NW 1928«, kam es prompt zurück.

»Ich gebe den Kollegen Bescheid.« Salma rief die Zentrale an.

»1928?«, wiederholte Alain die Ziffern des Kennzeichens. »Das ist das Jahr, in dem Svea Wielands Urgroßvater dieses Grundstück gekauft hat.«

»Heute gehört es den Wiśniowieckis«, antwortete die Gärtnersfrau. »Das sind unglaublich nette Polen.«

»Was wissen Sie noch über die Familie?«

Mit einem Mal schien Barbara ihre Redseligkeit zu bereuen. »Ich? Gar nichts. Ich kümmere mich auch nicht um solche Sachen.«

»Welche Sachen?« Alain bemerkte erst jetzt, dass Howard Silver über die Wiese auf den Zaun zukam. Ohne ein weiteres Wort machte Barbara mit dem Apfelpflücken weiter.

»Ach, die Herrschaften vom Staatsschutz«, rief Silver. »Kann ich Ihnen behilflich sein?« Der Leiter des De'Lorion-Instituts trat dem Hauptkommissar entgegen. Nur der Zaun trennte sie.

»Vielen Dank, aber wir sind wegen Ihres Nachbarn hier.«

»Die Wiśniowieckis sind weggefahren«, sagte Barbara unter dem Baum.

»Warum haben Sie nicht vorher angerufen?«, meinte Silver. »Nun haben Sie den weiten Weg umsonst gemacht.«

»Die Verkehrspolizei ist an dem Bentley dran«, sagte Salma leise.

»Nicht ganz umsonst«, lächelte Alain und verabschiedete sich von Barbara und Silver. Velkan setzte den Rollstuhl in Bewegung.

***

»Ich begreife es nicht. Begreift ihr es?«

Salma, Velkan und Alain saßen in seiner Wohnung. Sie waren über die Ringautobahn nach Pankow gefahren, normalerweise ein grotesker Umweg, in diesem Fall ein Umweg als Ausdruck notwendiger Überlegungen. Bei der Ankunft hatte Velkan, der Schmächtige, Salma auf seine Arme gehoben und, ihren Protesten zum Trotz, in den zweiten Stock getragen. Salmas nächster Dialysetermin würde morgen sein. Sie war entkräftet. Velkan verbarg seine Sorge nicht.

Alain ließ sein Bier aufzischen. »Wir haben eine Verbindung zwischen Różański und Wiśniowiecki. Zwei Polen, einer wohnt gegenüber der Ministervilla, der andere auf Schwanenwerder. Der Helikopter, der Svea Wieland retten sollte, ging auf dem Anwesen Wiśniowieckis nieder.« Ratlos hob Alain die Arme und ließ sie wieder fallen. »Ich verstehe es nicht.«

»Was verstehst du nicht?« Salma bemühte sich im Rollstuhl um eine aufrechte Haltung.

»Kaum observieren wir die Różańskis, führen sie uns auf direktem Weg zu Wiśniowiecki. Sie zeigen uns die Verbindung von Svea Wielands Haus nach Schwanenwerder, die uns bisher gefehlt hat. Und was finden wir dort? Einen Fürsten von altem Geblüt.« Alain gab Velkan seinen Energydrink. »Was hast du über ihn?«

Velkan öffnete die Dose geräuschvoll. »Die Wiśniowieckis tauchen bereits im Mittelalter auf. Ursprünglich sind es Ruthenen, ihr Stammsitz liegt in der heutigen Ukraine. Begründer ist Knajs Wiśniowiecki, ein unangenehmer Bursche, er hatte die Angewohnheit, seine Feinde zu pfählen. Im späten 16. Jahrhundert konvertieren die Wiśniowieckis zum Katholizismus, danach hört die Pfählerei auf. 1756 werden die Wiśniowieckis in den Fürstenstand erhoben, stellen hohe polnische Staatsbeamte, einen litauischen Großkanzler, den Onkel eines Königs und jede Menge Feldherren.« Velkan brauchte keinen Laptop für sein Briefing, so etwas hatte er im Kopf. »Aber jetzt macht euch mal gefasst auf die Hammerstory.«

Er lächelte Salma zu. Es gab eigentlich keinen Grund, sie anzulächeln, Velkan tat es, weil er so verliebt war.

»In der jüngeren Geschichte war Fürst Jeremi Wiśniowiecki der beste Freund von jemandem, der uns bereits mehrmals untergekommen ist.« Er trank.

»Wirst du es uns sagen, oder sollen wir raten?« Salma trank bloß Wasser. Velkan hatte es sich nicht nehmen lassen, ihr Glas mit Zitronenscheibe und Basilikumblatt zu garnieren.

»1938 emigriert Fürst Jeremi Wiśniowiecki aus Polen, da er Hitlers Angriff kommen sieht. Sein Ziel ist Großbritannien, wo er sich den polnischen Regimentern der Royal Air Force anschließen will. Er kommt aber nur bis Berlin. Einer der Gründe ist seine Freundschaft zu Berthold Wieland, damals noch Oberst, später General der Wehrmacht. Kurz vor Kriegsende, als die meisten schon abgehauen oder tot sind, wird Wieland in den Rang eines Feldmarschalls erhoben.«

»Wiśniowiecki war mit dem Urgroßvater der heutigen Verteidigungsministerin befreundet?« Alain hob die Bierflasche, als ob er darauf anstoßen wollte.

»Ein Freund durch dick und dünn, wenn ich mal so sagen darf. Berthold Wieland nimmt den Polen in seiner Berliner Wohnung auf. Als die Polen zu Feinden Deutschlands werden, versteckt er ihn auf Schwanenwerder.«

»Und dann?«, fragte Salma.

»Berthold Wieland steigt ein letztes Mal zu Hitler in den Bunker und bekommt vom Führer in den letzten Stunden des Krieges einen grotesken, undurchführbaren Befehl. Wieland verlässt den muffigen Bunker, schnuppert vor der Reichskanzlei die Frühlingsluft des Jahres 1945 und führt ein versprengtes Reserveregiment, fast nur Kinder mit Panzerfäusten, gegen die anstürmenden Russen. Er stirbt, wie er es sich gewünscht hat, mithilfe einer russischen Granate den Heldentod fürs Vaterland.«

Der scheue Velkan sprach selten so viel und so fließend. Er tat es, um Salma zu imponieren, und es imponierte Salma.

»Und weiter?«, fragte sie mit einem Anflug von Zärtlichkeit in der Stimme.

»Kurz vor der Niederlage überschreibt Berthold Wieland das Grundstück auf Schwanenwerder seinem polnischen Freund. Als der Krieg vorbei ist, wollen die Alliierten das Anwesen zwangsenteignen. Da stellt sich Jeremi Wiśniowiecki, ausgestattet mit allen nötigen Dokumenten, den Amerikanern als neuer Besitzer vor. Da die Polen als Verlierernation so viel Leid erfahren haben, scheint es angebracht, dass die Polen als Siegernation Besitztümer auf deutschem Boden behalten dürfen. Die Villa des deutschen Nazi-Generals geht in den Besitz des polnischen Fürsten und seiner Familie über, und das gilt bis auf den heutigen Tag.« Velkan stellte die Getränkedose so würdevoll ab, als ob es der Heilige Gral wäre.

»Eine wunderschöne Geschichte.« Salma klatschte leise Beifall. »Und wie hilft uns das weiter?«

Beide schauten zu Alain.

»Der Enkel von Jeremi Wiśniowiecki stellt Glühbirnen her. Durch die Umstellung auf LED hat er Millionen gemacht.« Die Flasche in der Hand begann Alain auf und ab zu gehen. »Dieser reiche Geschäftsmann kennt wiederum den Ex-Mann von Isabel Różański.«

»Polen unter Polen«, warf Salma ein.

»Welche Art von Kontakt haben ein polnischer Industrieller und ein polnischer Architekt? Wie hängt das mit der besonderen Adresse der Różańskis zusammen? Wie kommt General Wieland hier ins Spiel, und wie, verdammt noch mal, hängt das Ganze mit dem Bombenattentat auf dessen Urenkelin zusammen?«

»Die Frage muss anders lauten.« Salmas schmale Hände ruhten auf den Schwungrädern des Rollstuhls. »Normalerweise, Alain, normalerweise stellen wir uns diese Frage gleich zu Beginn eines Falles.«

Er blieb stehen. Ein Blickwechsel der beiden, schließlich nickte er und sagte: »Wer profitiert davon? Wer profitiert von Svea Wielands Tod? Wer profitiert von den Attentaten auf die deutsche Verteidigungsministerin?«

21 Heinz-Rühmann-Weg

Der Tag war vergangen und einer sternlosen Nacht gewichen. Svea Wielands Dienstwagen fuhr in den Heinz-Rühmann-Weg ein. Sie bedankte sich beim Fahrer, wurde von ihren Personenschützern ins Haus begleitet, danach verschwanden die Herren im Dienstzimmer. Die fleißige Khuyen servierte das Abendessen, danach zog sich Svea um und absolvierte eine Trainingseinheit im Fitnessraum. Sie duschte, zog etwas Bequemes über, legte sich für später einige Akten zurecht und rief im Krankenhaus an. Man stellte sie in die Station durch, auf der Kadou Hauser lag. Sie erkundigte sich nach seinem Befinden und erfuhr, dass die erste Hauttransplantation am kommenden Morgen durchgeführt werden sollte. Sie bat darum, Kadou sprechen zu können. Er habe ein starkes Beruhigungsmittel bekommen, hieß es, doch der Arzt erlaubte, dass die Ministerin mit dem Mann, der ihr das Leben gerettet hatte, kurz reden durfte.

»Hallo, Kadou, ich störe dich nicht lange.«

»Sie stören mich nicht, Frau Minister.« Ein Hauch lag auf seiner Stimme.

»Wie geht es dir?«

»Die pumpen mich derart mit Painkillern voll, dass ich nicht wirklich sagen kann, wie es mir geht.«

»Ich halte dir die Daumen für morgen.«

»Danke. Und wie geht es Ihnen, Frau Minister?«

»Hör auf damit«, sagte sie mit ungewohnter Wärme. »Ich habe dir mehrmals das Du angetragen.«

»Sie wissen, wieso ich das nicht möchte. Sie sind meine Ministerin. Ich bin für Ihre Sicherheit zuständig. Ich mache meinen Job, so gut ich kann.«

»Du hast mir das Leben gerettet, Kadou.«

»Ich habe damit auch mein eigenes Leben gerettet. Bitte vergessen Sie das nicht.«

»Ich bin sicher, dass die OP morgen gut geht. Sobald ich kann, besuche ich dich wieder.«

»Aber bitte, wenn möglich, ohne Fernsehkameras«, sagte er.

»Tut mir leid, dass diese Leute einfach bei dir reingeschneit sind. Es war trotzdem ein guter Beitrag. Hast du ihn gesehen?«

»Ich schalte den Fernseher nie ein.«

»Ein glücklicher Mensch, der sich das leisten kann. Gute Nacht, Kadou.«

»Gute Nacht, Frau Minister.«

Sie legte auf, ging ans Fenster und schob die Jalousien auseinander. Gegenüber brannte Licht, Schatten bewegten sich im Erdgeschoss. Die Familie Różański bereitete wahrscheinlich gerade das Abendessen vor.

Die Jalousien dämpften das Licht von gegenüber. Caspar erkannte, dass dort jemand am Fenster stand. War sie es? War sie es wirklich? Beobachtete die Verteidigungsministerin ihn, Caspar Liebermann, der wiederum sie beobachtete? Er hielt die Hand unter kaltes Wasser, Caspar hatte sich am Toaster die Finger verbrannt. Er hatte Angst. Im Augenblick hatte er Angst um das Leben der Frau gegenüber. Zugleich fürchtete er, dass er seinen Cousin Alain auf eine blinde Spur geführt hatte. Caspar hatte aber genauso Angst davor, dass Alain die Spur nicht ernst nehmen und die Ministerin nicht ausreichend beschützen würde. Während Caspar das Wasser über seine Finger laufen ließ, beobachtete er, wie die Silhouette gegenüber verschwand und das Licht ausging. Geheimnisvoll lag die Ministervilla da. Das lag an den exotischen Pflanzen, die das Haus umwucherten, aber auch an der Villa selbst, jenem sonderbaren Gebäude, einem Raumschiff ähnlicher als einem Wohnhaus.

Caspar zuckte unter dem Strahl zurück, seine Hand war fast erfroren. Als er sich umdrehte, stand Isabel hinter ihm. Vor Schreck schrie er leise auf.

»Hast du die Schnüffler auf uns angesetzt?«, fragte sie mit einer Leichtigkeit, als ob sie sich nach einem Plätzchenrezept erkundigte.

»Welche Schnüffler?« Hastig trocknete Caspar seine Hände ab. Ihm wurde heiß und kalt.

»Hör auf damit.«

»Womit soll ich aufhören?«

»Jede meiner Fragen mit einer Gegenfrage zu beantworten.« Gelassen stand sie da, doch er hatte den Eindruck, dass Isabel die Küchentür blockierte, damit er nicht entwischen konnte. »Hast du deinem Cousin irgendwas über uns erzählt? Über Zbigniew und mich?«

»Nein, natürlich nicht«, entschloss sich Caspar zu einer frechen Lüge.

»Zbigniew ist sicher, dass wir heute verfolgt worden sind. Ist uns jemand auf den Fersen?«

»Isabel, bitte glaub mir …«

Sie machte einen abrupten Schritt auf Caspar zu. »Du musst deinem Verwandten vom Staatsschutz irgendwas gesteckt haben. Wieso hätten die uns sonst verfolgt?«

»Alain ist mein Cousin, weiter nichts«, versuchte sich Caspar herauszureden. »Du hast ihn kennengelernt, du mochtest ihn sogar.«

»Ich mochte ihn so lange, bis er seine Leute auf uns angesetzt hat.«

»Was könnte er denn gegen dich und Zbigniew haben?« Caspar kämpfte gegen seine aufsteigende Panik an.

Isabel trat so dicht vor ihn, dass sich ihr Becken gegen seines presste und sein Hintern gegen die Spüle gedrückt wurde. »Was will der Staatsschutz von uns?«

»Ich habe keine Ahnung.« Er schluckte. Sein Adamsapfel hüpfte.

Sie lächelte. »Ich habe in meinem ganzen Leben noch niemanden gesehen, der so schlecht lügt wie du.« Sie küsste ihn auf den Mund. »Lass gut sein, Caspar.« Sie nahm ihn bei der Hand, die noch das Geschirrtuch vom Abtrocknen hielt. »Komm mal mit.«

»Wohin?«

Isabel zog ihn ins Wohnzimmer, wo Zbigniew Różański in einem Sessel saß und die *Sportschau* guckte. Caspar ließ das Geschirrtuch sinken. Der Pole musterte den Juden.

***

04:32 Uhr. Svea Wieland zog den Vorhang zurück, doch im September wurde es um diese Zeit noch nicht hell. Sie hatte von dem Ermittler geträumt. Alain Liebermann war ein ernster Mensch, ein Witwer. Sie erinnerte sich an ihre erste Begegnung im Ministerium, die gemeinsame Rauchpause auf dem Innenhof des Bendlerblocks.

Sollte sie ihren Morgenmantel überziehen? Sie entschied sich dagegen, durchquerte den Korridor und das Wohnzimmer, wo das erloschene Feuer einen bitteren Geruch verbreitete. Sie trat in den zweiten Flur und klopfte an die Tür des Dienstzimmers. Es dauerte, bis geöffnet wurde.

»Frau Minister.« PB 6 wirkte verschlafen.

Hinter ihm justierte PB 9 seine Krawatte und stopfte das Hemd in den Hosenbund.

»Bitte entschuldigen Sie. Eine unmögliche Zeit, ich weiß.«

»Brauchen Sie etwas, Frau Minister?« PB 6 strich sein Haar zurück. Da er Pflegeprodukte benützte, standen die Strähnen wie dunkle Spieße empor.

»Raucht einer der Herren vielleicht?«

Beiden war anzusehen, dass sie um halb fünf Uhr morgens mit einem Anliegen wie diesem nicht gerechnet hatten.

»Ich sage es auch nicht weiter«, fuhr Svea Wieland fort. »Ich hätte nur wahnsinnige Lust auf einen Zigarillo.«

»Ich rauche«, sagte PB 9, als ob er sich dadurch einen persönlichen Vorteil erhoffte. »Allerdings nur Zigaretten.« Er zog ein Päckchen aus der Dienstschublade.

»Ein Freund von mir ist Zigarrenraucher.« PB 6 hielt der Ministerin eine verschweißte Packung hin. »Er sagte, ich soll diese Marke mal probieren. Darf ich Ihnen eine anbieten?« Ein Seitenblick zum Kollegen, der mit seinen Zigaretten nun nicht mehr punkten konnte.

»Mein Retter.« Svea sah zu, wie PB 6 die Folie entfernte, und nahm eine der schmalen Kubaner.

»Wollen Sie in den Garten gehen, Frau Minister?« PB 6 hielt das Feuerzeug bereit.

Sie seufzte. »Ich kann den ewig gleichen Zaun, die ewig gleiche Koniferenhecke schon nicht mehr sehen. Gehen wir raus.«

»Davon würde ich abraten«, wandte PB 9 ein.

»Um Viertel vor fünf?«, fragte Svea spöttisch. »Wenn da draußen ein Attentäter lauern sollte, würde er sich bestenfalls den Hintern abfrieren.«

Sie zog ihre Motorradjacke über den Schlafanzug. Die Personenschützer schlüpften in ihre Sakkos. Zu dritt traten sie in die kühle Nacht. PB 6 und PB 9 sicherten den Heinz-Rühmann-Weg nach beiden Seiten, dann erst gaben sie der Ministerin Feuer. PB 9 nahm auch eine von den Zigarren. Sie standen da, schauten, wo es nichts zu sehen gab, die Männer froren in den dünnen Anzügen.

»Wollen wir ein paar Schritte gehen?« Svea zeigte in die Richtung, wo die Filmuniversität lag. »Vielleicht bis zum Janningsweg«, schlug sie vor.

»Da hole ich lieber den Wagen.« PB 9 öffnete das Garagentor.

»Lassen Sie's gut sein, Harald«, sagte die Ministerin geduldig. »In zehn Minuten sind wir doch zurück.«

Harald war überrascht, dass sie seinen Vornamen kannte. Er ließ den Wagen, wo er war, öffnete aber die Heckklappe und entnahm die halb automatische Waffe, die Personenschützer im Einsatz auf freiem Gelände tragen sollten. Svea warf ihm einen spöttischen Blick zu, als er mit der Schnellfeuerpistole wiederkam. Nebeneinander liefen sie die Straße hinunter und rauchten. Um die Hände frei zu haben, hängte Harald die Halbautomatische über die Schulter. Sie erreichten den Neubaukomplex der Filmuniversität. An der Ecke Emil-Jannings-Straße und G.-W.-Pabst-Straße drehten sie um und kehrten zur Villa zurück.

In keinem der Häuser brannte Licht, nirgends rührte sich etwas, nicht einmal die Grillen zirpten. Die Straßenbeleuchtung machte ein sirrendes Geräusch. Vor ihrer Hauseinfahrt zog Svea frierend die Jacke vor der Brust zusammen.

»Schade, dass ich in diesem Jahr nicht mehr mit dem Motorrad zur Arbeit fahren werde.« Sie strich die Reißverschlussleiste der Jacke entlang.

»Das werden Sie auch im Frühling voraussichtlich noch nicht können, fürchte ich«, erwiderte PB 6.

»Irgendwann muss der Affenzirkus mit der erhöhten Sicherheitsstufe doch aufhören.«

PB 6 warf die Kippe in den Gully. »Erst, wenn der Attentäter gefasst ist, Frau Wieland.«

»Ich verstehe es ja.« Svea nicke bitter. »Mist, verdammter.«

Auch Harald ließ seine Kippe auf das Kanalgitter fallen.

Der Zigarillo hatte den Boden noch nicht erreicht, als die erste Kugel in Haralds Brust schlug. Eine Reihe weiterer folgte. Während er zu Boden ging, entdeckte PB 6, dass das Mündungsfeuer aus dem Erdgeschoss des Hauses gegenüber kam. Er hatte keine Möglichkeit, seinem getroffenen Kollegen beizustehen, und warf sich auf die Ministerin. Durch seinen Sprung brachte er Svea Wieland zu Fall, zwang sie auf den Boden und deckte ihren Körper mit seinem. Zwei Kugeln schlugen in den Arm und die Schulter von PB 6, dic anderen gingen fehl. Er sprach in das Mikrofon, das in seinem Hemdärmel versteckt war. »Angriff. *Gamma* am Boden. PB 9 ausgeschaltet. Dringend Verstärkung nach *Falkenhorst*. Krankenwagen. PB 6 verwundet.«

Aus dem Ding, das er im Ohr trug, knackte es. Er konnte nicht verstehen, was die Zentrale antwortete. Drei weitere Schüsse fielen, zwei davon gingen in die Bordsteinkante, der dritte traf den Schenkel der Ministerin. Svea schrie auf.

»Macht schnell, verdammt!« PB 6 hatte Todesangst, er hatte Schmerzen. Die Verteidigungsministerin lag unter ihm. Er war für eine Situation wie diese trainiert worden, aber er hatte noch nie eine Kugel abbekommen. Im ersten Moment fühlte es sich an, als ob ein Elefant sich auf seine Schulter setzen würde, dann ein heller Schmerz, wie ihn ein glühendes Messer auslösen musste. Der Kreislauf von PB 6 drohte zusammenzubrechen. Ihm wurde schlecht. Hätte er nicht schon gelegen, in diesem Moment wäre er zusammengeklappt. Sein linker Arm war unverletzt. Die Attentäter konnten nicht wissen, dass

PB 6 Linkshänder war. Trotz der Schmerzen, der Angst und seiner Verwirrung durchpulste ihn Adrenalin. Was er tat, war nicht vernünftig, es widersprach den Regularien, die ihm eingebläut worden waren. Mit der Linken riss er seine Dienstpistole aus dem Halfter und feuerte auf das Fenster. Er war ein exzellenter Schütze und traf präzise. Er hörte Glas splittern, hörte einen Schrei. PB 6 richtete sich auf, packte die Ministerin unter der Achsel und zerrte sie hoch.

»Können Sie laufen?« Er feuerte drei weitere Schüsse nach drüben ab.

Statt einer Antwort rannte Svea los. Ihr Oberschenkel war getroffen, der Pyjama färbte sich rot, aber sie rannte. Die Ministerin erreichte den Eingang und schlüpfte hinter den Metallzaun. PB 6 begleitete sie, bis sie aus dem Schussfeld war. Er riss sich die Krawatte vom Hals und half ihr, das Bein abzubinden, um die Blutung zu stoppen. Er hatte noch zwei Schuss in der Dienstpistole, auch sie gingen in das Fenster gegenüber. Er sprang aus der Deckung und beugte sich über seinen Kollegen. Haralds Augen waren geöffnet und zum Himmel gerichtet. Nichts spiegelte sich darin, nicht einmal die Straßenbeleuchtung. Behutsam nahm PB 6 die Halbautomatische von Haralds Schulter.

Laut Dienstvorschrift hätte er bei seiner Schutzperson bleiben müssen, bis Verstärkung eintraf. Doch PB 6 entsicherte die Halbautomatische und eröffnete das Feuer. Während er schoss, rannte er. Während die Kugeln auf das gegenüberliegende Fenster prallten, während PB 6 seinem eigenen Mündungsfeuer hinterherlief, startete hinter dem Haus ein Wagen. Schießend erreichte PB 6 das Fenster und duckte sich. Nichts war zu sehen, er hörte ein Röcheln. Hinter dem Fenster röchelte jemand.

In diesem Augenblick kam ein Wagen aus der Einfahrt geschossen, das Auto sprang förmlich auf die Straße. PB 6 wollte schießen, hatte die Waffe aber nicht mehr im Anschlag. Er prägte sich das Kennzeichen ein.

Während die Limousine in der Dunkelheit verschwand, rief PB 6 quer über die Straße.

»Wie geht es Ihnen?«

»Ich bin okay«, antwortete Svea Wieland hinter dem Zaun. »Und Sie?«

Blut quoll aus der rechten Schulter von PB 6. »Es geht schon.«

Erneutes Röcheln von drinnen. PB 6 lief an der Mauer entlang und merkte, dass in den Nachbarhäusern Lichter angingen. Er umrundete das Haus, fand die Eingangstür offen, schlich die Stufen hoch, sicherte nach allen Richtungen, drang ins Erdgeschoss ein, orientierte sich und erreichte das bewusste Zimmer. Kein Licht brannte. Das Fenster war zertrümmert. Er lud die Halbautomatische durch und kippte den Lichtschalter um. Nur eine Glühbirne wurde hell, die anderen waren zerschossen worden. In einem alten Sessel saß eine Gestalt. PB 6 näherte sich und forderte die Gestalt auf, die Hände zu heben. Sie rührte sich nicht.

PB 6 stand vor dem hell gepolsterten Sessel, der viele dunkle Flecken aufwies. Ein Mann saß darin, Mitte dreißig, ein schmächtiger Mann mit ängstlich aufgerissenen Augen. In seiner Hand befand sich ein Geschirrtuch. PB 6 richtete die Waffe auf diesen Mann und wiederholte seine Weisung. Jetzt erst bemerkte er, dass der Mann mit Paketklebeband an den Sessel gefesselt worden war. Auf seiner Brust klafften mehrere Wunden. PB 6 beobachtete, wie Caspar Liebermann Blut spuckte, wie er keuchte und nach Luft rang. Er beobachtete, wie Caspar Liebermann starb.

22 Thanatos

»*Vegele*«, sagte Helene.

Alain stand über seine Großmutter gebeugt, so, wie er vorhin über Caspars Leiche gestanden hatte.

»Da bist du ja wieder«, sagte er und wusste nicht, wie er seine Gesichtszüge unter Kontrolle halten sollte. Die Freude, das Glück, weil Helene erwacht war, zugleich das Elend, die Verzweiflung, weil er darin gescheitert war, Caspars Tod zu vereiteln.

Sein ganzes Leben lang hatte Caspar orakelt, er sei ein Unglücksvogel, stets bringe er sich und anderen nur Pech. Keiner hatte seinem Klagelied noch Gehör geschenkt. Diesmal hatte er die Wahrheit prophezeit, aber Alain hatte Caspars Warnung zu spät ernst genommen. So zu sterben, im Kugelhagel eines BKA-Beamten, darin lag mehr Tragik, als Caspar sich für sein Ende wohl ausgemalt hätte.

Tags zuvor hatte Alain gehört, dass die Krankenschwestern über Helenes bevorstehenden Tod sprachen und bereits Pläne für die Belegung ihres Bettes machten. Nach ihrem Ableben sollte ein Transplantationspatient in das Zimmer umquartiert werden, der auf ein Spenderherz wartete. Vor Stunden war eine Frau beim Fensterputzen aus dem vierten Stock gefallen. Ihr Herz stimmte mit den kordialen Anforderungen des Patienten überein. Kommen und Gehen, dachte Alain in diesen bangen Stunden, Tür auf, Tür zu, und niemand wusste, wohin die Tür führte. Die Schwestern lagen falsch. Der Herzpatient hatte einen unerwarteten Kreislaufzusammenbruch erlitten und war verstorben. Helene aber war ins Leben zurückgekehrt.

Vor Alains Augen hatte man Caspars Leiche in den schwarzen Kunststoffsack gelegt und abtransportiert. Er musste die Obduktion anordnen, um festzustellen, ob ausschließlich die Kugeln des BKA-Mannes zu Caspars Tod geführt hatten.

Die Großfahndung nach den Różańskis lief EU-weit, insbesondere die Grenzen nach Polen wurden überwacht. Das MES stellte fest, dass Różańskis Kinder bereits am vergangenen Nachmittag den Wohnsitz in Babelsberg verlassen hatten. Nachbarn wollten gesehen haben, dass Isabel mit den Kleinen abgefahren war. Die Fahndung nach Nikolaj Wiśniowiecki und seiner Frau lief ebenfalls, man erwartete, den auffälligen rostroten Bentley bald zu finden. Das MES hatte das Anwesen auf Schwanenwerder verwaist vorgefunden. Der Zustand der Villa ließ aber nicht auf einen überstürzten Aufbruch schließen, sondern auf den geordneten Rückzug nach Durchführung des Attentats.

Svea Wieland lag auf der Intensivstation, ihr Zustand galt als kritisch. Der Schuss in ihr Bein hatte zwar keinen Knochen getroffen, aber die große Oberschenkelarterie. Der Blutverlust war so erheblich, dass sie im Krankenwagen ohnmächtig geworden war. Das Innenministerium, das Verteidigungsministerium, das Kanzleramt und die Öffentlichkeit erwarteten, dass die Ermittlungen nun radikal vorangetrieben würden. Alains Abteilung geriet in Bedrängnis. Der Fall Wieland gärte seit Wochen, doch nicht die Arbeit des MES hatte ihn einer Lösung nähergebracht, sondern die Hartnäckigkeit der Täter, die der Verteidigungsministerin zum dritten Mal aufgelauert und diesmal fast Erfolg gehabt hatten.

Alains Direktor gab eines seiner seltenen Interviews. Er wusste, dass er in den Medien unvorteilhaft rüberkam, wollte es jedoch weder dem BKA-Chef noch dem Generalbundesanwalt überlassen, die Hauptrolle in diesem Politdrama zu spielen. Er hatte seinen besten Mann ausgeschickt, um mit dem innerdeutschen Terror aufzuräumen. Leider hatte Alain Liebermann bis jetzt wenig Brauchbares zur Ergreifung der Täter geliefert. Sah man genauer hin, war er den aktuellen Ereignissen lediglich hinterhergestolpert. Er hatte den Tod des Zeugen Yousef Najjar nicht verhindern können. Seine Untersuchungen auf Schwanenwerder waren in die falsche Richtung gelaufen, da das De'Lorion-Institut mit den Attentaten nichts zu tun zu haben schien. Die Spur nach Somalia erwies sich als unergiebig. Der verdächtige Afrikaner mit dem Handy, den Kadou Hauser gesehen haben wollte, blieb ein Phantom. Die Grundrisspläne der Villa der Verteidigungsministerin, die Caspar Liebermann angeblich entdeckt hatte, waren im Haus der Täter nicht gefunden worden. Das Einzige, was der Staatsschutz bisher erreicht zu haben schien, war, den Urheber des Pornofilmes ausfindig zu machen und damit die Verteidigungsministerin von einem im Grunde unerheblichen Vorwurf reinzuwaschen.

Trotz der mageren Erfolgsbilanz war Alain an diesem Morgen nicht mit dem spektakulären Fall beschäftigt. Er stand nicht am Krankenbett der Verteidigungsministerin, sondern am Bett einer uralten Frau, die von den Toten zurückgekehrt war. Thanatos hatte diesmal nicht gesiegt. Alain beugte sich zu ihr und küsste sie auf die Stirn.

»*Vegele*«, sagte Helene leise. »Mein liebes *Vegele*. Wie ist es dir ergangen?«

Er setzte sich und nahm ihre Hand. Er sagte kein einziges Wort. Schweigend erzählte er seiner Großmutter alles.

***

Als Täter des Anschlags wurden drei polnische Staatsbürger von den Medien und der Bevölkerung vorverurteilt. Mit welchem Hintergrund und welchem Motiv die Polen es auf die Verteidigungsministerin abgesehen haben sollten, danach fragte niemand. Die Polen hatten geschossen, die Polen hatten das Attentat an der Lichtfigur Svea Wieland zu verantworten. Die Regierung versuchte natürlich gegenzusteuern. Man versicherte dem polnischen Botschafter in Berlin, dass Deutschland in den Polen unverändert treue Nachbarn und Bündnispartner sehe. Unermüdlich wurde betont, dass die pauschale Verurteilung eines Volkes abzulehnen sei. Leider hatten viele Leute etwas übrig für pauschale Verurteilungen. Sie streckten den Finger und zeigten nach Osten. Hatte man es nicht immer schon gesagt, dass die Polen Autos stahlen, dass sie verschlagen, listig und undurchschaubar waren? Jedermann wusste, dass dies überkommene Klischees waren, doch das nahm ihnen nichts von ihrer Kraft.

Bereits einen Tag vor dem Attentat auf die Ministerin hatte Elisabeth Rath ihren Rücktritt vom Amt der Parteichefin der Grünen bekannt gegeben. Frau Rath kam damit der kollateralen Rufschädigung zuvor, von der man ausgehen musste, sobald ihre Beteiligung an der Pornoaffäre durch die Medien geistern würde. Die Grünen standen somit ohne Leitwölfin da. In dieser Situation traf die Partei eine unorthodoxe und medial viel beachtete Entscheidung: Sie ernannte Svea Wieland in Abwesenheit zur neuen Vorsitzenden. Kein anderer Schritt wäre denkbar gewesen. Svea Wieland galten die Sympathie, Liebe und das ungeteilte Vertrauen der deutschen Bevölkerung. Täglich wurden die ärztlichen Bulletins aus der Charité bekannt gegeben, ihr behandelnder Arzt gab Interviews auf allen Sendern.

Zwei Tage nach Elisabeth Raths Rücktritt suchte Curt Oderberg, der Vorsitzende des BDSV, die Büros des Staatsschutzes auf dem Tempelhofer Damm auf.

Der BDSV war Mitglied im Dachverband der *Aero-Space and Defence Industries Association of Europe*, er vertrat die deutschen Interessen innerhalb der *NATO Industrial Advisory Group* und saß in vielen Bundesverbänden der deutschen Industrie. Oderberg, der Vorsitzende, wurde im Kanzleramt gehört und seine Meinung bei NATO-Entscheidungen ebenso geschätzt wie bei der Beurteilung kostbarer Rotweine. Üblicherweise berief Curt Oderberg niedrige Staatsdiener, so, wie Alain einer war, für Besprechungen in sein postmodernes Büro auf der Friedrichstraße, wo ein echter Kippenberger an der Wand hing, mit persönlicher Widmung des Künstlers. Doch heute war der mächtige Mann in Alains funktionales, nicht immer aufgeräumtes Büro in Tempelhof gekommen. Man konnte tatsächlich sagen: Der Berg hatte sich bewegt.

Alain zeigte zur mobilen Kamera auf der anderen Seite des Raumes. »Herr Oderberg, sind Sie damit einverstanden, dass wir Ihre Aussage aufzeichnen?«

»Selbstverständlich«, antwortete der Vorsitzende.

»Sind Sie damit einverstanden, dass meine Kollegin Salma Defraui an der Befragung teilnimmt?«

Oderberg nickte auch dazu.

»Ich brauche Ihre stimmhafte Bestätigung, Herr Präsident«, sagte Alain mit Hinweis auf das Aufnahmegerät in der Mitte des Schreibtisches.

»Ja, ich bin damit einverstanden.«

Alain legte den Kugelschreiber neben sein Notizheft, eine linierte Kladde mit unverwüstlicher Fadenbindung. »Fürs Protokoll: Ich beginne die Befragung von Herrn Curt Daniel Oderberg um 11:36 Uhr. Herr Oderberg ist aus eigenem Antrieb und ohne Anwalt in meinem Büro erschienen.« Alain beugte sich vor. »Weshalb verzichten Sie auf einen Rechtsbeistand, Herr Oderberg?«

Der BDSV-Chef lächelte. »Trotz meiner langjährigen Tätigkeit im Vorstand verschiedener Unternehmen und Gremien habe ich meine Anwaltspraxis nie aufgegeben. Ich halte es für richtig, mich in diesem Fall selbst zu vertreten.« Anders als beim letzten Mal im Parlament trug Oderberg heute keinen dreiteiligen Anzug, sondern eine Hose aus grauem Tuch und einen dunkelblauen Blazer. Es kam Alain vor, als wolle der Vorsitzende für diese Aussage die Würde seiner Jahre herausstreichen.

»Ich nehme an, als Jurist sind Ihnen die Gründe, die dagegen sprechen, dass Sie sich selbst vertreten, bekannt.«

Oderberg nickte.

Alain sprach ins Mikrofon: »Herr Oderberg vertritt sich juristisch selbst und verzichtet auf eine entsprechende Belehrung.« Ein Blick in seine Notizen. »Herr Oderberg, in welcher Verbindung stehen Sie zu den mutmaßlichen Attentätern auf die Bundesverteidigungsministerin?« Mit diesen Worten schob Alain ein Blatt Papier über den Tisch und hob den Blick in die Kamera. »Ich lege dem Befragten eine Liste mit den Namen von Zbigniew und Isabel Różański vor, sowie von Nikolaj und Raina Wiśniowiecki.«

Oderberg besann sich. »Bedauerlicherweise kenne ich alle vier Personen«, antwortete er.

»Bitte erläutern Sie das im Einzelnen.«

»Im Zuge einer Einladung in das De'Lorion-Institut im September vergangenen Jahres habe ich das Ehepaar Wiśniowiecki kennengelernt«, sagte der BDSV-Chef. »Da die Różańskis deren Freunde sind, wurde ich auch ihnen vorgestellt.«

»Welchen Zweck hatte diese Einladung? Ich bitte um das genaue Datum.«

Oderberg blätterte in seinen Notizen. »Das war am fünfzehnten September des Vorjahres. Ich habe bei De'Lorion einen Vortrag über die grundsätzliche Bedeutung der Demonstration von Stärke gehalten.«

Einen Tag nach dem Dialysetermin hatte Salma ihre beste Zeit. Sie saß zwar im Rollstuhl, doch sie war ganz *da*. »Meinen Sie damit Stärke im Sinn von militärischer Stärke?«

»Ich habe für diesen Vortrag Beispiele aus allen Bereichen des Lebens herangezogen«, antwortete Oderberg. »Angefangen von der Rangordnung zwischen anorganischen Elementen, über die frappierenden Beispiele aus dem Tierreich, wo Stärke niemals als Makel angesehen wird, sondern als hierarchisches Konzept. Wo es Hierarchie gibt, herrscht Ordnung. Ohne Hierarchien würde eine *Demokratie der Insekten*, wie ich das nenne, alles ins Chaos stürzen. Selbstverständlich war auch die Idee von einem militärischen Sicherheitskonzept für die Bundesrepublik Bestandteil meines Vortrags.«

»Wer hat Sie zu De'Lorion eingeladen?«, fragte Salma. »War das Howard Silver?«

»So ist es.«

»Woher kannten Sie einander?«

»Mr Silver und ich haben uns auf einem NATO-Gipfel in Washington kennengelernt.«

»War bei diesem NATO-Gipfel auch Frau Svea Wieland anwesend?«

»Ich glaube, ja«, nickte Oderberg.

»Sie sind sich nicht sicher?«

»Ich müsste dazu die Teilnehmerliste durchsehen. Aber ...« Ein kurzer Blick in die Kamera. »Nein. Svea war dort, jetzt weiß ich es wieder. Ich meine natürlich die Bundesverteidigungsministerin.«

»Während Svea Wielands Studium in Wien waren Sie so etwas wie ihr Mentor«, setzte Alain fort.

»Das ist richtig. Ich war auch ihr Doktorvater während der Promotion.«

»Hatten Sie darüber hinaus noch ein anderes Verhältnis zu Frau Wieland?«

Oderberg sah Alain durchdringend an und beugte sich in Richtung des Mikrofons. »Nein.«

»Würden Sie sich damals als Freund von Svea Wieland bezeichnet haben?«

»Unser Kontakt bezog sich lediglich auf das Studium.«

»Sie haben sich mit ihr nie außerhalb des Universitätsbetriebs getroffen?«

»Was hat das mit meinem grundsätzlich professionellen Kontakt zu ihr zu tun?«, konterte Oderberg.

»Haben Sie sich mit ihr getroffen oder nicht?«

»Mag sein, ja. Aber dabei ging immer nur um Studienfragen«, erwiderte Oderberg ein wenig gereizt.

»Beantworten Sie die Frage bitte mit Ja oder Nein.«

»Ja, wir haben uns einige seltene Male getroffen. Meistens in einem Café in der Leopoldstraße.«

»Sagte Ihnen Frau Wieland bei dieser Gelegenheit, dass sie einen Hang zu älteren Männern hätte?«

Oderberg hob den Kopf. Der Verdacht, dass ihm hier eine Falle gestellt wurde, stand ihm ins Gesicht geschrieben.

Vor Oderbergs Vernehmung hatte Alain ein Telefonat mit der Ministerin geführt. Es war Svea verboten, lange zu sprechen, daher hatte er konkret und knapp gefragt. Ihre Antworten kamen prompt. In Wien sei es mit Oderberg zu keinem tiefer gehenden emotionalen oder sexuellen Kontakt gekommen, obwohl sie selbst nichts dagegen gehabt hätte. Svea gab zu, dass sie in erotischer Hinsicht den klassischen Vater-Typ bevorzuge. Ihr eigener Vater habe stets durch Abwesenheit geglänzt, und so sei sie, psychologisch gesehen, wahrscheinlich auf der Suche nach Ersatzvätern gewesen.

»Ich wiederhole, mein Verhältnis zu Frau Wieland war damals und ist heute rein professioneller Natur«, fuhr Oderberg schärfer fort. »Ich bin lediglich hier, um Fragen zu den Attentaten zu beantworten.«

Salma rollte näher an das Mikrofon heran. »Mit Ihrer bekannten Haltung zur Sicherheits- und Verteidigungspolitik stehen Sie in diametralem Widerspruch zu dem umfassenden Friedenskonzept, das die Verteidigungsministerin seit ihrem Amtsantritt verfolgt.«

»Wir alle wollen den Frieden, jeder von uns«, entgegnete Oderberg. »Welcher vernünftige Mensch würde sich nicht für den Frieden einsetzen?«

»Zum Beispiel der Vorstandsvorsitzende der Rüstungs- und Waffenindustrie?«

Er lächelte, doch es war ein selbstherrlicher Ausdruck. »Eine Welt ohne Waffen, wie sie in futuristischen Romanen gern beschrieben wird, existiert nicht. Der aktuelle Kriegsschauplatz in der Ukraine liegt kaum zweitausend Kilometer von Berlin entfernt. Zweieinhalb Flugstunden von Deutschland entfernt befindet sich Syrien, das seit Jahren einen erbitterten Stellvertreterkrieg erlebt. Der Iran, dreitausend Kilometer Luftlinie von uns entfernt, hat das internationale Nuklearabkommen aufgekündigt. Eine Rakete, in Teheran abgefeuert, hat eine Geschwindigkeit von elf Kilometern pro Sekunde. Sie würde in weniger als zehn Minuten in Berlin einschlagen. All das sind Kriege, die nicht irgendwo weit entfernt stattfinden, nicht in Vietnam, nicht in Zentralafrika, sondern im Vorgarten der Europäischen Union. Wie schnell Konflikte sich ausbreiten können, haben wir an den Ereignissen rund um die Flüchtlingskrise gesehen. Menschen, deren Nationalität für die Deutschen bis dahin keine Bedeutung hatte, wurden plötzlich in unseren Nachbarhäusern einquartiert. Fremde Sprachen, Hautfarben, Religionen tauchten in Sichtweite unserer Bürger auf. Aggression, die aus Angst entsteht, ist ein hochexplosives Gemisch.« Oderberg fuhr sich über die Stirn, als ob er einen Schweißtropfen abwischen wollte. »Das alles ist kein düsteres Szenario von jemandem, den Sie zu den Falken zählen, das ist die Wirklichkeit, in der wir leben. Mit dieser Wirklichkeit muss eine ausgewogene Sicherheitspolitik umgehen. Ein militärischer Führer, der seine Waffen freiwillig aus der Hand legt, gibt die Sicherheit des Landes aus der Hand. Eine Ministerin, die technologische Entwicklungen in der Rüstungsproduktion verschläft, braucht sich nicht zu wundern, wenn die Bundeswehr veraltet ist.« Oderberg wandte den Blick in die Kamera. »Ich bin fundamental gegen das Konzept der amtierenden Ministerin, weil ich es für falsch halte. Gleichzeitig finde ich die Attentate auf das Leben von Svea Wieland verabscheuungswürdig und hoffe, dass die Täter rasch gefunden und streng bestraft werden. Ich persönlich spreche Svea Wieland mein tief empfundenes Mitgefühl aus und …«

»Herr Oderberg«, unterbrach Alain ihn freundlich. »Sie geben hier kein Statement im Mittagsjournal ab.«

»Sicher, natürlich, ja.« Oderberg besann sich. »Was ich im Grunde sagen wollte …«

»Warum lassen Sie mich nicht einfach meine Fragen stellen, und Sie antworten?«

Oderberg faltete die Hände auf dem Tisch. »Selbstverständlich. Deshalb bin ich ja hier, und zwar freiwillig, wie ich nochmals betone.«

»Wie ist Ihr persönliches Verhältnis zu dem polnischen Staatsbürger Nikolaj Wiśniowiecki?«

Das rote Auge der Kamera glühte. Curt Oderberg zog die Luft durch die Nase ein.

»Nikolaj und ich sind befreundet.«

Alain schaltete die Kamera ab. Salma aß einen Keks und trank Orangensaft, um ihren Blutzuckerwert stabil zu halten.

»Von nun an wird Oderberg Svea Wieland brauchen«, sagte Alain. »Er braucht sie wie einen Bissen Brot. Sie ist die neue Lichtfigur der deutschen Politik. Die Industrie, deren Interessen Oderberg vertritt, ist von ihren Aufträgen abhängig. Mit einem Schlag wurde der BDSV-Chef von einem mächtigen Gegner zu einem Bittsteller.«

»Schlimmer noch.« Salma trank. »Oderberg kennt alle mutmaßlichen Täter persönlich. Er ist gezwungen, seine eigene Haut zu retten. Ich glaube, wenn er sich nicht derart in die Enge gedrängt fühlen würde, hätte er den Canossagang zu uns bestimmt nicht angetreten.«

Alain stand auf. »Curt Oderberg, ein Gejagter. Wer hätte das gedacht?«

23
Der Herr behüte deine Seele

Onkel Chaijm stand als Rabbiner der Berliner Gemeinde Sukkat Schalom vor. Die kleine Synagoge lag unweit des Lietzensees in Charlottenburg, wo er die Gottesdienste nach egalitär-reformiertem Ritus abhielt. Heute hatte sich die Familie jedoch nicht in der Synagoge versammelt. Im Nachbargebäude des Gotteshauses wurde ein Außenfahrstuhl installiert. Zur Verankerung der Gleitschienen mussten tiefe Schächte in das Mauerwerk getrieben werden, seit Tagen machte der Lärm jede innere Einkehr und jedes Gebet unmöglich. Die Trauernden waren in Helenes Wohnung ausgewichen, und so wirkte das Zusammentreffen mehr wie ein Familienfest, wie sie zahllos in diesen Räumen gefeiert worden waren. Caspar hatte an vielen davon teilgenommen.

»Die Seele lasse durch ein Fenster entweichen«, sagte der Rabbiner. »Respektvoll behandle den Körper. Überantworte ihn der Erde, bevor einmal vierundzwanzig Stunden verstrichen sind.«

Der Tod war im Judentum eine schlichte Sache. Der Leichnam wurde in die *Tachrichin* gehüllt, die Totenkleider, ihm wurde sein Gebetsmantel umgelegt. Wo Sargpflicht bestand, wurde er in einen schlichten Sarg gebettet, damit er, wie der Glaube verhieß, *zu den Vätern versammelt werde*. Unter den Kopf legte man ein Säckchen mit Erde aus dem gelobten Land. Man betete aus den Psalmen. Das Judentum kannte keine Aufbahrung, keine Einbalsamierung, Feuerbestattung war verboten. Staub war der Mensch, und zum Staube sollte er zurückkehren.

In Caspars Fall war das unmöglich. Er konnte nicht in die Totenkleider gewandet und in keinen Sarg gelegt werden. Er wurde obduziert. Es war nicht bekannt, wann der Körper von der Gerichtsmedizin freigegeben werden würde. Caspar befand sich nicht hier, auch Helene nicht. Und gerade weil diese beiden heute fehlten, war der Tod im blauen Salon gegenwärtig.

Man hatte Helene den Tod ihres Enkels verschwiegen. Falls sie ihm bald folgen sollte, konnte ihr dieses Leid erspart werden. Sollte Helene unter ihnen bleiben, würde Onkel Chaijm sie zu späterer Gelegenheit einweihen.

An diesem sonnigen Septembernachmittag saß Alain auf dem Sofa im grünen Zimmer. Er trank Großmutters Portwein und wurde von seiner Schuld so tief niedergedrückt, dass er an der Zeremonie nur auf Distanz teilnehmen konnte. Sein Kopf war auf die Brust gesunken, er sah nicht, was im Nebenzimmer geschah, er sah seine Knie und seine Füße. Die Schuhe waren staubig, er hatte vergessen, sie zu polieren.

Als menschliche Zielscheibe hatten die Różańskis Caspar in ihrem Haus zurückgelassen. Als Sündenbock, dachte Alain. War eine größere Hinterlist, eine schlimmere Gemeinheit denkbar?

Wie sehr hatten sich die Liebermanns gefreut, als Caspar ihnen verkündete, er wolle mit Isabel eine feste Beziehung eingehen und fortan in Potsdam, der feinen, eleganten Landeshauptstadt leben. Alle gratulierten ihm. Nur Helene, die Matriarchin, schloss sich den Glückwünschen nicht an. Sie hatte ihm von der Verbindung mit Isabel abgeraten. Natürlich wusste die Großmutter nichts über die mörderischen Absichten der Różańskis, doch sie erfasste instinktiv, dass Caspar im Grunde genau das Leben führte, das seinem Charakter entsprach: ein stilles, manchmal einsames Leben. Gerade in seiner Unfähigkeit, sich in das Treiben der Welt zu werfen, lag sein Glück. Caspar war ein lausiger Schauspieler und als Bauchredner zum Davonlaufen. Dabei hatte er nie begriffen, dass allein in seiner Sehnsucht, vor ein Publikum zu treten, schon die Erfüllung lag. In seinem unerfüllten Traum vom Theater fand er Glück und Freude.

Dem Rat der Großmutter zum Trotz, hatte Caspar diesen Traum zerstört und ihn gegen die Realität eingetauscht. Eine reale Beziehung wollte er führen, in einer saturierten Kleinstadt Wurzeln schlagen. Nichts davon konnte gut gehen. Helene, bei der er sonst immer Rat und Hilfe fand, war nicht da, um ihn zu retten. Sie hätte besser als Alain verstanden, dass Caspar, der unausgesetzt schwarzmalte, diesmal mit seiner Schwarzmalerei ins Schwarze traf. Mit perfidem Fingerspitzengefühl hatten die Różańskis ihn als ihre Tarnung ausgewählt. Ein polnisches Paar, das gegenüber der Verteidigungsministerin einzog, hätte zu viel Verdacht erweckt. Die Sicherheitsprüfung wäre in diesem Fall eingehender ausgefallen als der wohlmeinende Securitycheck durch Alains Team. Als unschuldige Taube, die von den Falken ablenken sollte, war Caspar in das Haus am Heinz-Rühmann-Weg gelockt worden.

Nun musste Alain zurückschlagen und wusste zugleich, dass seine Handlungen nicht von Rachegedanken bestimmt sein durften. Nüchtern und vorbehaltlos sollte er ermitteln. Konnte er nüchtern sein, wenn es um jene ging, die Caspar auf dem Gewissen hatten? Angesichts der Geschehnisse wirkte die professionelle Objektivität, die man von ihm erwartete, wie ein Hohn.

Alain war gescheitert. Wer scheiterte, musste die Konsequenzen ziehen. Vor zwei Stunden hatte er dem Direktor mitgeteilt, dass er von dem Fall abgezogen zu werden wünsche. Der Direktor hatte verhalten reagiert, er wollte sich erst mit den Kollegen vom BKA abstimmen. Das BKA war einverstanden, die Sache zu übernehmen. Doch zur allgemeinen Überraschung hatte ausgerechnet die Ministerin widersprochen. Umsonst hatte der Direktor Alains persönliche Involvierung erwähnt, seinen Mangel an Objektivität, der nach dem Tod seines Cousins zu erwarten sei. Svea Wieland hatte um ein Gespräch mit Alain gebeten. Das Treffen sollte heute Abend stattfinden, in Sveas Diensträumen im Bendlerblock. Drei Stunden blieben Alain noch bis dahin.

Langsam, vorsichtig stand er auf, wie jemand, der erst prüfte, ob seine Beine ihn trugen, und kehrte in den Kreis der Familie zurück. Sie beteten Psalm 121: *»Der Herr behüte deine Seele, er behüte deinen Ausgang und Eingang von nun an bis in Ewigkeit.«*

***

Diesmal trug Alain nichts bei sich, keinen Laptop, keine Aktenmappe, gar nichts. Er nickte Stabshauptmann Eggers zu und ging in Svea Wielands Büro. Sie erwartete ihn stehend und hielt sich dabei an einem Infusionsständer fest.

»Wieso hat man Sie schon entlassen?«, fragte er, berührt von diesem Anblick.

»Das hat man nicht«, antwortete sie ungewohnt leise. »Ich habe darauf bestanden. Heute Nacht schlafe ich wieder in der Klinik. Morgen muss ich noch mal operiert werden.«

Er bemerkte, dass ihr rechtes Bein geschient war, was der halblange Rock verdeckte.

»Helfen Sie mir.« Sie wollte zur Besuchercouch.

Alain stützte die Ministerin. Den Ständer mit der Infusion rollte sie neben sich her.

»Wieso treffen wir uns im Bendlerblock?« Er nahm gegenüber Platz.

»Wenn es jemals eine Zeit gab, in der ich nicht sinnlos im Bett rumliegen kann, dann jetzt.«

»Können Sie denn Ihre Amtsgeschäfte schon wieder führen?«

»Bitte verschonen Sie mich mit Ihrem Mitleidston.« Sie sah ihn mit einem Blick an, der an ein Raubtier erinnerte, das nicht hungrig genug war, um Beute zu machen. »Sie wissen so gut wie ich, was derzeit abgeht. Die einen glauben, ich wäre geschwächt, daher sei jetzt der beste Zeitpunkt, über mich herzufallen. Die anderen starren auf meine Umfragewerte und wollen sich bei mir einschleimen. Die vom Heer warten ab. Die von der Partei antichambrieren. Die Medien behandeln mich wie Deutschlands beliebtestes Bomben-Model. Vom Krankenbett aus kann ich diese multiple Situation unmöglich handeln.«

Alain wollte nicht zeigen, dass er beeindruckt war. Er war es. »Sie wollten mich sprechen, Frau Minister.«

»Ja, Herr Liebermann. Ich möchte Ihnen sagen, wie leid mir der Tod Ihres Cousins tut. Wenn Sie meinen Fall aus diesem Grund tatsächlich abgeben wollen, würde ich das verstehen.«

Überrascht richtete er sich auf. »Aber ich dachte, Sie hätten mich hergebeten, um …«

»Um Sie zu überreden, dranzubleiben? Weshalb sollte ich das tun?« Ein kurzer Schmerz ließ sie zusammenzucken. »Es gibt andere, die Ihren Job zu Ende bringen werden. Schließlich ist der Fall gelöst.«

»Ist er das?«

»Lange wird Interpol wohl nicht mehr brauchen, um die Różańskis zu stellen. Man wird auch Wiśniowiecki finden. Man wird die Täter in die Mangel nehmen und ihre Hintermänner und Auftraggeber entlarven. Den Rest übernimmt der Staatsanwalt.«

Alain betrachtete die krampfhaft aufrechte Position der verletzten Frau. »Sie scheinen sich keine Sorgen zu machen, dass so etwas noch einmal geschehen könnte. Sie sind zweimal, nein, dreimal knapp mit dem Leben davongekommen, Frau Wieland. Wieso perlt das an Ihnen ab, als ob man Ihnen bloß die Brieftasche gestohlen hätte?«

Sie verengte die Augen. »Was erwarten Sie von mir, Alain? Heulen und Zähneklappern?«

»Sie sind kein Actionheld«, gab er zurück. »Sie sind eine Frau.«

Svea musterte ihn mit sonderbarem Ausdruck. »Ich könnte Ihnen eine Menge Beispiele nennen, wie Frauen sich in Ausnahmesituationen benehmen. Im Bürgerkrieg, im Bombenhagel, wenn ihre ganze Familie ausgelöscht wird. Die Berichte von solchen Frauen aus Syrien, aus dem Jemen oder dem Hindukusch landen auf meinem Schreibtisch. Lassen Sie mich meinen Job machen, Alain, und machen Sie den Ihren. Ich habe eine Partei zu führen, und ich trage Verantwortung für die Bundeswehr. Jemand will mich umbringen, also werde ich von nun an nachts nicht mehr zum Rauchen auf die Straße gehen. Sie trauern um Ihren Cousin, Alain. Auch ich habe Menschen verloren. Drei Männer sind für meine Sicherheit gestorben. Harald, der in Babelsberg getötet wurde, wollte kommenden Monat heiraten. Bevor Sie reingekommen sind, war ich im Begriff, den Beileidsbrief an seine Verlobte zu schreiben.«

Alain senkte den Kopf. »Sie haben recht. Entschuldigen Sie. Wie geht es Kadou Hauser?«

»Er ist operiert worden, glaube ich.« Mit einem Mal bekam ihr Gesicht einen erschöpften Ausdruck. »Überall Verletzungen, Todeswunden, Wunden der Seele.« Ihr Blick fiel auf die farblose Flüssigkeit, die aus dem Infusionsbeutel tropfte. »Wie muss das für einen Feldherrn sein, der verantwortlich dafür ist, dass solche Wunden in die Zehntausende gehen?«

»Ihr Urgroßvater war Feldherr, Frau Wieland. Und in gewisser Weise sind Sie das auch.«

»Was wollen Sie damit sagen?«

»Vor ein paar Monaten waren Sie im De'Lorion-Institut eingeladen. Sind Sie damals nicht auf die Idee gekommen, auf das Grundstück Ihres Urgroßvaters hinüberzugehen?«

»Nein. Warum hätte ich das tun sollen?«

»Als Reminiszenz vielleicht? Sie kennen Nikolaj Wiśniowiecki, nicht wahr?«

»Flüchtig. Wir wurden einander vorgestellt.« Sie stutzte. »Was bringt Sie auf diese Idee?«

»Seine Familie war mit Ihrem Urgroßvater befreundet. General Wieland hat veranlasst, dass die Parzelle auf Schwanenwerder an die Wiśniowieckis fiel.«

»Soweit ich weiß, wollte der General lediglich vermeiden, dass das Anwesen den Amerikanern in die Hand fällt. Aber was hat das mit den Anschlägen auf mich zu tun? Sie sprechen von Ereignissen, die achtzig Jahre zurückliegen.« Svea wirkte mit einem Mal gereizt.

»Möglicherweise hat das Boot, auf dem die Bombe ferngezündet wurde, die Sie töten sollte, vom Grundstück der Wiśniowieckis abgelegt.«

Svea legte die Fingerspitzen aufeinander. Mehrere Sekunden vergingen, bevor sie antwortete. »Vielleicht sollten Sie diesen Fall tatsächlich abgeben, Alain.«

»Weil ich eine Spur verfolge, die Sie für unerheblich halten?«

»Weil Sie in Betracht ziehen, dass die Attentate auf die deutsche Verteidigungsministerin in Zusammenhang mit einem längst verstorbenen Nazi-General stehen könnten. Sagen Sie selbst, wie klingt das in Ihren Ohren?«

Alain fuhr sich über die Lippen. »Geben Sie mir bitte bis morgen Zeit, Frau Minister. Ich möchte noch einmal darüber schlafen, ob ich den Fall abgebe.«

»Ich wollte, ich könnte jetzt schlafen gehen«, seufzte sie.

Alain verabschiedete sich. Als er die Tür öffnete, war Stabshauptmann Eggers schon zur Stelle.

»Kommen Sie rein, Eggers«, sagte Svea vom Sofa aus. »Helfen Sie mir zum Schreibtisch.«

Im Hinausgehen beobachtete Alain, wie der Stabshauptmann den Infusionsständer neben der Ministerin herrollte. Sie kehrte an ihren Arbeitsplatz zurück.

24
Das Streichholz

Fürst Nikolaj Wiśniowiecki wäre gerne Sänger geworden. In früheren Jahren war sein Tenor voll und rund gewesen, dabei silbern hell. Er hätte gewiss keinen Siegfried singen können, auch keinen Almaviva, aber einen Tamino hätte er gewiss bewältigt. Sein innigster Wunsch war es, einmal die Rolle des Sängers im *Rosenkavalier* zu übernehmen, eine wunderbare Tenorpartie. Richard Strauss hatte Tenöre gehasst, kaum ein Werk von ihm, in dem er eine nennenswerte Rolle für sie komponierte. Doch im ersten Akt des *Rosenkavaliers* ließ er einen Sänger auftreten, der die Marschallin während ihres Frühstücks unterhalten und eine Kantate aus frühitalienischer

Epoche vortragen durfte. Die Arie war schwierig zu singen, doch Nikolaj hatte sie gemeistert.

Während ihm Flüssigkeit über das Gesicht rann, fielen ihm die Worte der Arie wieder ein. »*Di rigori armate il seno, contro amor mi ribellai* ...«

Nikolaj wandte den Kopf. Raina war tot. So sahen Menschen aus, wenn sie tot waren, er hatte es bei seiner Mutter beobachtet, als sie starb, auch bei seinem Onkel, der bei einem Jagdunfall ums Leben gekommen war. Nikolaj fragte sich, weshalb er nicht mehr fühlte. Raina hatte ihm viel bedeutet, wenngleich seine große Liebe eine andere gewesen war: Christine, eine deutsche Schauspielerin. Nur einen Sommer lang waren sie ein Paar gewesen, dann hatte sich Christine für einen anderen entschieden, einen einflussreichen Mann, der ihretwegen seine Frau verließ. Nikolaj hasste diesen Mann. Doch auch Hass war manchmal ein Gefühl, das Menschen zusammenbrachte, so wie ihn und die verlassene Frau jenes Mannes. Er war immer wieder überrascht, wie das Leben oft Bögen weiterführte und Kreise schloss.

»*Ma fui vinto in un baleno*«, sang Nikolaj leise. »*In mirar due vaghi rai.*« Wenn er seinem Namen als Sänger Ehre gemacht hätte, wäre sein Leben bestimmt glücklicher geworden. Die Flüssigkeit brannte in seinen Augen, überall war es nass, er begann zu frieren. Der Herbst kam früh in diesem Jahr, die Feuchtigkeit, die Kälte kroch überall herein. Das Gut auf Schwanenwerder war eine Bürde, er hätte es längst abstoßen sollen. Von November bis April war das alte Gemäuer kaum zu beheizen. Die Backsteinmauern zogen die Feuchtigkeit an, es schien unmöglich, ohne Bronchitis durch den Winter zu kommen. Er hasste dieses Haus, er hasste Christines neuen Mann.

»*Ah! che resiste puoco, cor die gelo a stral di fuoco*«, sang er, doch seine Stimme erstarb. Neben dem Autofenster tauchte ein Mann im braunen Mantel auf und beugte sich zu Wiśniowiecki. Nikolaj kannte diesen Mann. »Helfen Sie mir!«, sagte er. »Ich bin eingeklemmt.«

Der Mann betrachtete die dunkle Spur der Flüssigkeit, die aus der Benzinleitung über Nikolaj sickerte. Der Bentley lag auf dem Dach.

Nikolaj dagegen erschien es, als ob der Mann da draußen auf dem Kopf stehen würde. »Ich habe gar keine Schmerzen«, sagte Wiśniowiecki erstaunt.

»Das ist gut.« Der Mann zog einen Gegenstand aus der Tasche.

Nikolaj sah nicht sofort, was es war. »Könnten Sie bitte einen Krankenwagen rufen?«

»Das mache ich gleich.« Der Mann sah sich im Wagen um, entdeckte eine Kleenexbox im Fond des zertrümmerten Bentley und zog ein Tüchlein heraus.

»Mit Kleenex wollen Sie meine Blutung stillen?« Nikolaj fühlte so etwas wie ein Lachen aufsteigen.

Der Mann nahm ein Streichholz aus der Schachtel, strich es an und hielt die Flamme an das Papier.

»Vorsicht. Ich glaube, dass hier irgendwo Benzin ausläuft«, sagte Wiśniowiecki.

Mit der freien Hand schützte der Mann sein Gesicht. Mit der anderen warf er das brennende Kleenex in den Bentley.

Di rigori armate il seno … dachte Nikolaj, während das Feuer rund um ihn hell zu lachen begann.

***

Alain und seine Großmutter saßen eng umschlungen in Helenes Krankenbett. Sie sahen fern. Sie hätten nicht mehr Spaß haben können, wenn im Fernsehen eine Folge von *Bezaubernde Jeannie* gelaufen wäre. An regnerischen Nachmittagen hatte die Großmutter Alain immer die Abenteuer des hübschen blonden Flaschengeistes gucken lassen, die heile Welt der Amerikaner. Auch im aktuellen Programm schlüpfte ein Flaschengeist überraschend an die Öffentlichkeit, allerdings ein holländischer.

»Das heißt, Sie mussten diese junge Frau, sie heißt übrigens Annalena Vermeulen, sie mussten Annalena über einen überhängenden Grat dreißig Meter in die Höhe *tragen?* Geht das überhaupt?«, fragte Lanz in der Wiederholung der Talkshow. Der Flachbildschirm verfügte über HD-Auflösung. Man sah allzu deutlich, dass sogar Lanz älter wurde.

»Eigentlich wären zwei Männer dafür erforderlich gewesen«, antwortete Peter von Barnuth. »Einer, der von unten sichert, der andere zieht die Verunglückte hoch.«

»Sie waren aber allein«, half Lanz weiter. »Konnte Annalena Ihnen Hilfestellung leisten?«

Alain stieß Helene sanft an. »Die machen das ziemlich geschickt.«

»Was machen die geschickt?« Ihr Kopf mit den stahlgrauen Locken lag an seiner Schulter. Sie schob die Prismenbrille hoch, die ihr von der Nase zu rutschen drohte.

»Sie zeigen die entscheidenden Ausschnitte der Talkshow noch einmal. Damit nageln sie von Barnuth als Lügner fest.«

»Was haben Sie getan?«, fragte Lanz seinen Gast weiter.

»Ich habe mir Annalena auf den Bauch gebunden.«

Hier fror das Bild ein. Die Moderatorin des Boulevard-Magazins kam ins Bild. »Wie Annalena Vermeulen gestern zugab, ist sie keine alpine Anfängerin, wie Herr von Barnuth stets behauptet hat, sondern eine erfahrene Bergsteigerin, die sämtliche europäischen Viertausender bezwungen hat. Die Niederländerin räumte gegenüber einer deutschen Ermittlungsbehörde ein, dass die Rettungsaktion auf der Höllentalspitze mit Peter von Barnuth abgesprochen gewesen sei.«

»Eine deutsche Ermittlungsbehörde?«, lachte Alain. »Weißt du, wer das sein soll? Das sind wir, das MES! Genau genommen, war das Manfred. Er hat die Holländerin aufgespürt und ihr die Wahrheit über die Lügenstory aus der Nase gezogen. Soll ich dir erzählen, warum?« Alain setzte sich bequemer hin. »Curt Oderberg kam für eine Aussage zu uns ins LKA. Ich habe mich noch gewundert, warum. Am selben Tag hat Peter von Barnuth in den Medien wieder gegen die Verteidigungsministerin gewettert. Sein Hauptargument war, dass eine schwer verletzte, traumatisierte Frau besser nicht das deutsche Heer befehligen sollte, nachdem sie bei ihrer eigenen Sicherheit so massiv gescheitert war. Salma und ich haben uns gefragt, welchen Vorteil von Barnuth daraus ziehen könnte, dem Liebling der Deutschen ausgerechnet jetzt ans Bein zu pinkeln. Salma hatte die Theorie, dass von Barnuth die Ministerin gar nicht angreifen wollte, sondern ihr möglicherweise ein Angebot gemacht hat. Sollte sie eines Tages zu höheren Ehren berufen werden, wäre es ein kluger Schachzug, ihn, von Barnuth, den schneidigen Bergsteiger, der Frauen vor dem Abgrund rettet, in die neue Regierung zu berufen. Wir haben beschlossen, an dem Punkt tiefer zu graben. Deshalb habe ich Nummer achtzehn auf von Barnuths Heldenstory angesetzt. Das Ergebnis war sogar noch spektakulärer, als wir gehofft hatten.«

»Schscht«, machte Helene. »Lass mich die Sendung weitergucken.«

Die TV-Moderatorin war inzwischen vor eine Landschaftsfotografie getreten, die die Absturzstelle der Holländerin zeigte. »Herr von Barnuth und sein Bruder stiegen mit ihrem Privathelikopter auf, damit sie, wie sich mittlerweile herausgestellt hat, von der Bergwacht bei ihrer Rettungsaktion nicht gestört würden. Peter von Barnuth transportierte die Holländerin tatsächlich mit einer Kletterschlinge aus der Gefahrenregion, hatte dabei aber Hilfe von Annalena Vermeulen. Alles sollte spontan wirken, war aber in Wirklichkeit ein abgekartetes Spiel.« Die Moderatorin holte zum entscheidenden Schlag aus. »Mit dieser Aktion dürfte Peter von Barnuth als der neue Lügenbaron in die Annalen deutscher Hochstapler eingehen.«

Musik, Abblende, Werbung und ein Programmhinweis auf das *ZDF spezial* über den Rücktritt von Elisabeth Rath.

Alain schaltete ab. »Zuerst Elisabeth Rath, jetzt von Barnuth. Die politische Schlangengrube Berlins macht ihrem Ruf alle Ehre.« Er legte die Fernbedienung auf den Nachttisch.

Helene erwiderte nichts. Es wurde still im Zimmer.

»Wie fühlst du dich?«

»Müde fühle ich mich. Und alt. Zu alt.«

Er sah ihr Lächeln, spürte aber auch die Schwere ihres Gemüts.

»Es geht dir heute doch schon viel besser«, versuchte er, sie zu ermuntern.

»Na und? Noch ein Tag und noch ein Tag und noch ein Tag.« Sie schob die Brille hoch. »Wozu?«

Alain hätte nicht geglaubt, solche Worte je von seiner Großmutter zu hören. Er wollte aufstehen, doch sie hielt ihn an der Hand fest.

»Ich habe dich nicht traurig machen wollen, *Vegele*. Aber wenn du's genau wissen willst … Ich mag nicht mehr. Ich mag einfach nicht mehr. Das ist nicht schlimm, mein *Vegele*«, setzte sie hinzu, als sie seinen erschrockenen Blick sah. »Andere alte Schildkröten wie ich haben noch den Ehrgeiz, ihren hundertsten Geburtstag zu feiern. Aber wozu? Es gibt keine Medaille, wenn man hundert wird, nicht einmal einen Einkaufsgutschein bei Karstadt.« Sie schüttelte seine dicht behaarte Männerhand. »Ich kann mir vorstellen, dass ich bald gehen werde. Ist das für dich in Ordnung, *Vegele?*« Friedlich atmete sie aus.

Alain kämpfte mit den Tränen. Vielleicht aus Trauer, vielleicht aus Freude, weil seine Großmutter das Geschenk des Todes so friedvoll annahm.

Sein Telefon vibrierte auf dem Nachttisch.

»Ja?«, nahm er das Gespräch an. »Der Bentley? Wo? … Beide tot?« Alain sah Helene an.

***

Sie töten die Kuriere, dachte Alain. Sie töten diejenigen, die aussagen könnten. Töten sie damit auch die wahren Täter? Nach derzeitigem Ermittlungsstand wertete der Staatsschutz das Attentat auf dem Heinz-Rühmann-Weg als professionellen Anschlag eines Schläfers. Das Ehepaar Różański war noch nie aktenkundig geworden, nicht einmal wegen eines Bagatelldelikts. Dennoch stand fest, dass die Schüsse aus dem Haus der Różańskis abgegeben worden waren und das Paar die Flucht ergriffen hatte.

Alain umkreiste den Bentley. Die Kriminaltechnik arbeitete noch, er hielt den nötigen Abstand. Die Luxuskarosse war vollkommen ausgebrannt. Die Leichen waren, wie es im Polizeibericht heißen würde, bis zur Unkenntlichkeit verkohlt. Trotzdem bestand kein Zweifel über ihre Identität. Die Karosserie war an einer Seite eingebeult. Man würde an der Stoßstange des gegnerischen Unfallfahrzeugs also Lackspuren des Bentley finden, sofern derjenige, der es wie einen Unfall aussehen lassen wollte, ein Anfänger sein sollte. Doch dieser Täter war kein Anfänger.

Die Kriminaltechnikerin teilte Alain die Fakten mit, Unfallzeit, mögliche Unfallursache, das Fehlen von Bremsspuren, das Fehlen von Augenzeugen auf dieser Landstraße südlich von Berlin. Alain bedankte sich. Zu Fuß machte er sich auf den Weg entlang jener Straße, die eingebettet zwischen zwei Hügeln lag. Das war eine Besonderheit. In dieser Gegend gab es sonst weit und breit nur flaches Gelände.

Alain fühlte sich von der Landschaft Brandenburgs nur selten angesprochen. Geboren in den französischen Alpen, hatte er immer in den Bergen leben wollen und sah sich doch im Flachland festgenagelt. Von einigen Ausnahmen abgesehen, gab es bei den Preußen nichts als Ebene. Neunzig Prozent des Bildes bestanden aus Horizont. Wer brauchte so viel Himmel?

Schritt für Schritt entfernte sich Alain vom Unfallort, vom Tatort. Er stieß einen Kiefernzapfen beiseite. In Brandenburg wuchsen vorwiegend Kiefern und Eichen, weil der Boden sandig war, nur dünn mit Gras bedeckt.

Die Sahara Deutschlands, dachte er. Die Erhebungen rechts und links mochten eiszeitliche Moränenhügel sein, brandenburgischer Sand, den die Eismassen vor zehntausend Jahren zu Hügeln aufgeschoben hatten. Was mochte Nikolaj Wiśniowiecki in dieser Gegend gewollt haben? Warum hatte er ausgerechnet diese Strecke genommen? Wo mochte sein Ziel gelegen haben?

Es war nicht ungefährlich, an dieser Straße entlangzulaufen, weil es keinen Fußweg gab und die Autos allesamt zu schnell fuhren. Die Gefahr bestätigte sich an der nächsten Eiche. Ein verwittertes Holzkreuz zierte den Baum, daneben Plastikblumen und ein Mädchenschleier, den Regen und Frost längst zerfressen hatten. *Im Gedenken an* war in das Kreuz geritzt, den Namen konnte man nicht mehr lesen. *Im Gedenken an*, dachte Alain. Eine lange Reihe von Toten. Kleist, der Mann vom BKA, der Fahrer des Ministerfahrzeugs, Yousef Najjar, der zu viel gesehen hatte, genauso der Personenschützer, der in Babelsberg gestorben war, auch Caspar Liebermann, der Unglücksvogel, und zuletzt Nikolaj Wiśniowiecki. War der Fürst vielleicht genauso ein Sündenbock wie Caspar? Hatte Caspar nur ein Zivilopfer dargestellt, wie es in jedem Krieg viele gab? Denn es herrschte Krieg, und der Fall war noch nicht gelöst. In diesem Punkt täuschte sich Svea Wieland.

Die Fahndung nach den Różańskis wurde fortgesetzt, doch es bestand die Möglichkeit, dass man nur noch ihre Leichen finden würde. Jemand tötete die Kuriere.

Alain hatte den Ausgang des Tales erreicht. Hinter der nächsten Biegung öffnete sich eine schnurgerade Straße, das war Brandenburg in seiner beschaulichen Langweiligkeit. Alain wollte umkehren, zurück zum Tatort, doch zuvor erklomm er den Hügel zu seiner Linken. Er kam ins Keuchen, seine körperliche Belastbarkeit war beschämend. Er stützte beide Hände auf die Knie, bis sein Atem sich beruhigte, und schaute übers Land. Er sah viel Himmel, er sah Vögel dahinziehen. In der Ferne entdeckte er etwas, das ihm half, sich zurechtzufinden. Jetzt wusste Alain, wo er war. In diesem Augenblick sah er mehr, er sah weiter.

25
Sagt der Schmerz

Alain wollte hochfahren, doch der Schmerz ließ das nicht zu.

»*Lieg still*«, sagte der Schmerz. »*Bewegung hilft dir nicht. Aufregung hilft dir noch weniger. Wir beide, du und ich, werden nun eine Weile beisammen sein.*«

Alain gehorchte dem Schmerz. »Wo bin ich?«

»*Du bist bei mir*«, antwortete die Dunkelheit. »*Mehr weiß ich nicht. Der Schmerz weiß mehr, warum fragst du nicht ihn?*«

Alain lag still und atmete so ruhig wie möglich. Sein Blutdruck musste niedrig sein, denn er fühlte sich unglaublich müde.

»*Sicherheitscheck?*«, fragte der Schmerz scherzhaft. »*Du kontrollierst deine lebenserhaltenden Systeme. Du willst die Kontrolle über dich zurückerlangen? Wie umsichtig von dir. Dann check mal das*«, sagte er mit plötzlich veränderter Stimme.

Alain hörte jemanden schreien, und wer da schrie, das war er selbst.

»*So viel zum Thema Selbstkontrolle*«, meinte der Schmerz schmunzelnd.

Alain sah ein, dass es das Beste war, ruhig liegen zu bleiben, bis er neue Befehle bekommen würde.

Dort regte sich noch jemand. In seiner Einsamkeit, in seinem Unverständnis entdeckte Alain eine Gestalt, die auftauchte und verschwand und wieder auftauchte.

»Wie war das eigentlich mit Diana?«, fragte er die Gestalt. »Warum ist sie gestern nicht gekommen?« Alain lauschte in die Dunkelheit.

»*Das weiß ich nicht*«, antwortete die Erinnerung. »*Ich kenne Dianas Erinnerungen nicht, aber deine kenne ich ziemlich gut. Zum Beispiel, dass du als Junge von acht Jahren wütend wurdest, weil der Bauer eine junge männliche Ziege geschlachtet hat. Du hattest diesem Böckchen sogar einen Namen gegeben.*«

Alain nickte. »Manitou. Ich habe die Ziege Manitou genannt.«

»*Überall auf dem Land werden die Böcke geschlachtet, bevor sie geschlechtsreif werden*«, fuhr die Erinnerung fort. »*Der Bauer hat euch Ziegenbraten serviert, ohne dir zu sagen, was du da isst. Alle zusammen habt ihr unter dem Kirschbaum gesessen. Du wurdest wütend, als deine Mutter sich verplapperte und du begriffen hast, woraus eurer Abendessen besteht.*«

»Ja, das weiß ich noch«, erwiderte Alain. »Aber das erklärt nicht, warum Diana und ich uns gestern verfehlt haben.«

»Warst du nicht überrascht, als sie dich so spät noch angerufen hat?«, fragte die Erinnerung.

»Nein, wir telefonieren häufig nachts. Aber gestern war sie verängstigt. Angeblich ist jemand um ihr Haus geschlichen.«

»Hier wird nicht getuschelt«, sagte der Schmerz und biss wieder zu.

Alain keuchte, er atmete rasch und hechelnd. Er versuchte, nicht zu schreien. Hätte er nicht besser schreien sollen, damit man ihn schneller fand? Wenn jemand ihn fand, konnte er ihm erklären, weshalb er in der Dunkelheit mit dem Schmerz sprach und weshalb die Erinnerung ihm Geschichten von vor dreißig Jahren erzählte.

»Du hast eine Injektion bekommen«, gab ihm die Erinnerung einen Hinweis. *»Die Wirkung ist, gelinde gesagt, der Hammer.«*

»Wer hat mir diese Injektion gegeben?«

»Derjenige, der dich statt Diana vor dem Lokal erwartet hat.«

»Hat er Diana etwas angetan?«, rief Alain. Der Schmerz bestrafte ihn augenblicklich für seinen Übermut. Hat er Diana etwas angetan?, dachte Alain stimmlos.

»Wer kann das schon sagen?«, antwortete die Erinnerung aus einiger Entfernung und zog sich zurück. Er sah sie in der Dunkelheit verschwinden. Auch die Dunkelheit schien an dem Gespräch nicht länger interessiert zu sein. Der Schmerz hielt sich versteckt. Alain schlief ein.

Als er diesmal erwachte, war er vorsichtiger und versuchte nicht, sich aufzusetzen. Er behielt den Kopf auf der harten Unterlage und rührte sich nicht. Der Schmerz schien anderweitig beschäftigt zu sein. Alain nützte die Gelegenheit und begann sich abzutasten. Zentimeterweise bewegte er die Finger der linken Hand, jederzeit darauf gefasst, dass der Schmerz wieder hervorschießen würde wie ein kläffender Hofhund. Die Finger seiner rechten Hand konnte er nicht bewegen. Vorsichtig führte Alain die linke Hand zur Rechten. Er spürte einen Verband, der bei den Fingerspitzen begann und an seinem Unterarm endete. Das war sonderbar, denn in der rechten Hand fühlte er keinen Schmerz. Allerdings spürte er etwas anderes, einen Gegenstand, ein kleines Ding aus Plastik, das seine rechte Hand umschlossen hielt. Der Verband darum war so fest angelegt, dass Alain diesen Gegenstand nicht loslassen konnte. Seine freie Hand begann Anfang oder Ende des Verbands zu suchen. Er wollte ihn abnehmen und sehen, was er da gezwungenermaßen festhielt. Seine linke Hand entdeckte ein Kabel, das unter dem Verband hervorkam, ein dünnes, zweipoliges Kabel, wie es bei LED-Lampen verwendet wurde. Alains Finger folgten dem Kabel und erreichten eine Vorrichtung, die er die ganze Zeit gespürt, aber noch nicht identifiziert hatte. Eine Jacke, nein, eine ärmellose Weste war es, wie er sie manchmal im Sommer trug, wenn das Wetter zu schön war, um auf dem Motorrad die dicken Ledersachen anzuziehen.

Er brauchte nicht lange, um Sinn und Zweck des Kleidungsstücks herauszufinden. Alain hatte so etwas schon gesehen und dessen Wirkungsweise studiert. Er hatte Einsätze geleitet, bei denen das MES den Auftrag hatte, Westen wie diese unschädlich zu machen. Alain verfügte über zwei Mann in seinem Team, die für diesen Job trainiert waren, unverheiratete Männer. Sie ließen die größte Vorsicht walten, waren mit dem modernsten Equipment ausgerüstet, trugen Anzüge und Helme, die durch Bleiplatten verstärkt waren, benutzten mobile Roboter und setzten trotzdem ihr Leben aufs Spiel. Denn die entscheidenden Handgriffe konnte ein Roboter nicht ausführen. Die Unterbrechung der Stromzufuhr, die Umgehung des Kontrollmechanismus, so etwas musste von Hand gemacht werden, von einer ruhigen Menschenhand. War die Hand nicht ruhig genug, wurde sie abgerissen und zerfetzt, so wie alles, was sich im Umkreis von mehreren Metern befand. Die beiden Männer des MES hatten keine Nummern, sie trugen Namen. Sie hießen *Susi* und *Strolch*. Das war natürlich lustig gemeint, und man lachte im MES immer wieder gern darüber. In manchen Situationen gab nur das Lachen die Fähigkeit, sich über den Irrsinn dieser Aufgabe hinwegzusetzen.

Alain wünschte sich, dass Susi und Strolch jetzt hier wären und ihren Werkzeugkoffer dabeihätten. Sie waren die Einzigen, die ihm helfen konnten. Wer Susi und Strolch bei der Arbeit zugesehen hatte, wusste, wie wenig nötig war, um Blitz, Feuer und Zerstörung auszulösen. Man brauchte dazu nur ein Handy. Jemand konnte kilometerweit entfernt sein und trotzdem auf den Auslöser drücken. So war die Bombe auf der Wannseebrücke gezündet worden. Nun hatte jemand vor, mit Alain das Gleiche anzustellen. Doch weshalb führte dann das Kabel unter dem Verband zu seiner rechten Hand? Warum war er gezwungen, einen Gegenstand aus Plastik festzuhalten? Hatte man den Bombenauslöser in seiner Hand platziert? Sollte er selbst die Detonation auslösen? Wozu all die Umstände, die Bombenweste, der Auslöser? Wenn man ihn loswerden wollte, hätte ein Druck aufs Handy genügt, und alles wäre vorbei.

Einen Ermittler vom Staatsschutz umzubringen, war sinnlos, überlegte Alain. Andere würden nachrücken und den Job zu Ende bringen. Einen Ermittler vom Staatsschutz in eine Selbstmordweste zu stecken, war ebenso sinnlos, sofern er bisher kein radikales oder verdächtiges Verhalten an den Tag gelegt hatte, zum Beispiel anzukündigen, dass er sich umbringen wollte. Alain war nicht suizidgefährdet, er war es nie gewesen. Oder doch? Zu einer bestimmten Zeit wäre er gern aus dem Leben geschieden. Er hatte Lea folgen wollen, seiner Frau, so wie Orpheus Eurydike in die Unterwelt. Manchmal hatte er darüber nachgedacht, wie es wäre, in der Wohnung seiner Großmutter vom Balkon zu springen. Er hatte sich vorgestellt, was er mit seiner Dienstwaffe anstellen könnte, wenn er allein zu Hause war und seinen Abschiedsbrief gut sichtbar auf der Anrichte platziert hätte. Doch wirklich ernsthaft hatte Alain selbst in dieser Zeit nie über Selbstmord nachgedacht, allenfalls kleine Selbstmordfantasien angestellt. Dann hatte er Diana kennengelernt, und jetzt, ein weiteres dreiviertel Jahr später, gefiel ihm sein Leben wieder. Wer würde also glauben, dass Alain Selbstmord begangen hätte, fragte er sich, noch dazu auf diese melodramatische Weise?

»Du stellst die falsche Frage«, sagte die Erinnerung, die sich in der Dunkelheit verborgen hielt. *»Stell die richtige Frage«*, ermunterte sie ihn. *»Du kennst sie. Du hast diese Frage schon einmal gestellt.«*

»Wirklich?«, erwiderte Alain neugierig. »Wem habe ich sie gestellt?«

»Deiner Freundin.«

»Diana?«

»Nein, deiner anderen Freundin«, entgegnete die Erinnerung. *»Streng dich an, oder muss ich alles allein erledigen?«*

»Die richtige Frage?« Vorsichtig bewegte Alain die Hand mit dem Ding darin, von dem er ahnte, was es sein könnte.

»Genau wegen jener Frage trägst du jetzt diese nicht allzu kleidsame Weste.«

»Habe ich Salma diese Frage gestellt?«

»Kluger Junge«, antwortete die Erinnerung.

»Was hat sie geantwortet?«

»Die Antwort liegt auf der Hand.« Die Erinnerung schmunzelte.

Alain wandte sich an den Schmerz. »Ich würde mich jetzt gerne aufrichten.« Er erhielt keine Antwort.

Alain richtete sich vorsichtig auf. »Danke sehr«, sagte er zum Schmerz.

»Keine Ursache.« Der Schmerz war kleiner geworden. Wenn Alain sich nicht täuschte, saß er dort auf einem Stuhl und baumelte gelangweilt mit den Beinen.

26
Fürchte dich nicht

»Nur zehn Minuten?«, fragte Salma gereizt. »Das ist nicht Ihr Ernst.«

Sie saß im Rollstuhl. Wenn Salma im Rollstuhl saß, war ihre Aggressionsschwelle gefährlich niedrig. In ihrer Vorstellung von sich selbst sah sie sich als Wesen, das imstande war, sich geistig aufzuschwingen, um kluge, blitzschnelle Dinge zu tun. Wie konnte Gott, an den ihr Vater sie gelehrt hatte zu glauben, ihren quicklebendigen Geist in einen Körper verbannen, der ihr den Dienst versagte?

Doch statt Gott für dieses Missverständnis verantwortlich zu machen, schnauzte Salma den Leiter der Nachtschicht in der Transplantationsabteilung für Schwerbrandverletzte an.

Der Arzt stammte aus Indien und arbeitete noch nicht lange in Deutschland. Zwischen neunzehn Uhr und sechs Uhr morgens war er für die sensible Abteilung der Brandopfer verantwortlich. Er nahm seine Aufgabe sehr ernst. »Der Patient hat zwei äußerst schwierige Operationen hinter sich«, sagte er mit jenem weichen, rollenden Akzent, der dem Sprecher etwas Kindliches verlieh. »Er ist höchstens für zehn Minuten ansprechbar.«

»Gucken Sie manchmal deutsches Fernsehen, Herr Doktor?«, fragte Velkan, der Salma hergebracht hatte.

»Natürlich. Wieso fragen Sie?«

»Dann haben Sie bestimmt mitbekommen, dass auf die deutsche Verteidigungsministerin drei Attentate verübt worden sind. Dieser Mann da drinnen hält etwas in seinem Kopf verschlossen, das uns zu den Tätern führen kann.«

»Ich habe davon gehört.« Der Doktor wurde zugänglicher. »Aber dieser Patient leidet unter starken Schmerzen. Ich darf ihn keinem zusätzlichen Stress aussetzen.«

»Eine halbe Stunde«, versuchte Salma zu schachern.

Man einigte sich auf zwanzig Minuten. Velkan schob Salma ins Zimmer von Kadou Hauser.

Eine angenehme Männerstimme war zu hören, die etwas über den König auf Camelot erzählte. »Key bestand darauf, den Falken selbst fliegen zu lassen, sobald sie zusammen auf die Jagd gehen würden«, sagte die Stimme gerade.

Kadou lag mit halb geschlossenen Augen da. Große Teile seines Körpers waren verbunden, der Bauch lag frei, hier deckte nur eine dünne Zellstoffschicht die verbrannte Haut ab. Velkan war von dem Anblick des Brandopfers überfordert. Er senkte den Blick auf Salmas Scheitel.

»Hallo, Kadou«, sagte sie. »Ich bin Salma, weißt du noch? Wir haben uns neulich unterhalten. Das ist mein Freund Velkan.«

»Flieg, mein Kamerad, rief Kay dem Falken zu, und beobachtete, wie das herrliche Tier sich über alles erhob, das ganze Land schien ihm untertan zu sein«, sagte die Stimme aus dem Smartphone.

»Ist es dir recht, wenn wir das kurz ausmachen?«, fragte sie.

Der Mann unter den Verbänden nickte und deutete mit dem Kopf zum Smartphone. Bevor Velkan das Hörbuch abstellte, zeigte er Salma das Cover. Ein Jüngling im Rittergewand zog das Schwert Excalibur aus einem Stein, dahinter sah man ein Sonnenrad. Die Sprecherstimme verstummte.

»Kadou, ich möchte mit dir noch einmal über die Sekunden vor dem Anschlag beim Wannsee sprechen.« Salma wartete ab, ob sie die Aufmerksamkeit des Bandagierten hatte.

»Ja?«, fragte Kadou leise.

»Es gibt etwas, das uns Probleme bereitet. Ich meine die Rettung der Ministerin.«

»Was ist damit?«

»Du sagtest, kurz bevor die Bombe detoniert ist, hättest du einen Mann gesehen, nach deiner Ansicht ein Afrikaner.«

»Das stimmt.«

Salma machte eine Pause. »Du hast einen Mann mit

schwarzer Hautfarbe gesehen, der ein Handy in der Hand hielt und zugleich durch einen Feldstecher geschaut hat. Haben wir das richtig verstanden?«

Er nickte. »So ist es gewesen.«

»Du sagst, der Mann stand auf einem Balkon. Deshalb ist er dir aufgefallen.«

»Ja, genau.«

»Moment … Sekunde. Wie war das noch mal?« Sie hob den Kopf zu Velkan, der ein Tablet für sie bereithielt. Salma scrollte an die betreffende Stelle. »Hier habe ich deine Aussage. Du hast dich beim letzten Mal korrigiert und gesagt …« Ihr Finger glitt die Zeilen entlang. »Jemand war am Handy. Ein Balkon, glaube ich, nein, es war ein Vordach.« Fragend sah sie ihn an. »Was war es denn nun wirklich? Ein Balkon oder ein Vordach?«

Kadous Pupille rollte zur Seite. »Ich weiß es nicht mehr genau.«

»Ein Balkon oder ein Vordach, das ist aber doch ein ziemlicher Unterschied. Wenn jemand auf einem Balkon steht, ist das nicht sehr auffällig. Bei einem Schwarzafrikaner auf einem Vordach wäre das etwas anderes.«

»Jetzt erinnere ich mich wieder. Es war ein Vordach.«

»Okay.« Salma gab das Tablet zurück. »Siehst du, und genau da liegt das Problem. Wir haben die Umgebung des Tatortes sorgfältig überprüft, auch die Position eures Wagens an der Brücke.«

»Und?«

»Von dort, wo der SUV stand, kann man keinen Balkon sehen.«

»Es war ein Vordach.«

»Auch kein Vordach, Kadou.«

»Es muss aber eines geben.«

»Es *muss?*« Sie lächelte überrascht. »Was meinst du damit?«

»Ich habe es gesehen.«

»Bist du sicher?«

Er schwieg.

»Kann es sein, dass du früher schon einmal auf dieser Brücke gewesen bist?«

»Keine Ahnung. Wieso?«

»Weil du wusstest, dass dort ein Vordach ist.«

Besorgt beobachtete Salma den Monitor, auf dem sich Kadous Puls- und Blutdruckwerte erhöhten. Nur noch wenig mehr, und das medizinische Personal würde aufmerksam werden und eingreifen.

»Was wollen Sie damit sagen?«, fragte Kadou.

»Dort existiert tatsächlich ein Vordach«, fuhr Salma fort. »Es gehört zu einem Einfamilienhaus links der Straße. Dieses Haus hat eine überdachte Veranda.«

»Na also.«

Sie rollte dicht an sein Bett heran. »Die Schwierigkeit ist nur, Kadou, dieses Haus kann man nicht sehen, wenn man direkt an der Ampel hält.«

»Nicht?«, erwiderte er verblüfft.

»Eine Baumgruppe verdeckt die Sicht. Es sind Erlen mit dichter Belaubung. Nur im Winter könnte man zwischen diesen Bäumen hindurchsehen, aber keinesfalls im Sommer.«

Kadou schwieg.

»Bist du im Winter schon einmal auf der Brücke gewesen?«

Kadou schwieg.

»Hast du im Winter dieses Vordach gesehen und dir gemerkt, wo es liegt?«

Kadou wandte den Kopf zur Seite. »Ich habe mir den Mann auf dem Vordach nicht eingebildet.«

»Weißt du, was wirklich sonderbar ist?«, setzte Salma nach. »Wenn man mit dem Auto von der Ampel zurücksetzt, ungefähr fünf Meter reichen schon, dann kann man das Haus und die Veranda tatsächlich sehen.«

»Na also«, sagte Kadou. »Man kann es sehen.«

»Das macht aber keinen Sinn«, erwiderte sie sanft. »Du hast ausgesagt, du hättest einen afrikanisch aussehenden Mann auf einem Vordach gesehen, mit Handy und Feldstecher. Aufgrund dieser Beobachtung hast du dem Fahrer eures Wagens den Befehl gegeben, zurückzusetzen. Da du direkt an der Ampel aber nichts gesehen haben kannst, wäre dieser Befehl sinnlos gewesen. Außer …« Sie zögerte. »Außer, du hast gewusst, dass unter dieser Brücke eine Bombe platziert war.«

»Ich soll … Was? Ich soll gewusst haben …?« Er versuchte sich aufzurichten. »Ich bin durch die Bombe fast getötet worden!«

Kadous Überwachungsgeräte lösten Alarm aus. Im Zimmer begann es zu piepen.

»Es besteht kein Zweifel, dass du der Ministerin unter Einsatz deines eigenen Lebens das Leben gerettet hast«, nickte Salma. »Wir verstehen nur nicht, wie das möglich war.«

Flankiert von zwei Schwestern, kam der Arzt herein.

»Wir sind schon fertig«, sagte Salma, bevor der Doktor seine Vorwürfe loswerden konnte. Sie rollte zu Velkan, er brachte sie zur Tür. Über die Schulter sagte Salma: »Viel Spaß noch mit dem *König auf Camelot*.«

***

Wieso sprach die Angst nicht zu Alain, da die Erinnerung und der Schmerz anscheinend keine Skrupel hatten, mit ihm zu plaudern? Wo blieb das Statement der Angst? Ein Mann, der eine Sprengstoffweste trug, hätte eine Menge Gründe gehabt, mit der Angst zu sprechen. Alain durchschaute, weshalb die Angst bisher schwieg: weil die Logik sich zwischen ihn und seine Angst geschoben hatte. Alain war betäubt und verschleppt worden. Man hatte eine Weste angefertigt und ihm angepasst. Einen Mann, mit dem man sich so viele Umstände machte, würde man nicht einfach in die Luft sprengen. Mit so jemandem hatte man etwas Besonderes vor. Das Feuerwerk, dessen Zentrum Alain sein würde, sollte nicht in dem dunklen Raum abgefackelt werden, in dem er saß, so viel war klar.

Dieser Raum musste ziemlich klein sein. Alain hatte »Ha!« und »Hey!« gerufen, der Nachhall endete in seiner unmittelbaren Nähe. Aufzustehen und sich mittels seines Tastsinns zu orientieren war unmöglich, da seine Beine von Gurten festgehalten wurden, wie man sie benutzte, um etwas auf einem Dachträger festzuzurren. Der Raum war klein, und die Zeit wurde ihm lang. Alain schätzte, dass vier Stunden vergangen sein mochten, seit er zum ersten Mal erwacht war. Vier Stunden waren für einen Mann mit schwacher Blase keine Kleinigkeit. Alain musste aufs Klo. Er überlegte, ob er es einfach laufen lassen sollte, scheute aber die Entwürdigung und beschloss sich zu beherrschen.

Bei dem Sprengstoff in der Weste handelte es sich um C4, da war er ziemlich sicher. C4 war leicht verformbar, praktisch geruchsneutral und ließ sich nur schwer von Sprengstoffsuchgeräten aufspüren. Weder Feuer noch Elektrizität, nicht einmal Hammerschläge führten zur

Explosion. Normalerweise wurde dem Sprengstoff ein Aromat beigefügt, um den Spürhunden die Arbeit zu erleichtern. Bei Alains Modell ließ sich diese Duftnote nicht feststellen. Als er die Weste abtastete, entdeckte er insgesamt zehn Würste dieses formbaren Detonats, in Laschen gleichmäßig auf seinem Bauch und Rücken verteilt. Er hatte keine weitere Zündvorrichtung entdecken können als die in seiner Hand. Er vermutete, es handelte sich um einen Totmannschalter. Der Auslöser wurde nicht betätigt, indem man auf den Knopf drückte, sondern wenn man ihn losließ. Sollte ein Selbstmordattentäter erschossen werden, bevor er seinen Auftrag erfüllt hatte, wurde im Moment des Todes durch die Muskelentspannung der Schalter losgelassen. Rumms.

Spät stellte Alain sich die Frage, ob er beten sollte. Er war ein liberaler Jude und glaubte an Gott. Doch wenn es den Gott der Juden, jenen rächenden, strafenden Gott, den Alain sich mit mürrischen Augen und zerzaustem Haar vorstellte, wirklich gab, weshalb hatte er sich bisher nicht bei ihm blicken lassen? Der Schmerz sprach zu Alain, die Erinnerung, selbst die Dunkelheit konnte ihren Mund nicht halten, aber Gott blieb stumm. Wäre das nicht eine glänzende Auftrittsmöglichkeit für ihn? Gottes Geschöpf, Alain Liebermann, saß da und erwartete mit jeder Sekunde den Tod. Sollte Gott ihm nicht erscheinen und zum Beispiel sagen: »Fürchte dich nicht.« Mit diesem Satz hätte Gott Alains Lage allerdings nicht verbessert. Sollte Gott in Hinblick auf die Selbstmordweste nicht besser sagen: »Den grünen Draht schneide durch, aber fasse den roten Draht nicht an.«

Ich drehe langsam durch, dachte Alain. Vier Jahre

Polizeischule, Spezialausbildung, härtestes Training und Vorbereitung auf eine Ausnahmesituation wie diese, und nun, da es so weit ist, bin ich der Situation nervlich nicht gewachsen. Ich drehe durch, dachte er. Und ich mache mir in die Hose. Nicht vor Angst, sondern aus Gründen der Natur.

Der Raum, in dem Alain lag, erfuhr plötzlich eine Erschütterung. Metall schlug auf Metall. Das Zimmer zitterte. Das ist ein Fahrzeug, begriff er. Ich sitze in einem Lieferwagen. Nein, es ist größer, wahrscheinlich ein Lkw. Der Motor wurde gestartet. Die Dieselgeräusche kamen ihm vertraut vor. Wann hatte er diesen Motor schon gehört? Man hatte ihn samt Sprengstoff in einen Lastkraftwagen verfrachtet, der nach außen hin wahrscheinlich harmlos aussah, der Transporter eines Getränkelieferanten, vielleicht ein Flitzer von DHL, die täglich die Straßen Berlins verstopften, weil sich die stinkfaulen Bürger alles liefern ließen, statt mal wieder in den Laden zu gehen.

»Konzentrier dich!«, fuhr Alain sich selbst an. »Fokussiere, verdammt!« Wenn der Lkw losfuhr, bedeutete das, er brachte die Bombe und Alain an ihr endgültiges Ziel. Solange dieser Wagen fuhr, war er sicher. Der Fahrer würde sich nicht mit ihm zusammen in die Luft sprengen. Wollte Alain also irgendetwas an seiner Lage ändern, musste es in den nächsten Minuten geschehen.

Er bemühte sich, den Totmannschalter ruhig zu halten, zugleich suchte seine linke Hand eine Möglichkeit, die Gurte zu lockern. Während Alain daran zog und zerrte, hatte er seine Blase vollkommen vergessen.

27
Stalker

»Alain ist nicht gekommen«, sagte Diana zu den drei Staatsschützern. Vier Uhr morgens. Normalerweise war um diese Zeit auf dem Tempelhofer Damm nur der Bereitschaftsdienst anzutreffen. Die drei trafen in Alains Büro zusammen. Bald würde es in diesen Räumen von Beamten wimmeln. Von hier aus würden sie Satelliten auf verdächtige Ziele ausrichten, Handys abhören, Gespräche mitschneiden, E-Mails hacken. Im Augenblick saßen nur diese drei da, weil Diana sie darum gebeten hatte. Selbst um diese Zeit sah sie bereits perfekt aus. Das dunkelblaue Kostüm saß, die Bluse wirkte frisch gebügelt, das Make-up war makellos.

»Sie waren um 23:30 Uhr mit Alain verabredet?« Salma wirkte am muntersten. Sie verschmähte den Rollstuhl und saß in Alains Dienstsessel. »Weshalb wollten Sie sich ausgerechnet im *Gethsemane* treffen?«

»Weil nahe der Gethsemanekirche die S- und U-Bahn-Linien zusammenlaufen. Es war für jeden von uns schnell zu erreichen.«

»Weshalb ist Alain nicht zu Ihnen nach Hause gekommen?«, fragte Drei. Er trug Trainingsklamotten Größe 72. »Und warum hat er keine Funkstreife vorbeigeschickt?«

Diana sah zu Velkan. Sie hatte ihm das Wichtigste schon am Telefon gesagt, allerdings nur in Stichworten. Sie hatte die Befürchtung, dass ihr Telefon abgehört wurde.

»Wieso sind Sie nicht mit dem Auto zu dem Lokal gefahren?«, hakte Drei nach.

Diana stellte den leeren Kaffeebecher zurück. »Alain hat mir mal diesen Tipp gegeben, da kannten wir uns noch nicht lange: ›Wenn du jemanden abschütteln willst, nimm nicht den Wagen. Im Auto bist du am besten zu orten. Nimm die U-Bahn.‹«

Diana schilderte den anonymen Anruf, den sie um 22:48 Uhr bekommen hatte. Es war eine Männerstimme. Der Mann fragte, ob Diana ihn treffen könne. Da er seinen Namen nicht nannte, wollte sie auflegen. Der Mann sagte, dass er sie sehen könne. Sie erschrak. Sie löschte das Licht. Sie fragte, was er wolle. Er sagte, dass er sie schon eine ganze Weile beobachte. Er klang ruhig und gefasst. Noch während sie mit ihm telefonierte, verließ sie ihr Haus durch den Garten. Aus seinem Verhalten schloss sie, dass er ihren Aufbruch nicht bemerkte. Sie sagte, dass sie die Polizei rufen werde, und legte auf. Während sie zur U-Bahnstation lief, rief sie Alain an. Er wollte sofort zu ihr kommen. Sie erwiderte, sie sei schon unterwegs. Ob sie das Auto nehme? Nein, sie hätte seinen Rat beherzigt. Er wollte ihr entgegenfahren, sie verabredeten sich also im *Gethsemane*. Sie musste neun Minuten auf die Bahn warten. Diana trat in eine Nische und beobachtete, wer die Treppe herunterkam. Merkwürdig, was für bedrohliche Eigenschaften man wildfremden Menschen zuschrieb, wenn man nicht wusste, ob man verfolgt wurde.

Die U 8 kam.

Sechzehn Minuten später betrat Diana das Lokal. Das *Gethsemane* war beliebt, hier tummelten sich auch nach Mitternacht viele Gäste. Alain war noch nicht da, dabei hatte er von Pankow aus den näheren Weg. Sie erkundigte sich beim Kellner. Niemand hatte Alain gesehen. Sie rief ihn an. Er ging nicht dran. Sie sendete zwei WhatsApp-Nachrichten, die ihn offensichtlich auch erreichten. Aber Alain kam nicht. Diana wartete eine halbe Stunde, dann nahm sie ein Taxi zu seiner Adresse. In der Wohnung stellte sie keine Auffälligkeit fest. Seine Lederjacke hing nicht an der Garderobe. Er musste mit dem Motorrad zum *Gethsemane* gefahren sein. Dann rief sie Velkan an.

»Ist Alains Handy immer noch offen?«, fragte Salma.

»Vorhin habe ich ihm wieder geschrieben«, antwortete Diana. »Die Nachricht wurde gelesen.«

»Haben Sie ihm mitgeteilt, dass Sie sich mit uns in Verbindung gesetzt haben?«

»Hätte ich das tun sollen?«

»Nein. Es ist gut, wenn das niemand erfährt.«

»Allerdings bin ich sicher, dass die wissen, wo Sie gerade sind«, ging Velkan dazwischen.

Diana verstand. Sie nahm ihr Handy aus der Tasche und gab es ihm.

Zu ihrer Überraschung schaltete Velkan das Smartphone nicht ab, er nahm auch die SIM-Karte nicht heraus. »Ich glaube, dieser Mann am Telefon, das war kein Stalker. Ich glaube, jemand wollte Sie aus dem Haus locken.«

»Damit ich Alain aus dem Haus locke?«, fragte Diana bedrückt. »Glauben Sie das?«

»Ich fürchte, so war es.« Salma nickte. »Für das, was heute Nacht geschehen ist, kann es mehrere Gründe geben. Alain könnte einen Unfall gehabt und sein Handy nicht abgeschaltet haben. Ich habe die Krankenhäuser gecheckt, er wurde nirgends eingeliefert. Die Polizei hat sein Motorrad nahe dem *Gethsemane* gefunden. Er könnte getötet worden sein. Ich gehe aber eher davon aus, dass Alains Verschwinden mit unserem aktuellen Fall zu tun hat.«

»Die Attentatsserie?«

»Einen Fall, der in so viele Ebenen hineinspielt, haben wir selten. Wenn man alles in Erwägung zieht, ist dieser Schluss am wahrscheinlichsten.«

»Was haben Sie jetzt vor?«

»Ich schaue mir Ihr Handy mal genauer an, wenn Sie gestatten«, sagte Velkan.

»Können Sie den anonymen Anrufer zurückverfolgen?«

»Das ist die einfachste Übung. Ein bisschen komplizierter mache ich es mir schon.« Er stand auf und ging in sein Büro.

»Warum haben Sie nicht die Polizei verständigt, nachdem Sie diesen Anruf gekriegt hatten?«, fragte Drei.

Diana öffnete die Jacke ihres Kostüms. »Wozu sollte ich das tun? Mein Freund ist bei der Polizei.«

***

Sie würden ihn nicht im Lkw hochgehen lassen. Sie wollten, dass er sichtbar in die Luft flog, *coram publico*. Da es ihnen nicht gelingen würde, Alain als Selbstmordattentäter darzustellen, musste es aussehen wie eine Strafaktion. Sie hatten einen ranghohen Polizisten, den Chef der Abteilung, die ihnen auf den Fersen war, in eine Sprengstoffweste gesteckt. Sie wollten ihn vor aller Augen sterben lassen und rissen dabei womöglich noch Unschuldige mit in den Tod. Es sollte den Charakter einer Strafaktion von Dschihadisten haben oder einer Racheaktion des IS. Es wäre ein schwerwiegender terroristischer Angriff auf deutschem Boden.

Alain dachte nach, weil er sonst nichts tun konnte. Er konnte, durfte den Totmannschalter nicht loslassen. Er spürte, wie Schweiß an seinem rechten Handballen hervortrat, unter dem Verband entlanglief und vom Ellbogen zu Boden tropfte. Er fürchtete, dass der Schweiß eine elektrische Reaktion auslösen könnte, wodurch die Zündung kurzgeschlossen würde.

Alain dachte über die Ungerechtigkeit nach, dass in Filmen der Held immer eine Möglichkeit fand, seinen Häschern zu entgehen. Offenbar war er kein Held. Ihm war es nicht gelungen, die Gurte, die ihn auf dem Boden des Lkw festhielten, zu lockern, geschweige sie zu lösen. Mit nur einer Hand erwies sich das als unmöglich. Der Lkw fuhr immer noch, er fuhr schon ziemlich lange.

Weder der Dschihad noch versprengte IS-Kämpfer hatten in letzter Zeit Aktivitäten gezeigt, die auf einen Anschlag hindeuteten. Wenn keine ausländische Organisation im Spiel war, lautete die logische Folge dann, dass der Angriff von innerhalb der Republik kam? Alain schüttelte den Kopf, das war die falsche Frage. Nach wie vor stellte er falsche Fragen! Die richtige Frage musste lauten, weshalb der Täter ausgerechnet jetzt aus der Deckung kam. Es gab derzeit keinen Grund, aktiv zu werden.

Seit dem Anschlag in Babelsberg wurden vier polnische Staatsbürger gesucht. Zwei von ihnen waren mittlerweile tot. Die Fahndung lief europaweit, der Täter hätte in Ruhe abwarten können, bis die Różańskis gefasst sein würden. Dass er in die Offensive ging, bedeutete, dass er nervös wurde. Aus irgendeinem Grund fürchtete der Täter Entdeckung.

Als der Laster über eine Bodenwelle fuhr, wurde Alain durchgerüttelt. Ängstlich hielt er den Arm mit dem Totmannschalter hoch.

Die Gefahr für den Täter geht von mir aus, überlegte Alain. Doch hier lag das Problem: Er hatte keine Ahnung, wodurch er zur Gefahr geworden war. Offenbar hatte er beim Täter den Verdacht geweckt, dass er ihm auf der Spur sei. Methodische Vorgangsweise war für jemanden, dessen Nervensystem nicht methodisch funktionierte, besonders wichtig. Alain hatte sich die logischen Arbeitsschritte seines Berufs erst mühsam antrainieren müssen und war stolz auf das Ergebnis. Und ausgerechnet in einem Fall auf Leben und Tod sollte er für eine Erkenntnis sterben, die er gar nicht besaß? Die richtige

Frage befand sich weit hinten in seinem Schädel, hübsch verpackt, wie ein Geschenk, das unter den Weihnachtsbaum gerutscht und vergessen worden war. Alain hatte diese Frage aber bereits gestellt, er musste mit Salma etwas besprochen haben, das den Täter nervös machte. Woher wusste der Täter von dem Gespräch? Weil er das MES abhörte.

Alain zermarterte sein Gehirn, was er in jüngster Zeit zu Salma gesagt hatte. Eine Bemerkung, rasch hingeworfen, ein Satz, der ihm selbst unerheblich erschienen war. Kannte Salma die richtige Frage? War sie dabei, der Frage nachzugehen? War das MES schon auf Alains Spur? Nachdem er letzte Nacht nicht im *Gethsemane* aufgetaucht war, hatte Diana bestimmt alles unternommen, ihn zu erreichen. Als sie kein Lebenszeichen von ihm erhielt, hatte sie sich wahrscheinlich an Velkan gewandt. Velkan würde versuchen, Alains Handy zu orten. Der Täter hatte es ihm abgenommen. Bei Alains Versuch, die Bombe abzutasten, war ihm das Fehlen seines Mobiltelefons aufgefallen. Wenn Salma das Team vor Stunden in Aktion gesetzt hatte, war bald mit Ergebnissen zu rechnen.

Oder auch nicht, dachte er und konnte die Panik nicht länger unterdrücken. Vielleicht gab es überhaupt keine richtige und keine falsche Frage, keinen Sinn, um das Spinnennetz zu zerreißen. Menschen starben sinnlos bei Autounfällen, sie wurden sinnlos von einem Erdrutsch begraben, sie erstickten ohne jeden Sinn während eines Lachanfalls. So etwas geschah tausendfach, in jeder Sekunde auf der Welt.

»Sieh mal an, du philosophierst über den Sinn des Lebens?«, fragte der Kitsch.

In den letzten Stunden hatten sich Alains Gesprächspartner zurückgezogen. Der Schmerz, auch die Erinnerung waren verstummt. Als Schattenwesen kamen sie nur hervor, wenn der Mensch ins Schattenreich der Angst hinabtauchte. Alains Überlegungen waren mittlerweile wieder rational. Doch in dem kurzen Augenblick der Angst, als er sich als Spielball eines bedeutungslosen Zufalls sah, war die Sentimentalität erwacht. Und so machte der Kitsch ihm seine Aufwartung.

»Verstehe ich dich richtig?«, fragte der Kitsch. *»Du bist ein unbedeutender Punkt auf einem unbedeutenden blauen Planeten, der irgendwo im Außenbereich einer nicht erwähnenswerten Galaxie durch das Universum rast?«*

»Okay, okay, ich habe verstanden«, antwortete Alain. »Es wird nicht wieder vorkommen.«

»Oh, es wird noch oft vorkommen«, lächelte der Kitsch. *»Sentimentale Aufwallungen haben den Sinn, uns gutzutun. Und eins lass dir gesagt sein: Mit Logik wirst du die richtige Frage nicht finden.«*

Der Lkw verlangsamte und hielt. Er schien zurückzustoßen, einzuparken. Der Lkw stand. Nie in seinem Leben war Alain gespannter gewesen, wer die Hecktür öffnen würde. Die Hecktür ging auf, aber es wurde nicht hell. Die Dunkelheit blieb die Verbündete von Alains Gegner. Nur ein schmaler Streifen aus Licht fiel auf den Boden des Wagens. In diesem Moment erkannte Alain das Fahrzeug, mit dem er transportiert worden war. Er saß in der *Schleuder*, dem Einsatzwagen des MES. Ein alter Lieferwagen, aufgerüstet mit dem Equipment der digitalen Zeit. Wie war der Täter an diesen Wagen gekommen? Gehörte der Mann etwa zum MES? War er einer von Alains eigenen Leuten?

Er wollte sprechen, fragen, protestieren, er wollte verhandeln, wie man es ihm beigebracht hatte. Der Täter gab ihm keine Gelegenheit dazu. Es war ein Mann, groß, schlank, mit gezielten Bewegungen. Er steckte einen Gegenstand in Alains Brusttasche, es fühlte sich an wie ein Mobiltelefon. Weshalb sollte der Mann ihm das Tool zustecken, mit dem Alains Team ihn aufspüren konnte? Der Täter sprach kein einziges Wort. Er dachte nicht daran, Alains Standardfragen zu beantworten: »Was haben Sie mit mir vor? Können wir darüber reden? Sie brauchen das nicht zu tun.« Der Täter stach ihm stattdessen eine Nadel in den Hals. Alain erwartete, dass das Bild vor seinen Augen nun rasch unscharf werden würde. Der Täter löste die Gurte, an denen Alain vorhin gescheitert war. Sein Blick fiel auf die Schuhe dieses Mannes. Feste, schwarze Schuhe mit hohem Schaft, Springerstiefel, allerdings in einer modischen Spielform. Neben der vierten Öse der Schnürsenkel befand sich eine Lederlasche, die das Label des Herstellers trug. Die injizierte Substanz breitete sich in Alains Blutbahn aus und tat ihre Wirkung. Er verlor die Springerstiefel aus dem Blick.

28
Die richtige Frage

»Es ist ein Totmannschalter«, sagte Susi.

Susi war einen Meter vierundachtzig groß und hatte, obwohl er häufig trainierte, Übergewicht. Er war bekannt für seine gewaltigen pechschwarzen Augenbrauen.

Alain spürte nichts davon, dass Susi ihn abtastete. Er saß auf dem Fahrersitz der *Schleuder*. Wer es nicht besser wusste, hätte angenommen, dass er den Einsatzwagen des MES persönlich in diese Position gebracht hatte. Der Laster befand sich auf dem Innenhof des Bendlerblocks, sozusagen auf dem Betriebsgelände des Bundesverteidigungsministeriums. Ein Kraftfahrzeug des Staatsschutzes brachte eine Bombe ins Herz des Verteidigungsministeriums.

Der Innenhof des Bendlerblocks diente den Ministerialbeamten normalerweise dazu, von einer Abteilung in eine andere zu wechseln. Die Mitarbeiter unterhielten sich, blinzelten in die Sonne und rauchten auch mal eine. Jetzt wirkte der Bendlerblock jedoch wie leer gefegt.

Nachdem Velkan Alain geortet hatte und Susi und Strolch das ungewöhnliche Kleidungsstück ihres Chefs untersucht hatten, war der Befehl ausgegeben worden, das Gelände zu räumen. Niemand außer den beiden Sprengstoffspezialisten war auf dem Innenhof zurückgeblieben. Die beiden trugen bleigepanzerte Schutzanzüge, hatten Metallschilde aufgestellt und den Roboter aktiviert. Mit seinem fernsteuerbaren Giraffenhals hatte der Roboter ihnen einige Informationen geliefert, doch die entscheidende Information musste sich Susi persönlich holen. Die beiden Beamten wechselten sich bei ihrer Aufgabe jedes Mal ab. Diesmal war die Wahl auf Susi gefallen. Eine Fliegerbombe aus dem Zweiten Weltkrieg, eine Briefbombe, an einen Prominenten adressiert, waren Kinkerlitzchen im Vergleich dazu, womit er es hier zu tun hatte. Diese Bombe war kompliziert und heimtückisch.

Nachdem er die Konstruktion oberflächlich geprüft hatte, zog Susi sich zu Strolch hinter den Schild zurück.

»Wir müssen den Totmannschalter deaktivieren«, sagte Susi. »Aber dazu brauchen wir Alains Hilfe. Dann können wir ihn vielleicht aus der Jacke herausbekommen.«

»Und wenn der Schalter in seiner Hand nicht der einzige Zündmechanismus ist?« Im Gegensatz zu Susi wirkte

Strolch unterernährt und hatte ein Fitnesscenter noch nie von innen gesehen.

»Wozu dann der Totmannschalter?«, erwiderte Susi.

»Ablenkung. Damit wir uns mit dem falschen Mechanismus beschäftigen.«

»Weshalb wurde dann noch nicht gezündet?«

»Sag du es mir.«

»Was also machen wir?«

Strolch gab das düstere Zwischenergebnis an das MES-Team weiter. Alains Leute saßen in sicherem Abstand im Erdgeschoss des Bendlerblocks.

Susi hob den Kopf, in der Schleuder hatte sich etwas bewegt. »Alain«, sagte er.

Beide beobachteten das Führerhaus.

»Er kommt zu sich.« Strolch nickte.

Alain kam zu sich, nicht nach und nach, sondern mit einem Ruck. Er stöhnte, weil der Schmerz auch diesmal gute Arbeit leistete. Als er sich umblickte, merkte Alain, dass sich seine Lage nicht wesentlich verbessert hatte. Sein rechter Arm schmerzte. Die Art und Weise, wie die Hand bandagiert war, führte dazu, dass die Finger langsam abstarben. Seit Stunden hatten sie bewegungslos in derselben Position verharrt, das Blut zirkulierte nicht.

Inzwischen war es Tag geworden, und Alain erkannte den Ort, an dem er sich befand, den Innenhof des Bendlerblocks. Der nächste Gedankenschritt erschien nicht groß, für Alain glich er einem Quantensprung. Man hatte den Staatsschützer in ein Objekt der Vernichtung verwandelt. Die Vernichtung sollte an jenem Schauplatz eingesetzt werden, wo das Opfer der bisherigen Bombenanschläge regierte. Svea Wieland befahl im Bendlerblock. Da man bisher darin gescheitert war, sie persönlich auszuschalten, griff man jetzt ihr Ministerium an. Die Bombe sollte den Bendlerblock symbolisch zerstören. Der Sprengstoff an Alains Körper reichte nicht aus, um das Gebäude ernsthaft zu beschädigen, doch es war mehr als genug, um die Institution zu vernichten. Wenn der Terror imstande war, ins Herz der deutschen Verteidigung einzudringen, war nichts mehr sicher in diesem Staat, dachte Alain und dachte gleichzeitig, dass das Szenario darauf angelegt war, ihn genau dies denken zu lassen. Das machte ihn zugleich ratlos und stolz, denn endlich stellte Alain die richtige Frage, die einzige Frage, auf die es ankam: Wer profitierte in Wahrheit von den Attentaten auf die deutsche Verteidigungsministerin?

Er wandte den Kopf und hätte vor Freude beinahe losgeheult. Halb verborgen hinter einem gepanzerten Schild sah er Susi und Strolch. Sie signalisierten ihm, das Funkgerät zu benutzen, das Susi neben Alains freier linker Hand abgelegt hatte. Alain verstand das Zeichen.

»Schön, euch zu sehen«, sagte er. Wenn es um die ganz großen Dinge ging, verwendete man keine großen Worte.

»Hallo, Chef«, sagte Susi. »Over.«

»Wie sieht es aus? Over.«

»Nicht besonders gut, Alain. Du hast einen Totmannschalter in deiner rechten Hand. Aber es ist möglich ...«

»... dass das Ding auch anders gezündet werden kann«, vervollständigte Alain den Satz.

»Ist anzunehmen«, erwiderte Susi nach kurzer Pause. »Außerdem könnte der Kontrollmechanismus auf deiner Brust noch Überraschungen bereithalten.«

»Was schlagt ihr vor?«

»Wir werden versuchen, dich von dem Verband zu befreien und den Schalter zu deaktivieren.«

»Das klappt nicht.«

»Wieso?«

»Zu riskant für euch. Und der Roboter kann den Verband nicht aufschneiden.«

»Du könntest es tun.«

»Mit einer Hand?«

»Es wäre den Versuch wert.«

Alain atmete tief durch. »Ich habe eine bessere Idee. Die ist allerdings nicht ungefährlich.«

»Was denn?«

»Schickt unsere Leute ins Büro der Verteidigungsministerin.«

»Wozu? Svea Wieland ist noch nicht im Haus.«

»Wahrscheinlich schläft sie sogar noch«, lächelte Alain. »Aber ich bin sicher, dass jemand anders oben ist.«

»Wer?«

Alain betrachtete die Konstruktion auf seiner Brust. »Aus welcher Reichweite könnte man die Bombe maximal zünden?«

Susi überlegte. »Bei dieser Bauart … höchstens zweihundert Meter.«

»So wie bei der Bombe unter der Wannseebrücke?«

»Das kommt hin.«

»Und man braucht dazu nur ein Smartphone?«

»Stimmt genau.«

»Okay. Ihr macht Folgendes. Schickt drei Leute hoch ins Ministerialbüro. Nehmt Stabshauptmann Eggers, den Adjutanten der Ministerin, fest. Es muss ein Überraschungsangriff sein. Wenn ihr reingeht, verhindert in jedem Fall, dass er zu seinem Handy greift. Nötigenfalls erschießt ihn.«

»Habe ich das richtig verstanden?«, fragte Susi. »Wir sollen ihn erschießen?«

»Wenn ihr wollt, dass dieses Ding nicht hochgeht, müsst ihr Eggers unschädlich machen.« Alain überlegte. »Acht und Vierzehn sollen es machen.«

»Weshalb?«

»Unsere besten Schützen.«

Die beiden sahen einander an. »Okay«, sagte Strolch. »Dann machen wir das so.«

»Gut«, nickte Alain. »Das ist gut.« Er beobachtete, wie Susi den Kanal wechselte und mit den Leuten des MES im Inneren des Bendlerblockes sprach.

29
Auf dem Grat

Es gab keine wirkliche Verbindung, so etwas war unmöglich. Eine Verbindung zwischen Helene Liebermann und ihrem Enkel ließ sich auf keine empirisch rationale Weise feststellen, geschweige denn beweisen. Großmutter Liebermann saß im Bett. Die Geräte rund um die alte Frau zeigten an, dass ihr Zustand stabil war. Sie führten Helene Sauerstoff zu und chemische Substanzen, die den Organismus der Sechsundneunzigjährigen unterstützten. Diese Substanzen waren keine Halluzinogene, sie hatten nichts mit der Verbindung zwischen Großmutter und Enkel zu tun.

Doch befand sich Helene schon seit Stunden auf dem

Scheitel eines Berges, auf dem schmalsten vorstellbaren Grat. Sie sah sich dabei selbst. Sie sah sich im Krankenhaushemdchen in schwindelnder Höhe auf diesem Grat entlangbalancieren. Der Wind pfiff aus Nordost, Eiskristalle verfingen sich in ihrem Haar, das in alle Richtungen wirbelte. Helene konnte nicht sagen, ob sie diesmal die andere Seite des Grates erreichen würde. Sie wusste auch nicht, ob Alain die andere Seite erreichen würde. Er balancierte ein gutes Stück vor ihr am Abgrund entlang.

Helene konnte Alains tatsächliche Situation nicht sehen. Sie wusste nichts von der Weste, die er trug. Helene brauchte solche Einsichten nicht. Es gab Verbindungen, die weder auf Fakten beruhten noch auf Erfahrungen. Großmutter Liebermann verfügte über kein Smartphone, sie konnte nicht ins Internet gehen, um sich über die Ereignisse zu informieren. Und doch stand die Verbindung zwischen ihnen, eine Liveschaltung ohne Grenzen.

Helene wusste nicht, dass Alain sein Team beauftragt hatte, Sniper hochzuschicken, außerdem Nummer drei, weil er ein exzellenter Verhandler war. Die Mitarbeiter mit den Nummern acht und vierzehn waren Scharfschützen, die ihresgleichen suchten. Helene hatte keine Ahnung, dass Stabshauptmann Eggers mit dem Besuch des MES nicht rechnete. Der Adjutant der Ministerin stand am Fenster seines Büros und blickte in den Innenhof. Vor ihm auf der Fensterbank lag sein Handy. Das Display zeigte eine digitale Schaltzentrale, auch der berühmte rote Knopf fehlte auf der Abbildung nicht. Angespannt blickte Stabshauptmann Eggers in den Hof des Bendlerblocks. Er stand kurz davor, den letzten Spielzug auszulösen.

Helene wäre überrascht gewesen, wie lautlos die Leute

vom MES die Räume der Ministerin betraten. Das Vorzimmer vor dem Büro von Eggers war nicht besetzt, die Schreibkräfte hatten sich der allgemeinen Evakuierung angeschlossen. Das Team erreichte die Tür zu Eggers' Büro, darauf gefasst, sie aufbrechen zu müssen. Als Nummer drei die Klinke drückte, stellte er jedoch fest, dass Stabshauptmann Eggers sich nicht eingeschlossen hatte. Drei öffnete die Tür. Acht und Vierzehn huschten an ihm vorbei und gingen in Anschlag. Die beiden trugen nicht jene modischen Springerstiefel, die der Stabshauptmann bevorzugte, ihr Schuhwerk erfüllte die Funktion, lautlos zu sein. Nicht völlig lautlos. Eggers drehte sich um. Er verstand, griff zu seinem Smartphone, sein Finger näherte sich dem digitalen roten Knopf.

Nummer acht feuerte. Das Handy fiel zu Boden. Der Stabshauptmann starrte auf das Loch in seiner rechten Hand. Für einen Moment vermochte er durch seine Hand hindurchzusehen, bevor das blutende Gewebe das Loch verschloss. Eggers bückte sich nach dem Handy. Das war unklug von jemandem, der selbst eine Sniperausbildung absolviert hatte. Wenn ein Scharfschütze sein Ziel erst einmal ins Visier genommen hatte, war jede Bewegung der Zielperson sinnlos. Die Kugel aus einem Scharfschützengewehr war immer schneller als ein Mensch. Stabshauptmann Eggers hatte diese Tatsache erst neulich persönlich bei einem bewegten Ziel erlebt. Die Verteidigungsministerin und zwei ihrer Personenschützer waren mit fünfundsiebzig Stundenkilometern über eine schnurgerade Straße gefahren. Drei Motorräder in rascher Fahrt, Eggers lag vierzig Meter entfernt im Wald verborgen, und doch hatte er alle drei Fahrer von ihren Sitzen schießen können. Dies hätte der Stabshauptmann bedenken sollen, als er nach seinem Telefon griff.

Die zweite Kugel traf ihn in die Brust. Die Durchschlagskraft riss seinen Körper zurück. Er stürzte, doch er stürzte günstig, seine linke Hand befand sich in unmittelbarer Reichweite des Handys.

Selbst im Bruchteil dieser entscheidenden Sekunde nahm sich Nummer vierzehn Zeit, sorgfältig zu zielen. Er traf den Stabshauptmann in den Hals, was einen sofortigen Schock auslöste. Luft- und Speiseröhre waren durchtrennt. Sollte Eggers nicht in den nächsten zwei Minuten behandelt werden, starb er. Er rang nach Luft, die seine Lungen nicht mehr erreichte. Seine Hand zitterte, seine Hand versuchte nicht länger, das Telefon zu ergreifen.

Mit wenigen Schritten war Drei neben dem Liegenden und nahm das Handy an sich. Behutsam trug er das Gerät ins Vorzimmer, wo Strolch ihn mit Spezialgeräten erwartete. Strolch legte das Handy vorsichtig auf den Schreibtisch und begutachtete die Anordnung des Schaltmechanismus. Währenddessen eilten Mitarbeiterinnen des medizinischen Teams nach drinnen und kümmerten sich um den verblutenden Stabshauptmann.

Nichts davon war Großmutter Liebermann bekannt. Stattdessen beobachtete sie, wie Alain sich auf dem schmalen Grat weiterbewegte. Die Geräte an ihrem Bett bestätigten, dass ihr Atem ruhig ging, dass Kreislauf und Puls zufriedenstellend waren. Ihre Augen waren geschlossen. Manchmal guckte die Nachtschwester durch die Glaswand herein und nahm an, dass Frau Liebermann schlief.

Alains Teamkollege Susi kletterte auf den Führersitz der *Schleuder*. Er verwirrte Alain nicht mit Spezialausdrücken, wonach er nach Öffnen des Kontrollkastens einen Q1/17-Converter verwenden würde, um den Stromkreislauf zu überbrücken, worauf er imstande sei, die Kabelverbindung zum Totmannschalter lahmzulegen.

»Alles cool, mach dir keine Sorgen«, sagte er stattdessen, eine reizende Umschreibung dafür, dass er sich selbst Sorgen machte. Nachdem der Mechanismus auf Eggers' Smartphone deaktiviert worden war, hoffte Susi, dass in der Kontrolleinheit auf Alains Brust keine zusätzliche Falle auf sie wartete. Susis Körper war durch Bleiplatten geschützt, sein Kopf steckte unter einem Helm. Durch ein Sichtfenster sah er, was er tat. Würde die Bombe hochgehen, stellte das nur einen schwachen Schutz für Susi dar, das wusste er. Er setzte den Schraubenzieher auf das Kästchen und drehte nach links. Bei der ersten Drehung fürchtete er noch das Verhängnis. Je weiter er drehte, desto zuversichtlicher wurde er. Er nahm den Deckel ab, begutachtete die Schaltplatine und überbrückte die blaue und die grüne Leitung mithilfe des Q1/17-Converters. Seine Finger zitterten einen Moment lang.

»Dann wollen wir mal«, sagte er und griff zur Kneifzange.

Alain nickte. Alain dachte, er sollte vielleicht besser die Augen schließen, doch er ließ sie offen. Bilder durchzuckten ihn. Er sah Salmas Lächeln. Er sah Velkan, dessen Arme sich wie Schlangen um ihn wanden. Er sah Diana und ihren zärtlichen Mund. Lea erstand vor seinen Augen, Lea, die Liebe seines Lebens, die Erfüllung, all das Glück, das ihm durch sie geschenkt worden war. Und plötzlich dachte er, wenn das hier gut gehen würde, wäre das natürlich das Beste. Doch wenn es nicht gut ausgehen würde, wäre es nicht ganz und gar schlecht, weil er in dem Fall Lea wiedersehen würde. Diese Vorstellung ließ Alain kurz lachen.

»Deine Nerven möchte ich mal haben«, sagte Susi. Er blinzelte, weil ihm der Schweiß in die Augen lief. Susi durchtrennte den ersten Draht.

Das letzte Bild, das Alain sah, war nicht Lea, sondern die Frau, die schon lange vor ihr für ihn da gewesen war. Helene, die große Mutter, die Umarmende, die jede Sorge und jedes Leid von Alain nehmen konnte.

»Mach schon!«, sagte er, als die Kneifzange von Susi beim zweiten Draht zu zögern schien. »Was soll schon passieren?«

Als Susi den zweiten Draht durchtrennte, schlug Großmutter Liebermann die Augen auf. Sie lächelte, weil Alain auf dem schmalen Grat die letzten Schritte tat und sicher auf der anderen Seite ankam.

Die Nachtschwester trat ins Zimmer. »Sie sind ja heute schon so früh wach, Frau Liebermann«, sagte die Schwester. »Wollen Sie vielleicht Ihr Frühstück?«

»Einen Kaffee hätte ich gerne«, antwortete Helene.

»Kaffee dürfen Sie leider noch nicht«, bedauerte die Schwester. »Wie wär's mit einem schönen starken Kamillentee?«

Darüber lachten beide herzlich.

»Ich würde gern eine rauchen«, erklärte Helene, weil sie in so einer eigenartig frechen Stimmung war.

»Sie sind mir schon eine!«, kicherte die Schwester, lief hinaus und machte sich daran, den Kamillentee für die Patientin aufzugießen.

30 Weiter Blick

Die Verteidigungsministerin weigerte sich, das Gespräch im Bendlerblock zu führen. Auch Alain hatte darum gebeten, das Treffen nicht ausgerechnet dort stattfinden zu lassen, wo er fast in die Luft geflogen wäre. Andere Treffpunkte waren erwogen worden, eine Hotelsuite am Brandenburger Tor, Svea Wielands Büro im Reichstagsgebäude, zuletzt hatte man eine einfache und würdevolle Lösung gefunden, die der großartigen Rettungsaktion, die Alain Liebermann und seinem MES zu verdanken war, Rechnung trug.

Man führte Alain durch das Erdgeschossfoyer zur ersten Ebene des Bundeskanzleramtes hinauf und entlang der Kanzlergalerie zum Fahrstuhl. Dort hingen sie ihm alle gegenüber, von Adenauer bis Merkel, in akkurater Reihe. Samt und sonders waren das erstaunlich schlechte Porträts, fand Alain. Willy Brandt war noch am besten getroffen, aber das Gemälde von Kohl musste man als künstlerisches Armutszeugnis bedauern. Dass Gerhard Schröder in einem romantisierenden Oval, umrahmt von Bundesadler und TV-Kamera verewigt worden war, mochte dem Porträtisten ironisch erschienen sein, Alain fand Ironie an diesem Ort verfehlt. Überhaupt war der protzig postmoderne Tempel, der seine Modernität längst eingebüßt hatte, einfach viel zu groß. Ihm fehlte jegliche Atmosphäre. Dass die Machtzentrale Deutschlands zu Repräsentationszwecken diente, war einzusehen, doch dieser Betonklotz hatte die Aura einer schlecht beheizten Wartehalle.

Der Fahrstuhl huschte an den Etagen zwei bis sieben vorbei. Im achten Stock betrat Alain den kleinen Speisesaal, eine Untertreibung in Weiß. Der Raum war länglich, die Yuccapalme am Fenster wirkte billig. Neben der Palme erwartete ihn die Verteidigungsministerin.

»Wäre es nicht richtig gewesen, zu diesem Anlass Ihr Team mitzubringen, damit ich mich auch bei ihnen bedanken kann?«, fragte Svea Wieland nach der Begrüßung.

»Auch ich habe angenommen, dass Sie mit Ihrem Stab erscheinen würden«, antwortete er.

»Nun ist es aber, wie es ist.«

Alain nickte und wandte sich um. »Wow.«

»Was meinen Sie?«

»Der Blick.« Er trat an die Fensterfront. Von hier aus sah man gewissermaßen alles. Reichstag, Spree und

Hauptbahnhof, den Fernsehturm natürlich, und über die herbstlich verfärbten Bäume hinweg das Zelt, das sich über dem Potsdamer Platz wölbte. Man sah Berlin, wie es seit dem Mauerfall gestaltet worden war. Alain hatte praktisch sein ganzes Leben hier verbracht, trotzdem war er nicht sicher, ob er an dieses Berlin dachte, wenn er seine Heimatstadt meinte. Das Berlin in seinem Herzen war älter, verspielter, geheimnisvoller. Insgeheim meinte er das Berlin seiner Großmutter, von dem sie ihm hundertfach erzählt, das sie ihrem Enkel sozusagen eingeimpft hatte. Das neue Berlin taugte dazu, eine europäische Hauptstadt zu sein, Alains Berlin hatte das nicht nötig.

Er nahm zur Rechten der Ministerin in der Sitzgarnitur Platz.

»Also unter vier Augen«, sagte Svea.

»Unter vier Augen.«

»Sinn und Zweck unseres Zusammentreffens ist es wohl, Ihnen im Namen der Republik zu danken«, erklärte sie.

»Ist das tatsächlich Sinn und Zweck unseres Zusammentreffens?«, fragte er freundlich. »Wollen Sie mir wirklich danken?«

»Natürlich bin ich auch hier, um mir die Geschichte Ihrer Heldentat anzuhören«, erwiderte sie nach einem Augenblick der Irritation.

»Ich verstehe.« Alain legte die Hände auf die Knie. »Ich frage mich nur, warum Sie sich eine Geschichte anhören wollen, die Sie besser kennen als jeder andere.«

Svea Wieland streckte das Bein mit der Schiene aus. Ihr Kostüm war schwarz und changierte im Licht ins Violett. »Sind Sie verkabelt, Alain?« Es klang wie eine Scherzfrage.

»Ich bin nicht verkabelt. Wird dieser Raum abgehört, Frau Minister?«

»Nicht in diesem Augenblick.«

»Also sind wir tatsächlich unter vier Augen.«

»Wollen wir beginnen?«

»Frau Wieland, Stabshauptmann Gunther Eggers wurde als mutmaßlicher Täter der Anschläge auf Ihre Person eruiert. Herr Eggers wurde festgenommen. Wegen seiner Verwundung ist er noch nicht vernehmungsfähig. Sobald es ihm besser geht, wird er der Staatsanwaltschaft übergeben. Wie ich höre, haben Sie Herrn Eggers bereits aller militärischen Ränge enthoben.«

»Meine Leute haben das erledigt. Standardprozedur.«

»Ich könnte Sie nun fragen, wie es dazu kommen konnte, dass ein Attentäter und Terrorist, ein mehrfacher Mörder bis in den innersten Kreis des Verteidigungsministeriums vorzudringen imstande war. Ich könnte fragen, wie Herr Eggers Ihr Vertrauen gewann und ob Ihnen während der zweieinhalb Jahre, seit Sie im Amt sind, nie etwas aufgefallen ist, das Ihnen an Ihrem Adjutanten verdächtig vorkam.«

Svea betrachtete ihre schmalen Hände. »Aber Sie werden mir diese Fragen nicht stellen, Hauptkommissar, habe ich recht?«

»Sollte ich sie Ihnen stellen?«

»Weiter, Alain«, antwortete sie leise.

»Ich müsste Sie fragen, ob Ihnen niemals aufgefallen ist, dass Eggers nicht allein gehandelt haben kann.«

Sie hielt den Blick auf ihre Hände gerichtet. »Ach nein?«

»Er hatte einen Komplizen.«

»Erhellen Sie mich.« Ihr Ton blieb sanft.

»Stabshauptmann Eggers hat mit einem Ihrer Personenschützer zusammengearbeitet, Frau Minister. Mit Kadou Hauser.«

»Kadou? Aber der wäre bei dem Bombenanschlag doch fast selbst gestorben.« Wachsam, zugleich ein wenig erschöpft sah sie ihn an.

»Das stimmt. Er wäre *für Sie* fast gestorben.«

»Bitte weiter.«

Alain setzte sich an die vordere Kante des Sofas. »Sie und ich, wir beide hatten in den letzten Wochen eine Reihe interessanter und, ich muss sagen, stimmungsvoller Gespräche, Frau Minister.«

»Das finde ich auch, Alain.«

»Ich wäre bei unseren Begegnungen nicht im Traum darauf gekommen, welchen tieferen Sinn sie in Wirklichkeit hatten.«

»Ach, unsere Begegnungen hatten einen tieferen Sinn? Jetzt machen Sie mich neugierig.«

Er sprach nicht gleich weiter. »Halten Sie es für nötig, dass wir die Charade fortsetzen?«

»Welche Charade?«

»Sie haben mein Vertrauen gesucht, Frau Minister. Sie haben mich ins Vertrauen gezogen und mich zugleich mit Ihrem Vertrauen beschenkt.«

»War das falsch?«

»Es war geschickt«, antwortete er. »Genau genommen, war es teuflisch.«

»Und der Teufel, das soll ich gewesen sein?«

Alain hatte in diesem Moment Lust, auf den Couchtisch zu schlagen und das Wortgeplänkel zu beenden. Er hätte den Couchtisch auch umwerfen und sich drohend vor die Verteidigungsministerin stellen können, doch so benahm man sich nicht im Kanzleramt. »Sie haben eine persönliche Beziehung zu dem Ermittler aufgebaut, der Sie beschützen sollte«, sagte er stattdessen. »Zu dem Ermittler, der die finsteren Gewalten, die es auf Sie abgesehen hatten, in Schach halten sollte.«

»Sie waren während unserer gemeinsamen Abende tatsächlich sehr aufmerksam, Alain.« Svea nickte.

»Ich habe lange gebraucht, um mir in Ihrem Fall die entscheidende Frage zu stellen. Stattdessen habe ich alle möglichen anderen Fragen gestellt, bin allen möglichen Spuren gefolgt, bis ich schließlich gefesselt, mit einer umgeschnallten Bombe in einem dunklen Lkw saß.«

Svea beugte sich ein wenig vor. Ihre Gesichter kamen einander näher. »Und in dieser Situation haben Sie sich die entscheidende Frage gestellt?«

»Das habe ich, Frau Minister. Und sie klingt so simpel, dass es kaum zu glauben ist, dass ich sie erst so spät gestellt habe.«

»Wie lautet die Frage?«

»Wer profitiert am meisten von den Attentaten auf Svea Wieland?«

Sie nickte nachdenklich. »Eine gute Frage.«

»Die ganze Zeit über habe ich Spekulationen angestellt, wer von Ihrem Tod profitiert. Genau darin lag mein Fehler. Ich bin davon ausgegangen, dass es um den Versuch geht, Sie zu töten. Zuerst bekannten sich afghanische Milizen zu dem Anschlag. Danach bin ich Ihrem Hinweis gefolgt und suchte den Täter im Umkreis der deutschen Waffenlobby. Durch die Aussage von Kadou Hauser kamen Auftragskiller aus Somalia ins Spiel. Schließlich machte sich ein geheimnisvolles Ehepaar aus Polen tatverdächtig und ein Industrieller, dessen Vorfahr das Haus Ihres Urgroßvaters geerbt hatte.« Alain seufzte. »Sie haben mich natürlich richtig eingeschätzt, dass es für mich als Juden einen besonderen Reiz hatte, eine Nazispur zu verfolgen.«

»War es denn nicht so?«

Er überging ihre Frage. »Alle diese Verdächtigen hatten eines gemeinsam.«

»Ja?«

»Sie sind gescheitert. Sie haben samt und sonders ihr Ziel verfehlt. Denn Sie sind nicht gestorben, Frau Wieland. Die deutsche Verteidigungsministerin ist einfach nicht gestorben.«

Ihr Gesicht war mittlerweile zur Maske geworden. »Wie erklären Sie sich das, Alain? War es Schicksal oder eine Laune der Vorsehung? Könnte es nicht doch ein Nazi-Mythos gewesen sein?«, fragte sie mit bemühter Ironie. »So, wie Hitler es der Vorsehung zugeschrieben hat, dass alle Attentate gegen ihn fehlgeschlagen sind?«

»Es war weder die Vorsehung noch ein Mythos, es war unglaublich präzise Planung. Beim ersten Anschlag ist es einem Sniper gelungen, zwei Ihrer Personenschützer von den Motorrädern zu schießen, doch ausgerechnet Ihren Helm hat er um Haaresbreite verfehlt. Was für ein Jahrhundertschuss! Eine Hundertfünfzigkilobombe, die sechs Menschen in den Tod gerissen hat, verfehlte die Ministerin um eine Distanz von fünf Metern. Wie hat sich das abgespielt? Hat Kadou Hauser seine Aufforderung, den Wagen zurückzusetzen, vielleicht um eine Sekunde zu spät hinausgeschrien? Wollte er das Ereignis möglichst lebensecht erscheinen lassen? Er hat seinen Aberwitz mit Verbrennungen dritten Grades bezahlt.«

Alain stand auf. Wenn er den Couchtisch schon nicht zertrümmern durfte, musste er sich wenigstens bewegen.

»Vor Ihrem Haus in Babelsberg hat eine Schnellfeuersalve so ziemlich alles umgemäht, was sich auf der gegenüberliegenden Straßenseite befand. Nur Sie nicht, Frau Minister. Sie kriegten lediglich einen einzigen Treffer ab, eine ernst zu nehmende Verletzung, zweifellos, aber im Verhältnis zu allem anderen unwesentlich.«

Er wartete ab, ob sie etwas erwidern würde. Svea Wieland schwieg.

»Einen ersten Verdacht hatte ich durch die Tatsache, dass Sie Ihre beiden Bodyguards überredet haben, um halb fünf Uhr morgens vor das Haus zu gehen, um eine zu rauchen. Ich habe das zunächst für spleenig gehalten, in Wirklichkeit war es ruchlos. Dadurch haben Sie zwei Menschen in den sicheren Tod geschickt, Ihren Bodyguard und meinen Cousin. Das Ehepaar Różański ist geflüchtet. Der unglückliche Nikolaj Wiśniowiecki musste in seinem Auto sterben. Damit schienen die wahren Schuldigen gefunden zu sein, auch wenn sich weit und breit kein Motiv bei ihnen ausmachen ließ. An diesem Tag haben Sie zu mir gesagt, dass der Fall gelöst sei. Tatsächlich sah es ganz danach aus, als ob wir nur noch die geflohenen Polen kriegen mussten.«

Während er weitersprach, wandte sich Alain zum Fenster. Die Aussicht beeindruckte, sie zog einen hinaus in die Weite dieser Stadt. »Und genau deshalb hat mir die Frage keine Ruhe gelassen, weshalb Stabshauptmann Eggers ausgerechnet an diesem fortgeschrittenen Punkt der Ermittlungen in die Offensive gegangen ist. Wozu das Schreckensszenario, einen Staatsschützer in eine Selbstmordweste zu stecken? Weshalb sollte der Eindruck entstehen, dass ich das Ministerium in die Luft jagen wollte? Ich sage Ihnen, warum. Ein sensationelles, nie da gewesenes Verbrechen sollte durch eine noch größere Sensation vertuscht werden. Die Explosion im Verteidigungsministerium hätte jeden Verdacht gegen die wahren Schuldigen gelöscht. Durch meinen Tod wären sie wahrscheinlich nie ans Licht gekommen. Es war ein gewagtes, zugleich ein äußerst wirkungsvolles Ablenkungsmanöver. Wenn es funktioniert hätte.«

Er kehrte zum Sofa zurück. »Stabshauptmann Eggers ist der Täter.« Er blieb stehen. »Nein, das stimmt nicht ganz. Eggers ist nur der Exekutor. Der wahre Täter, das sind Sie.«

Die Ministerin saß regungslos auf der Couch, als ob sie für einen Fototermin stillhalten würde. »Wenn die Explosion stattgefunden hätte, Alain, wäre Ihr Team dann zu den gleichen Schlussfolgerungen gekommen wie Sie?«

»Meine engste Mitarbeiterin heißt Salma Defraui«, antwortete er. »Sie war es, die mich erst auf die entscheidende Frage gebracht hat. Stabshauptmann Eggers muss mein Gespräch mit ihr abgehört haben. Dadurch wurde er nervös.«

Alain trat vor die Sitzende. »Warum, Frau Wieland? Warum! Wie kann ein Mensch ... Nein, das ist es nicht, was ich sagen will. Wie kann *eine Frau* auf einen solchen Plan verfallen?«

Ein geduldiges Lächeln der Ministerin. »Frauen sind nicht so machthungrig wie Männer? Wollen Sie das damit sagen, Alain? Frauen sind die besseren Menschen, Frauen tun das Gute auf Erden, Frauen kriegen die Babys?« Sie machte eine wegwerfende Geste. »Ich konnte mit dieser Philosophie noch nie etwas anfangen, schon in meiner Zeit als Athletin nicht. Als Spitzensportlerin gibt es für dich nur ein Ziel: zu gewinnen. Um jeden Preis.«

»Aber Sie hatten bereits alles gewonnen«, erwiderte Alain, fassungslos von ihrer Kälte. »Eine steilere Karriere als Ihre ist kaum vorstellbar. Ihre Beliebtheit schlägt alle Rekorde.«

Sie lachte steinern. »Trotz aller Erfolge bin ich in der öffentlichen Wahrnehmung stets das nette Mädchen geblieben, das die Goldmedaillen nach Hause holen darf. Ich war die prominente Aktivistin, die in der ersten Reihe für Klimaschutz marschiert ist und der man, weil es eben passte, ein Büro im Ministerium gegeben hat. Glauben Sie im Ernst, dass die wahren Mächtigen im Land, in Europa und in der Welt einem Mädchen wie mir je wahre Power in die Hand gegeben hätten? Ich bin bloß ein Aushängeschild, eine Galionsfigur. Als ich den Waffenbossen den Geldhahn abdrehen wollte, hat das die Herren in den Vorstandsetagen nur ein müdes Lächeln gekostet. Sie haben ein wenig Lobbyarbeit geleistet und ihre Produktionsströme einfach umgeleitet.«

»Mit anderen Worten, Sie wollen die Kanzlerschaft«, sagte Alain nüchtern. »Sie wollen an die oberste Spitze der Pyramide.«

»Nein, Alain. Ich *will* die Kanzlerschaft nicht nur.« Ihre Augen funkelten. »Ich stehe dicht davor.«

»Glauben Sie?«

»Da bin ich vollkommen sicher. Denn Sie, mein Lieber, haben nicht den geringsten Beweis für Ihren aus der Luft gegriffenen Verdacht.«

Ohne Vorwarnung setzte sich Alain neben die Frau im schwarzen Kostüm. »Sie nehmen also an, dass Eggers dichthalten wird? Sie müssen sich dessen sehr sicher sein. Sie glauben, dass auch Kadou Hauser schweigen wird?«

»Selbstverständlich. Denn die deutsche Kanzlerin wird sich beiden Herren gegenüber sehr dankbar erweisen.«

»Es kann nicht mehr lange dauern, bis wir die Różańskis fassen.«

»Viel Glück damit.«

Er stutzte. »Wollen Sie damit sagen, dass Eggers auch die beiden umgebracht hat?«

»Ich will nichts dergleichen sagen.«

»Wir werden Ihren Kontakt zu Nikolaj Wiśniowiecki entschlüsseln.«

»Was gibt es da zu entschlüsseln?«

»Angeblich war die Schauspielerin, wegen der Ihr Mann Sie verlassen hat, die frühere Geliebte von Wiśniowiecki.«

Eine wegwerfende Geste. »Sie verzetteln sich, Alain. Der Fall liegt viel einfacher. Weshalb sollte ich den Nachkommen des Freundes meines Urgroßvaters nicht gekannt haben?«

»Die Różańskis hatten nicht das geringste Motiv, diese Anschläge zu begehen, es sei denn, dass sie in Ihren Diensten standen.«

»Ach, wissen Sie, bei so komplizierten Fällen gibt es immer Motive, Hintergründe und mögliche Verschwörungen. Es gibt viele dunkle Geheimnisse in der Politik. Man muss sie nur entsprechend an die Medien verkaufen.« Svea schien mehr und mehr Gefallen an dem Schlagabtausch zu finden.

»War es auch Stabshauptmann Eggers, der das Boot

auf dem Wannsee gesteuert hat? Hat er die Bombe selbst gezündet?«

»Ich weiß überhaupt nicht, wovon Sie sprechen«, antwortete die Ministerin schmunzelnd.

»Ein Mann, auf den die Beschreibung von Eggers passt, hat am Tag des Anschlags ein Motorboot gemietet und es drei Stunden später wieder zurückgebracht.«

»Ich nehme an, dieser Mann hat einen hübschen Ausflug draußen auf dem Wasser gemacht.« Svea rückte ein wenig von ihm ab. »Warum stehlen Sie mir meine Zeit mit Ihren langweiligen Schlussfolgerungen, Hauptkommissar? Eggers ist verhaftet worden. Sie haben Ihren Mann.«

Alain stand auf. »Sie werden damit nicht durchkommen, Svea Wieland. Sie sagen selbst, wie leicht es ist, den Medien eine Story zuzuspielen. Ob Fake News oder die Wahrheit, wer kann das heute noch sagen? Sie sind nicht der einzige *Player* in diesem Spiel.«

»Wie meinen Sie das?«

»Wenn mein Verdacht gegen Sie bekannt werden sollte, können Sie einen Wahlkampf um die Kanzlerschaft unmöglich durchstehen. Der politische Gegner wird sich darauf stürzen. Selbst wenn Eggers und Kadou Hauser dichthalten, etwas bleibt immer hängen, etwas sickert durch. Niemand weiß das so gut wie Sie.«

Die Ministerin lächelte überrascht. »Das ist alles? Das soll die Beweiskette sein, Alain, mit der Sie mich bei den Medien anschwärzen wollen?« Sie schien ehrlich erleichtert. »Das ist weniger, als ich vermutet habe.«

»Wie Sie wollen. Dann darf ich mich verabschieden, Frau Minister?«

»War nett, Sie wiedergesehen zu haben, Hauptkommissar.«

Sie gaben einander nicht die Hand.

Alain blieb auf dem Weg zum Ausgang noch einmal stehen. »Sie werden nicht damit davonkommen, Frau Wieland. Wissen Sie, warum?«

»Da bin ich gespannt.«

»Ich habe meinen Cousin geliebt. Die ganze Familie liebte Caspar.«

»Sie wollen Rache nehmen für Ihren Cousin? Geht es darum?«

»Nicht um Rache, Frau Minister. Um Gerechtigkeit.«

31
Die Sonne mitten in der Nacht

Wegen der Baustelle *Unter den Linden* reichte der Stau bis zur britischen Botschaft. Alain hatte den Wagen neben dem Französischen Dom abgestellt. Selbst sein Dienstausweis würde ihn diesmal nicht vor einem Knöllchen bewahren. Nun musste er eine Sechsundneunzigjährige, die in ihr schönstes, ihr mitternachtsblaues Kleid geschlüpft war und im Übrigen nur ihre Seidenstola um die Schultern trug, durch die feuchte Nachtluft zur Staatsoper bringen.

»Wird dir auch nicht zu kalt?« Liebevoll beugte er sich über den Rollstuhl.

Helene hob den Kopf. »Wenn du mich noch länger

durch den eisigen Wind schiebst, könnte mir tatsächlich kalt werden«, antwortete sie mit Blick durch die Prismenbrille.

»Entschuldige, Oma, wir sind gleich da.« Alain legte einen Zahn zu, trotzdem wurde er von einem zweiten Rollstuhl eingeholt.

»Sie denken, dass wir besser nicht heiraten sollten, Frau Liebermann?«, fragte Velkan hinter dem zweiten Rollstuhl.

»Das habe ich nicht gesagt«, antwortete Helene.

»Sollten wir vielleicht länger über diesen Schritt nachdenken, haben Sie das gemeint?« Velkan blieb an Alains Seite. »Glauben Sie, dass so jemand wie ich überhaupt für die Ehe geschaffen ist?«

»Hier ist nicht der Ort, um das zu diskutieren«, meldete sich die Frau im zweiten Rollstuhl.

»Dieser Ort ist genauso gut wie jeder andere«, widersprach Velkan.

Die Rollstühle fegten durch die Charlottenstraße.

»Wir kommen zu spät«, prophezeite Helene und zog die Stola vor ihrer Brust zusammen.

»Das schaffen wir leicht«, rief Alain zuversichtlich über den Verkehrslärm hinweg.

»Wie lange kennt ihr euch schon?«, fragte Helene die junge Frau, die neben ihr hergeschoben wurde.

»Zwei Jahre«, antwortete Salma.

»Weshalb wollt ihr denn überhaupt zusammenziehen?«

»Weil meine Wohnung zu unpraktisch ist für meine … meinen Zustand«, erklärte Salma. »Und Velkans Bleibe kann man eigentlich nicht als Wohnung bezeichnen.«

»Ich bin eben fürs Funktionale«, verteidigte er sich.

»Deshalb haben wir überlegt, miteinander eine Wohnung zu kaufen.« Beide sahen Helene an.

»Ich finde, ihr solltet zusammenziehen«, konstatierte die alte Frau.

Sie bogen auf den gleißenden Boulevard ein, die Oper kam in Sicht.

»Wieso glauben Sie das?« Salma versuchte in Helenes Gesicht zu lesen.

»Du brauchst Hilfe«, erwiderte die Großmutter schlicht. »Wer sollte dir besser helfen können als dein Ehemann?«

»Ich will aber nicht aus Mitleid geheiratet werden«, gab Salma zurück.

Empört mischte sich Velkan ein. »Mit Mitleid hat das nichts zu tun.«

»Du bist jung, und du bist stolz«, sagte Helene zu Salma. »Du hast keine Ahnung, was die Liebe vermag. Weißt du nicht, dass die Liebe alles kann, wenn man sie nur lässt?«

»Ich bin nicht nur jung und stolz, ich bin auch sehr krank«, konterte Salma.

»Und deshalb willst du dich abschotten und bei lebendigem Leib begraben?«

Zwei Rollstühle rollten nebeneinander. Es war nun nicht mehr weit. Alain wollte etwas sagen und wusste doch, dass es besser war, Helenes Worte einfach stehen zu lassen. Salma sollte darüber nachdenken.

»Wie war Alain als Kind?«, fragte Salma unvermittelt.

»Willst du Fotos von ihm sehen?«, lächelte Helene.

»Selbstverständlich.«

»Was denn für Fotos?«, ging Alain dazwischen. Sein Rollstuhl fiel zurück.

»Ich möchte sehen, wie du als Dreikäsehoch ausgesehen hast«, rief Salma.

Helene drehte sich um. »Gibst du mir mal bitte meine Tasche?«

»Wir sind gleich da, Oma, und die Oper beginnt in zehn Minuten.«

Auf ihren Blick gehorchte er. Helene öffnete ihre Krokodilledertasche und zog ein Päckchen Fotografien hervor.

»Hier, siehst du, da fährt Alain mit seiner Cousine Anna zusammen auf dem Dreirad. Das war während Jom Kippur, das Jahr habe ich vergessen.«

»Er war ja ein richtiger Wonneproppen«, lachte Salma.

»Ein hässliches Baby«, widersprach Helene. »Und bis zu seinem sechsten Lebensjahr hat er ins Bett gemacht.«

»Oma«, seufzte Alain.

»Hier ist er schon ein bisschen älter. Da ging er zu Chaijm in die Thoraschule. Und das ist …« Helene verstummte.

»Ist das Caspar?«, fragte Salma leise.

»Mein lieber Caspar.« Mit dem Finger strich die Großmutter über das verblasste Kindergesicht.

Die Frauen betrachteten weitere Fotos. Hinter den Rollstühlen schritten Alain und Velkan schweigend aus. Sie näherten sich dem Strom der Menschen, die in die Staatsoper eilten. Elegante Roben, dunkle Anzüge, so mancher verrückte Hut. Große Banner an der Lindenoper wiesen auf die nächste Premiere hin.

»Sobald Svea Wieland zurücktritt, verliert sie ihre Immunität«, brach Velkan das Schweigen. »Spätestens dann hat der Staatsanwalt das Sagen.«

»Selbst wenn sie ihren Rücktritt noch hinauszögert, droht ihr ein Parteiausschlussverfahren.« Alain bemühte sich, den Kinderfotos keine Beachtung zu schenken. »Elisabeth Rath, die gedemütigte Parteichefin, sieht ihre Stunde gekommen, die Chance auf ein Comeback.«

»Ich kann mir trotzdem nicht vorstellen, dass es ein Gerichtsverfahren geben wird.« Velkan verhinderte, dass die Schwungräder der Rollstühle aneinandergerieten.

»Wenn du dich da mal nicht täuschst. Ich werde Svea Wieland vor Gericht bringen, verlass dich darauf. Mittlerweile ist bewiesen, dass Nikolaj Wiśniowiecki dieselbe Frau geliebt hat, wegen der Sveas Ex-Mann die Verteidigungsministerin verlassen hat.«

»Zwei gebrochene Herzen?«, entgegnete Velkan skeptisch. »Das reicht als Motiv hinten und vorne nicht.«

»Die Straße, auf der Wiśniowiecki getötet wurde, führt nach Babelsberg. Kurz vor seinem Tod wollte Wiśniowiecki Svea Wieland aufsuchen. Eggers hat das verhindert. Die Różańskis sitzen in Krakau in Haft. Das Auslieferungsverfahren läuft. Kadou Hauser wird bald gestehen. Er hat nicht damit gerechnet, als Verdächtiger vernommen zu werden. Diesen ominösen Afrikaner auf dem Vordach hat es nie gegeben. Die Bombe wurde von Eggers allein gezündet.« Sie näherten sich dem Seiteneingang der Lindenoper.

»Svea Wieland sitzt also in einer Sackgasse?«, fragte Velkan.

»Es ist eher eine Zwickmühle«, antwortete Alain. »Tritt sie zurück, wird sie verhaftet, man erhebt Anklage gegen sie. Tritt sie nicht zurück, wird sie politisch fertiggemacht.«

In diesem Moment sah Helene zu Alain hoch. »Hört

das irgendwann auf, *Vegele?* Ist das irgendwann einmal zu Ende?«

»Ich fürchte, das hört nicht auf, Oma. Sei froh, dass du nie etwas mit Politik zu tun hattest.«

»Hör mal, ich habe den Wahnsinnigen in der Reichskanzlei überlebt«, entgegnete sie sanft. Ein kalter Windstoß fuhr Helene in die frisch gelegte Dauerwelle. »Glaubst du, dass die Toten gesühnt werden, *Vegele?*«

»Caspars Tod wird gesühnt werden. Dafür sorge ich.« Alain wunderte sich selbst über die großen Worte, die er in den Mund nahm. Manchmal konnten nur die großen Worte ausdrücken, was zu sagen war.

Der Zuschauerraum war hell erleuchtet. Alain hatte die besten Plätze im Mittelrang reserviert. Als es dunkel wurde im Saal, als Barenboim das Podium betrat und beklatscht wurde, als die Hörner das Leitmotiv aus dem *Rosenkavalier* spielten, stahl sich Helenes schmale Hand in die Hand ihres Enkels. Während der Vorhang aufging, hielten die beiden Liebermanns einander fest. Alain war wieder sechs Jahre alt. Er war der Knirps, den die Großmutter in ihre Lieblingsoper mitnahm. Sie hatte noch keinen *Rosenkavalier* in Berlin verpasst.

Wiens Glanz und Elend – eine große Familiensaga über Macht, Leidenschaft und Intrigen

* Cover- und Preisänderungen vorbehalten

Michael Wallner

In Zeiten der Liebe und des Krieges

Die Korff-Saga, Roman

Piper Taschenbuch, 400 Seiten
€ 11,00 [D], € 11,40 [A]*
ISBN 978-3-492-31404-6

Sommer 1912: In den Augen der Wiener Gesellschaft hat Maxim Korff alles, was man sich nur wünschen kann – Reichtum, Erfindergeist und Charme. Doch zuhause kontrolliert der Patriarch das Leben seiner Familie und Hausangestellten. Während er selbst sich der Hausdame Katrin zuwendet, lässt sich seine ungewöhnlich schöne Frau Livia von einem Schauspieler verführen, obwohl sie ihren Mann noch immer liebt. Durch all diese persönlichen Irrungen und Wirrungen erkennt niemand, dass die altbekannte Ordnung der Welt bald auseinanderbrechen wird …

PIPER

Leseproben, E-Books und mehr unter **www.piper.de**

Ein brisanter Fall um Antisemitismus, Angst und Gewalt

© Cover- und Preisänderungen vorbehalten

Michael Wallner

Shalom Berlin

Kriminalroman

Piper Taschenbuch, 288 Seiten

€ 12,99 [D], € 13,40 [A]*

ISBN 978-3-492-06191-9

Nach Veröffentlichung eines Artikels über die Schändung eines jüdischen Berliner Friedhofs wird die Journalistin Hanna Golden anonym per Mail mit dem Tod bedroht. Den Fall übernimmt Alain Liebermann, Mitglied des Mobilen Einsatzkommandos Staatsschutz und Spezialist für Terrorbekämpfung. Erscheint der Fall zunächst beinahe harmlos, eskaliert er doch bald. Aus Worten werden brutale, mysteriöse Taten ...

PIPER

Leseproben, E-Books und mehr unter **www.piper.de**